西樵歷史文化文獻叢書

重輯桑園圍志（二）

（清）何如銓 纂修

廣西師范大學出版社
GUANGXI NORMAL UNIVERSITY PRESS
·桂林·

桑園圍志卷九

義捐

昔蘇東坡在惠州出上所賜金錢築長隄於豐湖之右傳之紀載以爲美談夫坡公於惠州無守土之責田宅之置乃慷慨施予可謂曰義然第以資游覽其於農田水利所益尚鮮若夫捐巨貲捍大難遂使千百萬家世蒙其芘可不謂功同磐石義重衡嵩者乎志義捐

乾隆五十九年甲寅塞李村決口布政司陳公大文督糧道吳公俊諭助隄工

照得粵東民修基圍工程小者責成該管居民工程大者派之通圍業戶久奉部行遵照在案茲查南海縣屬之桑園圍綿亘數十里當西北兩江匯流之衝圍內百

萬家烟戶田廬全資保障實爲基圍中最大之區本年七月內潦水漲發該圍被決多處經本司親臨查勘大率由基身年久就頹歲修工料草率所致茲屆冬晴水涸亟宜籌辦興修現據南海縣呈送縣屬紳民與順德縣龍江龍山等鄉紳民公議勸捐及辦理各章程並據紳士陳文耀潘吉士等具呈前來細加核閱具見各紳民篤念梓桑綢繆捍衛之至計惟是工程浩大需費繁多必得人人奮勉踴躍捐輸抑且慮始圖終萃而不渙方可尅期集事聿觀厥成本司道現與該府縣各自捐廉倡率肇興鉅工合行剴切曉諭爲此示諭該圍業戶居民及南順兩邑紳士等知悉爾等或田廬附近基圍或產業毗連鄰境目擊切膚之災每有下游之患當思

利害切身趁此水涸冬晴作速捐金修築小康者照例按田派費富厚者量力從厚捐資一俟捐有成數卽彙交董事刻日鳩工辦料將決過基口先行築復其餘通圍基身低薄者加增高厚浮鬆者夯築堅實務期一律鞏固從此共慶奠安事竣之日本司道查明捐金數目及在事出力之人詳請院憲分別給匾以彰勸善獎勸之義特示

六十年乙卯布政司陳公大文諭助石工

照得南海縣屬桑園圍基延袤萬二千丈捍衛良田千五百餘頃爲廣屬中基圍最大之區上年六七月間洪潦漲發崩決基口十數處均當西北兩江頂衝之岸經本司親往查勘狂流洶湧實爲險沖必須砌築堅固結

實方保無虞因念民力或有不逮本司隨捐俸倡率諭令兩邑紳民合力通修爲一勞永逸之計隨據南邑首事何瓛洲潘吉士等議定勸捐修築章程具呈到司並會順邑殷宦溫內翰面商亦概欣倡助先後合計題捐銀五萬兩並據南海縣李令派委總理首事李肇珠等設局李村分段挑築人心踴躍不數月而全隄獲竣具見兩邑羣情向義誼篤梓桑深堪嘉尚本年七月董事等以全隄告竣　神廟落成呈請親臨履勘當於七月十四日自省起程十五日赴廟拈香後隨督同廣州府朱守佛山水利廳宗丞南海縣李令順德縣汪令三水縣王令沿隄履勘均已一律堅築高厚視別圍工程高出三尺有餘此後永無泛濫之患惟西岸海舟之三丫

基南村之禾义基九江之蠶姑廟沙頭之韋馱廟各段
直接西北兩江全流之水澎湃浩蕩沖激湍急勢不可
當尤宜于基外厚培大石方能以阻狂流而捍洶湧其
東岸雲津百滘之莊邊吉贊藻尾等處基腳壁立并西
岸先登石龍鎮涌河清沿基之外雖生有浮坦而一遇
夏潦漲盛之際漫灘頂沖基高腳輭難免日久坍卸之
虞亦應壘石培護方爲妥善當卽諭令嵇呂二委員會
勘計需工費若干稟報察核官爲捐助茲據委員逐段
文勘列摺稟覆全圍合計需費九千六百餘兩並據總
理首事呈請查照南邑原派三萬一千餘兩之數按照
各堡原額加一添捐尚不敷一千餘金再爲設法簽足
以仰副盡善盡美之至意各等情到司當批據呈加捐

銀兩籌添石工砌築基圍爲一勞永逸之計洵屬妥善
本司當再捐俸佽助府縣亦各願捐施俟即出示勸諭
其前次未交銀兩并俟飭縣嚴催交局可也除飭府廳
縣一體遵照外合就出示爲此示諭該堡紳耆士庶墟
總業戶人等知悉爾等家本素豐固宜早爲踴躍按照
該堡原額添捐迅速交局即小康之家前此未經捐助
今樂全圍鞏固早稻豐收亦應按田派費奮勉爭簽速
交董事辦料砌築以臻完善從此共慶奠安咸登袵席
本司實有厚望焉其各凜遵毋違特示

陳方伯章太夫人捐銀一百兩

布政司陳公大文捐銀二百兩

廣州府朱公棟前後捐銀一百八十兩

南海縣李公樓前後捐銀二百八十五兩
陳俞徵捐銀三百五十九兩
沙頭堡當押九間捐銀三百五十八兩
九江堡當押三十八間捐銀一千一百一十三兩
簡村堡當押一間捐銀四十兩
先登堡當押二間捐銀八十兩
金甌堡當押二間捐銀八十兩
海舟堡當押三間捐銀一百三十兩
大桐堡當押六間捐銀二百三十九兩六錢六分
河清堡當押三間捐銀一百二十兩
百滘堡當押六間捐銀二百二十兩
雲津堡當押三間捐銀九十五兩

江浦總埠捐銀一千四百六十四兩四錢二分
嘉慶二十四年已卯歲修九江堡墟場題助銀一千餘兩
二十五年庚辰改建石隄刑部郎中伍紳元蘭捐銀三
萬兩刑部員外郎伍紳元芝捐銀三萬兩前工部郎中
新會盧紳文錦捐銀四萬兩
南海縣詳稱卑職守斯土斷不敢存苟且目前之見
致百姓身家性命之憂當與該處紳耆等妥爲酌議必
須改用石工分別最險次險通圍砌築方足以資久遠
無患如最險之吉贊橫基三丫基禾乂基天后廟大洛
口等處約計一千九百餘丈須條石疊砌高厚其餘七
千餘丈亦必用大碎石塊堆砌平衍如坡方可一律鞏
固惟九千餘丈之基隄所需石料人工飯食運腳等項

非捐銀十萬兩不能集事卑職於去年十月到任後入
經出示曉諭南順兩縣紳士商賈人等踴躍捐輸以襄
義舉茲據緣事革職在籍之郎中盧文錦情願捐銀四
萬兩又據現任刑部山東司郎中伍元蘭現任刑部安
徽司員外郎伍元芝專遣家丁回籍赴縣呈請各捐銀
三萬兩均屬出自至誠似應准其所請庶基圍藉以永
固民患盡除且可一勞永逸毋需歲修之費以仰體憲
臺捍災恤民之至意除照各該員原呈另文轉詳外合
先具稟察核示遵俾得趕緊興工以甦民命而節國帑
至已革郎中盧文錦現任刑部山東司郎中伍元蘭現
任刑部安徽司員外郎伍元芝等踴躍捐輸急公明義可否
奏請鼓勵之處出自憲恩為此具稟伏乞慈鑒

道光九年己丑塞西湖村藻尾基仙萊岡三決口南海縣
庠生伍紳元薇捐銀二萬九千五百兩
呈稱竊本年五月西潦漲決三水縣屬蜆塘圾子角基
幷決南海縣屬桑園圍吉水灣仙萊岡等基生經捐銀
二萬兩以爲搶塞修築工費稟蒙恩准並蒙糧道憲仁
憲督同地方官及各委員臨勘發給圾子角基銀二千
五百兩吉水灣基銀二千兩仙萊岡基三千兩先將決
口搶修堵塞餘銀留爲冬晴修築生經隨同委員督工
搶修堵築嗣經吉水灣仙萊岡兩基搶修報竣所領銀
兩吉水灣賸銀一千兩仙萊岡賸銀一千一百餘兩稟
明留爲冬晴翻築兩決口之用圾子角所領銀兩因西
潦復漲工費浩繁銀不敷支生經陳明續捐一千三百

兩給與該處業戶收領辦竣搶修事宜又蒙於前捐項
內另給銀一千兩砌築石隄後因搶修工未堅實尚須
冬晴翻築堅固方能砌石其所發石工銀一千兩留存
業戶候用隨於十月間冬晴水涸先奉飭文吳兩委員
勘明桑園東基吉水藻尾民樂林村莊邊渡滘吉贊橫
基仙萊岡等處除決口外共長二千二百餘丈實穴四
口又龍津基六百餘丈東基共長二千八百餘丈坍卸
裂陷不一而足均應修築而吉贊橫基仙萊岡兩基爲
桑園圍全圍頂沖保障最險最要其險要處所前雖已
砌石隄本年潦水沖漲石隄坍卸甚多計鵞埠石圳口
太平李村三丫基泥龍角禾乂基西方外圍圓所廟下
甘竹各處補砌石塊加築工料共需銀四千餘兩蜆塘

圍蓬村上下蘇亞娘鞋符家社周家内外基當風頭蓬
萊廟坡子角龍池橫基等處除決口外共長五百餘丈
前雖砌石本年潦水沖漲石隄坍卸亦多該處爲西江
頂沖最險決口砌石培應高厚方能抵禦通修舊基連
翻築決口計需銀六千兩除現存石工銀一千兩外尚
需銀五千兩除蒙糧道憲仁憲親臨履勘生亦隨同查
看無異合計桑園圍東西兩基共長一萬二千餘丈決
口兩處前後搶塞修築橫基長三百餘丈前雖砌石僅
得其半本年劈陷六十餘丈仙萊岡基全未有石本年
被水沖決兩基全隄均應加砌方砧大條石藉石裏面
加春灰沙數尺吉水灣新築基與東基近海險要之處
小應擇地加石竇穴四口拆去舊基改砌石條始能一

律肇固計東基通修連翻築決口除前給銀共贜銀二
千一百餘兩外尚需銀萬兩有奇西基自鷺埠石起至
甘竹止共長九千餘丈需銀一萬九千七百兩蜆塘圍
基長五百餘丈決口一處前後搶塞修築共估銀九千
八百兩合共需銀二萬九千五百兩前捐銀二萬兩不
敷支應伏思蜆塘圍地處上游爲西海頂沖險要西潦
漲入直衝腹裏反潰於東建瓴而下則下游之蜆壳大
艮大有大柵琴沙仙蹟杜滘桑園等圍均受沖刷而桑
園圍爲南順兩邑要區周迴百餘里農桑田地一千數
百頃圍基一萬餘丈當西北兩江匯流之衝地處平衍
水當歸匯該圍一決則南順兩邑均受其災西潦全藉
西基以爲捍衛西基中之圳口三丫基禾义基西方外

基尤爲險要北潦及西潦上游沖決全藉東基以爲保障東基中之吉贊橫基仙萊岡基更爲頂沖是蜆塘桑園兩圍一爲上游最險最要一爲下游最險最大兩圍完好則腹裏各圍俱可無虞前捐之銀現不敷支若令業戶科派不特力有未逮且恐有稽時日生雖住非同園念切桑梓情願再捐銀九千五百兩俾敷支應一面照數繳出聽候委員先行撥給各業戶領收取具領狀繳送存案庶幾得以及時趕辦悉臻鞏固永慶安瀾以仰副大憲痌瘝在抱保民若赤至意除稟各憲外所有續捐銀九千五百兩前後共捐銀二萬九千五百兩緣由理合稟候仁憲察核實爲恩便

按此次捐助不專桑園圍而桑園圍用款較多施工

不止三決口而三決口工程較大且前捐二萬兩已
聲明此稟中存之具見規畫詳密而前稟可從略焉
二十四年甲辰塞林村吉水兩決口知南海縣史公樸諭
紳士勸捐
諭桑園圍董修紳士馮日初何子彬明倫潘漸逵知悉
案照該圍本年被潦沖決林村鷺春社吉水竇及九江
之南頭圍等基此外各堡經管基段多有坍卸損壞以
致全圍被淹經蒙列憲念切民瘼率屬捐廉撫邺及籌
捐修費所謂至優且渥茲屆冬令水涸亟應將大圍修
復藉資保護復經本縣親歷查勘分別撥給修費隨據
該紳等以圍之西基濱臨大海本年坍卸裂陷患基甚
多且皆險要擬請通圍大修以爲一勞永逸之計但工

浩費繁非三萬餘金不克蕆事除官紳捐項及在圍内田額科派外尚多不敷第該圍基地跨南順兩邑環繞百有餘里烟戶數萬全隄基段在在均關緊要倘僅修復決口祇可爲目前之計而難爲久遠之謀若通圍大修一律加高培厚所需甚鉅如限以經費工程難期鞏固因思縣屬官紳殷戶素稱急公好義而圍内衿民尤屬情關梓里自宜一體踴躍捐輸以成善舉而資保障本縣現經通稟各憲請以捐貲在三百兩以上者無論士庶分別等次　奏請從優議敘以示獎勵除出示諭外合諭勸捐諭到該紳等即便遵照須知桑梓之誼患關切己之憂務宜不分畛域親詣勸捐圍内圍外紳民富戶好善樂施之家急公慷慨之士踴躍捐輸俾湊厥

用而成義舉樂捐者固得恩獎之榮而基圍永獲安瀾之慶惟在衆紳等交相勸勉切勿稍存膜視是所厚望焉勉之特諭

列憲捐廉二千五百兩

布政司銜候選道番禺潘公仕成捐銀五千五百兩

處默堂義士捐銀五千兩

基初決衆集海神廟籌築水基費趕蒔晚禾忽有不識姓名二人入問築水基所需幾何答曰五千兩問交付何人值事告以居址越數日即有人駕槳船賚白金五千兩至題曰處默堂詢姓名不答而去

桑園圍志卷九終

桑園圍志卷十

工程

浙江海塘官董其役體統嚴重與河工等自督撫以迄守備皆辦工之員上下鈐束固無慮呼應不靈臨事推諉復設額兵供役使一切物料均官爲定價又無可混弊若桑園圍則帑領於官而事統於紳分等而人衆清高之士率多規避而圖私不遂者又恣爲蜚語故任事頗難其人至僱役夫庀衆材概難准官價發給又不得不與時消息隨地變通成蹟具在按籍可稽也志工程

推首事

乾隆己亥修築

總理何鴻蜚　劉仁魁　潘宗儒　趙符彩

曾翰元　譚昭和　吳章錦　潘健和

李殿昭

協理吳佩熙　李貴參　關深和

乾隆甲寅修築

一擬工程須專人總理收支順德公舉二人南海公舉二人始終董理工竣之日闔圍酌議酬謝

一兩邑公推總理全賴始終鼎力常在工所督辦其餘協理共四十七人或本身不能親到聽其另覓殷實兄弟子姪赴工督理不得託詞他往

一每堡公推首事及協理或三四人不等內有協理尚未推出者聽其於堡內自行遴選及早推定與先推首事一體齊集總局共襄厥事

一應修各處基段在總局派撥鄰堡首事二人協同該處首事相度辦理毋得私自修築以昭公慎

總理李昌耀海舟堡人 余殿采金甌堡 關秀峰九江堡人

梁廷光海舟堡人

按舊志始於乾隆甲寅所有條例皆以此爲權輿已後隨時損益彌臻詳密茲擇存其所損益者至相沿成例不復贅焉

嘉慶丁丑修築

兩邑公推首事總理五人協理二人

總理羅思璉簡村堡舉人 岑　誠九江堡舉人 何毓齡鎮涌堡歲貢生

潘澄江河清堡舉人 梁健齡先登堡舉人

已卯庚辰兩次修築

南海縣仲示今歲已更新各堡選擇首事互相推諉以致逾期尚未定妥工程懸宕本縣訪得候補訓導何毓齡舉人潘澄江端方富厚前年通修全圍不避嫌怨頗費辛勤且於隄工情形熟悉素爲鄉里推重并據九江堡舉人明秉璋等聯呈舉充前來除給發首事戳記以爲憑信囑令何毓齡潘澄江設立基局辦理并移九江廳江浦司就近督催

一議總局兩人河神廟設局辦事大堡公舉二人小堡公舉一人分派各段公所知理比如修某基段必以別堡之人督理以昭公慎在該堡紳耆選舉公正諳練者勷理其事貪婪不職及託故誤公者聽衆辭退仍要該堡另選報充至應議酬勞係該堡自行酌送

毋得將該堡義舉銀兩開銷

一原議督辦之廠分爲七段每段借祠宇爲公所另搭小廠以督工作九江甘竹爲一段河清鎮涌爲一段海舟堡爲一段先登堡爲一段吉贊橫基爲一段百滘雲津簡村爲一段沙頭至河澎尾爲一段每段除首事二人外添司事二名火夫一名其工金係由公開銷各段飯食銀兩則首事與司事等一併開銷

一議九江沙頭簡村海舟先登五堡皆爲大堡舉首事二人百滘雲津河清金甌鎮涌大同六堡爲小堡各舉首事一人共二十六人因人擇地派放毋得以本堡之人爭執要承修本堡之基公所計七段用去一十四人尚餘二人留總局幫辦各務

已卯總理何毓齡潘澄江

庚辰總理何毓齡潘澄江

協理張鳴球　朱　瑛　余用爵　老鳳倫

馮　芳　梁公章　何在中　關翰宗

程士標　張宣榮　李荷君　潘贊祖

黎漢清　張桂湄　關文保　黎國英

道光己丑首事　張喬年　明離照　黃龍文

癸巳修築

一董理水基工程首事須在决口業戶內揀選經理不可攙用外堡人因辦理工程本無甚難須得實心實力博訪老練基工人從事自無貽誤一參以外堡之人業戶轉得藉口委卸而在外堡之人又以事非切

已未肯實心且首事非士著則呼應不靈反多觀望

一董理首事要派開某人管數收支銀兩某人在廠伺

候官府迎送賓友某人分買辦各料某人巡察工人

勤惰因材任事各有職司不可攙越混亂以專責成

一大廠董理首事每日飯食茶烟等項須立畫一規條

以示限制

總理李應揚田心鄉武舉 何子彬南村鄉舉人

甲辰修築

總理馮日初沙頭堡舉人 明 倫九江堡舉人 潘漸逵百滘堡舉人

何子彬

己酉歲修

總理何子彬 潘以翎百滘堡舉人

咸豐癸丑歲修

總理潘斯湖百滘堡舉人　崔繼芬沙頭堡舉人

同治丁卯己巳歲修

首事潘斯湖　明之綱九江堡進士　潘以翙

何文卓鎮涌堡舉人　梁清海舟堡舉人　潘斯瀾百滘堡候選同知

癸酉歲修

首事明之綱　潘以翙　何文卓　潘斯瀾

光緒丁丑歲修

首事何文卓　潘以翙　劉文照鎮涌堡舉人

潘斯沅百滘堡附生

己卯歲修

首事陳序球雲津堡進士　潘斯瀅百滘堡附生

庚辰大修

首事陳序球　　梁　融大同堡進士

崔友成沙頭堡舉人　　何文卓

潘斯瀅　　何如鍇鎮涌堡舉人

陳其灼九江堡順天舉人　　譚子恭甘竹堡舉人

余得俊金甌堡舉人　　關俊英金甌堡附貢生

陳序璿雲津堡附生　　余廷霖海舟堡附貢生

郭汝舟大同堡附生　　譚　杞沙頭堡附生

乙酉歲修

首事馮栻宗九江堡進士　　劉仕潼九江堡舉人

梁　融　　何文卓　　何如鍇

李錫培簡村堡舉人　　余得俊　　潘斯瀅

馭工人

一大工興作需工甚衆議以二十人爲一起每起設攬頭一人仍由本堡首事保認以專責成或挑泥或搬運或舂灰墻每日須聽督理之人指使所有鋤頭甃甃每號要十五件大簝要十五擔擔杆鍋竈碗快柴火自爲預備每名每日議以工銀八分另補自備器具銀一分共銀九分連飯食在内仍要熟識工程勤力工作者方能應募倘糊混入隊不依指使者隨時斥退老弱幼穉及廢疾者不得充數

一工數衆多每起編列字號以一字號住寮鋪一間深闊各二丈每號給小牌二十面各懸帶以便查點勤者分别奬勸惰者即革退斷不徇情以上乾隆甲寅例

一在工受僱之人務登明住址姓名來歷當在公所勤慎出入遇夜卽在公所旁寮歇宿亦不得酗酒逞兇聚集賭博如有懶惰生事聽總理逐除違抗者禀究

一泥工每日開工聽大廠五鼓後頭旬鑼造飯二旬鑼食飯三旬鑼到大廠每人領腰牌一箇始得開工至中午鳴鑼食晏復至晚鳴鑼一律收工日間督理不時稽察如有短少人數未經報明卽行將該號斥革另招補充至收工時候將腰牌照人數繳回督理

一開工之後遇有風雨難以施工卽要鳴鑼齊收清晨至朝飯收工則算三分工清晨至中午收工則算五分工清晨至申一二刻收工則算八分工

一工數人多要編列某號落泥某處某號取泥某處設

竹牌懸起標明各工要掛起腰牌以便查點其用船載沙泥者每日船租三分人工照算以上丁丑年增

一各督工之人或派實監某字號或某日調換以免與工人習熟有徇情之弊

一泥工督理不時稽察或於工人食飯時查點或各督工一齊傳工人查點以免一人應數字號之弊

一基廠除董理首事之外所用打雜人等應計某項事情繁簡酌用人數多寡以分司稽察或稽察樁工或稽察泥工或稽察防守物料均有專責不可紊亂

一工次每日各鄉觀探多人恐無分別所有稽察之人每人手執板簽一枝內書明稽察某項字號常川巡查使各工一望知為督工之人不致懶惰以上癸巳年增

一各工多以圍內人承攬本年災歉之後以工代賑貧民亦可資生此係縣憲恩慈體恤並至凡屬圍內人等各宜激發天良出力從事所有工價悉由妥議毋得爭貪

一各工每名照每日工價支銀三份之二扣留三份之一五日一清算不得踰額多支

一工人務宜安分力作如有偷竊賭博酗酒及毀壞蓬寮等弊立卽送官懲究倘或私逃亦惟擔保是問決不姑徇各宜自愛可也 以上甲辰年增

附牛工

一牛隻踊練以三隻爲一手一人帶牛每日人工牛工共銀七錢二分所有帶牛之人飯食以及餵牛草料

俱在工銀之內分上午下午兩班自清晨練至中午放牛爲上班作一日算自中午練至酉刻放牛爲下班作一日算中閒快鞭勻練不得私行放水其老弱牛母及牛牯仔概不取錄

一挑泥每日用牛踹練所挑到泥塊用工拷碎耙平然後牛練其牛隻預早招人租賃

一牛隻用得日子長宜買不宜賃賃牛則帶牛之人固懶於鞭行且恐傷牛雖力催之仍羣立而無濟於事計兩月之租賃已足買價用畢仍可賣之甲寅年志卽買牛用矣

一搭大廠一座監督之人常川在此督理每發收腰牌登記字號設草紙大簿註明某所工數若干泥井若

干牛數若干午後先交總理所兌銀至晚同各攬頭到公所開支

一泥工牛工每號皆設小簿註明住址人數牛數艇數井數每晚隨同大廠督理之人交總理所注明某號數目用了圖記方得支銀完工之日繳回此簿存核

購石

一開工以石爲先必須先定石價所有各項石價集衆議定開列

鹹水石每百擔議銀二兩一錢丁丑年增五分癸巳年減四錢

新會白石每百擔議銀一兩九錢丁丑年減五分癸巳年減三錢

肇慶黑石每百擔議銀一兩七錢丁丑年增五分癸巳年減五錢

各石以每塊在一百至二三百斤爲率最小亦要五

十斤以上不及五十斤者不得上秤仍要大七小三
配搭秤石之後須聽首事指點安放停當各船有情
愿源源接濟者初次用竹編列字號于該船頭尾號
定水誌下次挽運到步以原水號爲准不用再秤以
省紛煩至秤石時如有賄囑以少報多查出將石銀
罰去倘督理暗中需索許船戸通知無得隱匿

巳卯年禀覆採石章程

敬禀者日前接奉鈞諭內開基圍工程需石甚多新安
九龍山石歷奉嚴禁遇有要工均係呈請給照方准採
用此次修築圍基應卽禀請給照採運以免姦徒藉名
偷挖查該山孤懸海外毓等未經其地辦理章程素非
諳練必須招取石匠攬頭方能承辦但攬頭石匠狡詐

多端只徒飽己肥囊不顧基工要務往往假公濟私將石運赴別埠售賣到局者百無二三鞭長莫及無奈伊何若非妥定章程則姦徒得以射利於基工究屬無益各處石匠現聞有開山之說紛紛到局願於一年之內交銀七千兩總局代為給價者有願運石三千三百四十萬無庸給價者毓等再四思維收銀代給輾轉徒勞不若得石為先方歸實效茲謬擬章程四款以防弊端圍基總要得石以應鉅工亦須將每月得石數目列册呈報其餘石板任聽承辦運售別埠在總局無染指之虞在承辦亦得石板價銀以資彌補兩得其平似無情弊如此則姦徒無從射利合將辦理緣由粘連議款肯昧稟明可否據情詳明大憲批示飭遵

計粘集擬章程呈核
一議禁止阻運也
查九龍山石久奉嚴禁今奉大憲恩准務懇詳請行知文武各衙門沿途出示張掛如有照票不許兵吏書役巡船人等索詐遇便放行以免遲誤
一議功歸實效也
採石築基首事領牌後自必招取石匠承辦妥立合同但石匠姦詐異常多有藉端滋事查該山石船共有二百餘號茲議以每月撥船若干號運赴培基每船約載石若干每月計得石若干周年核算共計得石若干照局價算應給銀若干今概無庸給聽承辦石匠將鑿出板石運赴别埠售賣彌補工修火足水

脚銀兩仍須先交按櫃銀一千兩另要殷實鋪店擔保始准承辦方見實效

一議事昭平允也

承接石匠基圍石塊運脚各費係承接自辦固無庸局中支發若不籌度彌補實難辦理今議長板石塊聽其別運售賣自可兩相有益然基務總以按月約得石三百萬到局只許有多無少倘有按月運石不足數聽從首事稟明將牌撤回另招接辦并將按櫃銀兩報官充公擔保之人送官究治如按月照合約交足石數俟運竣稟明停採後將按櫃之銀交回承辦石匠以昭平允

一議責有專成也

石匠辦接挽運之後毋得以銀兩不敷揑詞推諉希圖飾卸至沿途倘有留難阻滯該石匠卽指名報局俾得稟請釋放該石匠亦無得藉端滋事

已上四款不過芻蕘鄙見如此辦理似屬至公無私蓋石船按月運交按月照石數開報毋庸支給銀兩局中人等無所施其姦詐卽承辦之家所取石板亦足以資彌補兩得其平惟憎惡不同流言妄出毓等一秉至公始終如一倘有異端物議悉聽稽查一有從中作弊甘受其咎如屬虛揑亦求請究辦是否有當聽候飭遵

一石匠准其領照赴山開採現經總理與石匠會名局等訂定價值每大塊石一萬斤連運脚給價銀一兩

八錢大條石寬一尺厚一尺每長一尺連運脚給價
銀九分其尺以粤東通用拼前尺爲準不準以營造
尺搪塞較之民間隨常買賣價值大爲節省惟路遥
船少以九江山十字門南沙等三處山場同時開採
而計每月雇船一百七八十號陸續轉運每船定以
裝石十萬每月限以往運兩次卽無風水阻滯亦須
轉運八九個月方敷工所石數應由南海縣卽日詳
請給照俾石匠及時開採轉運以免延久貽誤
一工程奏定歸於紳士經理原不必委員干預卽夫役
衆多恐有怠玩抗違酗酒賭博諸事儘可責成九江
主簿江浦司巡檢就近彈壓稽查亦毋庸委員前往
惟日逐支發銀兩必須公正佐雜一員經理數目而

催運石塊爲工所第一要務九龍等處山塲遠在外洋轉輸不易或催或收必須委候補州縣一員專司其事添委佐雜二員聽其派赴各山塲催趲止准催石不准干預工程其飯食船夫及隨帶差役飯食銀兩作何支給已與南海縣仲令籌議均由該令捐給不動公項

一石工除堆基腳爲坡若須砌者與石工訂明運到盤起俟僱工砌起乃量石結銀不但免騙患而基亦更堅也

己酉購石章程

夫盛潦非石不能禦而採石尤難於取土我桑園圍前後用石其購辦經行成法查志載各船到埠初次於船

頭尾量准水則編列字號用紙單註明丈尺蓋上圖記實粘船裏下次查照原字號爲准不用再秤據此亦便宜從事之道然石船姦僞百出照舊章每爲所欺用銀多而得石少此次辦石自始至終俱輕重明秤又不用攬頭直向各石船商定初議每萬斤價銀壹兩九錢晚春以後西潦漸長輓運較難北邊大壩衝激尤甚因於原價外石壹萬斤量加五分或至壹錢每船用秤一杆三人經管一人執秤一人書重數一人旁立關防船戶設詐如遇石數十艘齊到則開秤八杆或十杆爲度仍一船一杆秤各船挨次先後秤去石船到埠向局掛號先到先秤魚貫而進秤石之人非常川住局向南村何任潘三姓選定每人每日工銀陸分總局供膳石船到

時一呼並集秤畢則先後退去下次船到亦然局用署
省且免喧鬨各秤俱總局設置每日開工由局擕去收
工時飭令繳局其秤石每船三人仍隔日彼此船移換
以杜賄囑舞弊又志載凡石聽首事指點安放法固不
可易然猶有未盡者船戶依樣拋擲石與基身往往不
相依附難收實效今修南村基於石船落石之後另雇
散工將石扛護基身壘成坡樣其石隄得巒石貼傍則
隄腳益堅其土隄得巒石貼傍亦無崩卸之虞南北二
壩均用散工收拾整齊小石在下在内大石在上在外
潦東駛不能遽動故此次南村基得石最多工程最固
謹綴此條於後爲修基購石者備一法焉

築石壩石隄

河防志有創建石工輒工之法今粵東圍基甎工實未之見石工則有之求其堅久穩固須俟秋冬水涸日於基外照潮退至盡處水痕樹密椿以盛石石之度塊長六尺方尺鏨鑿平整在椿頂兩重層砌而上至基面止石之縫淨練石灰膠粘之每砌石二層內間一石加橫石作丁字形以牽制縱石使石之後撐揞有力雖浪濤擊撞弗虞其震盪凹陷也基以內貼基腳掘下二尺碎椿重砌石式如基外基之中每砌石三層填以鑿口碎石雜攙以灰土用堅木杵之令碎石與灰土結而爲一則歷久水不滲蟄不屋也若從潮上水痕樹椿石在基膊高凸處起砌一重疊上有縱而無橫有外而無內潮上時溯流觀之屹然石隄觀則侈矣洪潦驟至石壓其上

嘞融於下上重下輕浪濤乘風撼齧非徒無益而又害之

已卯石工

總理何毓齡等呈稱查桑園圍地當西北兩江頂沖今雖築立四壩基旁壘砌蠻石然根基卑薄誠恐石隄堅厚上重下輕重載無力一有拆裂行卽傾卸毓等再四思維築建石隄必先多設石壩以殺水勢再於海旁多壘蠻石培厚根底以防剷腳方能任重然後上加石隄自可鞏固無虞

一設立石壩須買舊麻陽船隻堆滿蠻石用繩纜找好鑿破船底沈作根子上面方易壘砌以免隨水滾溜

庚辰石工

一擬西海頂沖水勢最爲洶湧今自先登堡起至甘竹灘止審度形勢應於圳口汎上下築一石壩稔橫兩鄉基頭築一石壩太平墟上築一石壩以上是先登堡管屬李村華光廟下築一石壩李村汎下築一石壩三丫基頭新賣布行處築一石壩温家路口下築一石壩大灘頭汎下華光廟築一石壩以上是海舟堡管屬禾义基海舟鎮涌交界處現雖肥厚而頂沖卸溜必須築開二丈以殺水勢其鎮涌河清兩堡不用築壩九江新墟下要添一石壩蠶姑廟前橫基頭要築一石壩石栿路口要築一石壩所用石壩約築數丈便可護坦但水深工鉅需石正多卽本年歲修所築石壩亦要加長數丈以上是九江堡管屬至甘

竹堡不用石壩東海各基惟沙頭堡爲險要舊雖各有石壩要加高培厚以殺水勢其餘各基均一體查明培築高厚

一桑園圍基計長萬有餘丈其頂沖險要處所水深三四丈不等勢必堆砌蠻石培厚根底方能上築石隄不致上重下輕之弊否則石隄雖建而基根不穩必致拆裂不可不慎

一築建石隄必察其水勢因其地形如基身壁立腳無鼈裙前雖壘有蠻石亦必再爲培厚使基底堅固然後打實梅花松樁安放橫排底石一層逐層斜壘而上至基身潦水不到處爲止倘其基畧有餘坦三四丈而係屬頂沖海旁已有蠻石砌壘者則將上面基

身餘坦枕海處畧埋四尺鋤深六寸橫排方砧作底
次第砌作階級而上方能永固其海旁仍加石培築
一奏摺內開吉贊橫基大洛口等處約計一千九百餘
丈須用大條石壘砌高厚其次七千餘丈亦須用大
塊石堆砌成坡等因係專指西圍而言東圍四千餘
丈不在數內兹旣通圍大修東圍自應一律修整以
期全圍鞏固再吉贊橫基三百一十八丈原勘均造
石隄惟兩頭九十八丈墳塚千餘年久月深遷葬不
易且該處無甚險要似止須用土培厚毋庸砌石其
餘二百二十丈仍造石隄大塊石堆砌成坡工費甚
鉅計平坦處所每見方一丈約須石七八萬斤方能
堆滿其有壁立而不臨深河者非用石四五十萬不

能堆砌成坡以每丈用石十萬通勻計算每開採大塊石一萬連運腳給費銀一兩八錢七千餘丈之工程即需銀十餘萬兩尚有結砌條石工料及一切土工椿板各項又須銀四萬餘兩現在捐助之項不敷支應茲擬撙節辦理土石兼施其基身偏入內地者概用土工逼近大河者以大塊石疊護基腳可否如斯並候憲示遵行

一結砌大條石自以寬厚爲堅實惟經費僅有十萬兩不得不概從撙節茲與總理何毓齡潘澄江等圍中熟諳基工之人互相商酌先將基底挖深一二尺用松木椿打梅花式樣椿上橫鋪石板約寬三尺上面每層一順一橫橫石後根以大塊石塡底中間空隙

用糖水拌灰舂實石縫以草根舂灰嵌塞計見方一丈約工料銀二十三兩查勘李村鄉十八年所築石隄卽用此法越今五六年尚屬完固並無擘裂坍卸似乎工省而價廉

一用大塊石堆砌護基水淺處所可以預定石數其有水深數丈適當急流不特水底之高低虛實難以探測更慮石隨水轉洸移莫定兼之石塊厚薄大小不齊其數目亦難確估茲與總理何毓齡等姑爲懸估仍請飭知總理於下石時遇有水深處所務須會同分段首事該堡鄉民及石匠工人四面眼同看視登記實數以杜冒銷偷減諸弊擬築石壩數道亦照此辦理

一所建石隄下用松木樁打梅花樁鋪以石板然後加
砌條石自無卸陷之患其餘填塘所用土工亦必加
樁板始可填泥以上皆余委員詳定

南海縣勘工詳稱查該圍於丁丑年間西潦沖缺卑職曾
經奉委查辦但今昔情形不同復與首事等妥爲相度
因地制宜務期全圍大局分別緊緩次第修築方爲扼
要因查各紳士分段修築多有只圖搶修本堡基圍反
置全局於不問茲分別最險次險細加講求海舟一堡
同大洛口最爲頂沖之處基工已未興修不等設遇潦
水驟漲關係非輕卑職已令趕先築成石壩以減水勢
於大洛口土名蠶姑廟石栿路口各築堤壩一道又海
舟堡之三丫基因上游太平沙阻礙激怒水勢頂沖南

湖口堤身該處亦趕築堤壩一道均已飭令將麻陽船載石鑿沉攔截水底又南湖口之下土名下墟亦屬頂沖應需設壩現已飭令購備船隻俟運石一到儘先堆壘惟此四壩工最緊要首先趕辦築成之後則全圍基身似可無虞

余委員勘估工程

先登堡

一馬蹄圍與三水分界基腳有小涌毗淤水約十餘丈加石塊護腳查該處外有桑地水勢順流毋庸落石惟基腳爲三水人賣與窑戶取土致成小涌幸尚淺窄亟宜用土培復永禁窑戶挑挖爲要

估土工銀二十兩
石銀三十六兩

一陳軍涌古竇壞爛淤塞基址低薄查該處古竇久經壞爛淤塞並非必不可少之竇即趁勢築塞不得私開掘井致誤通基其低薄處所用土培築可也

估銀二十兩

一先鋒廟下基壆頂沖廟前山墳處低薄查該處內稻田外桑地水勢順流用土培築加石護腳

估土工銀十兩　加石工銀十八兩

一五岳廟前有漏孔碗口大查該處漏孔用灰沙築塞該處內田外坦毋庸石鑲

估銀十兩

一三水鳳果鄉飛鵞岡坳六十弓飛鵞翼低下二十餘弓甲寅年水漲三水鄉人偷掘卸水入桑園圍先登

堡附近救住後總局張卓觀等加灰椿舂實嘉慶十八年三水岡頭鄉基圍沖決水又漫入附近搶救暫止此處原非本圍基址奈鳳果鄉基身低薄一遇沖決無處洩水勢由此岡坳漫入若不培築沖溢可憂查飛鵞岡坳六十弓飛鵞翼低下二十餘弓本係三水地方適當桑園圍上流極頂處所遇有西潦漫溢通圍受累今擬購買其地歸於通圍修築高基著落附近之先登堡各村莊經管不得以通圍公業推諉誤事

估銀七十二兩

其餘自三水縣馬蹄圍毗連起至茅岡鄉交界止共基三百餘丈其中低薄處所應行加高培闊者約有一

百丈應於基面培寬三尺基腳培寬六尺

估土工牛工銀四百兩

茅岡鄉十甲區祖文等經管基分自圓岡下起至榕樹腳止內十九丈基底至基面高一丈二尺如遇西潦大漲適當頂沖幸基外有餘坦尚屬次險應用蠻石疊砌其餘基分以蠻石護腳

擬用石六船銀一百零八兩 工銀四十二兩 水灰約銀二兩 護腳蠻石四船銀七十二兩

圳口隄下至岡屋腳長六十三丈基身單薄外無餘坦正當頂沖應用條石疊砌新舊基腳用蠻石保護

估銀一千五百九十三兩九錢

蠻石二十船銀三百六十兩

稔横兩鄉基自岡腳界樹起至南邊岡腳止長五十一

丈係十八年新築之基應以條石疊砌

估銀一千一百七十三兩

一土名迹唇基有烏婢潭前甲寅年曾經崩決查該處接連山岡新基偏入內地外有餘坦並非頂沖惟基後深潭空虛酌堆蠻石以護基腳

擬用蠻石五船銀九十兩

一土名三根榕基間有滲漏宜加土培築

擬估銀二十兩

一土名列聖廟至船澳頭止內十七丈遇西潦大漲適當頂沖幸基外稻田離河較遠尚屬次險應用蠻石疊砌

擬用蠻石六船銀一百零八兩 工銀三十六兩七錢二分 水灰約銀二兩六錢

一圳口洑上下一處稔橫兩鄉基頭二處太平墟上一處各基外無餘坦基身壁立水勢急溜應各築石壩一道以殺水勢

每壩擬估銀六百兩
每壩約石三十三船零　合共計銀一千八百兩

海舟堡

一李村頭十甲李繼芳戶經管圍基共一百五十四丈零該基外有沙坦足資保護其有低矮單薄處所止須用土培築毋須砌石惟基外魚塘基內藕塘均應打樁培築七八尺並層遞加高外坦用蠻石護腳

擬估
泥工銀二百二十一兩七錢六八分
牛工銀六十六兩五錢六分
樁板銀一百五十四兩
蠻石三十船銀五百四十兩

一自第一社前起至九甲李復興古巷口止共基五十

丈零內泥基十餘丈外有沙坦其餘均有小石角旁
築止須堆壘大蠻石護脚無庸砌石
擬用蠻石二十五船銀四百五十兩
一自九甲李復興經管基分起至黎余石三姓經管基
分天后廟止均舊有石工毋庸再行砌築惟基脚尙
須堆壘蠻石保護
擬用蠻石四十船銀七百二十兩
一自天后廟起至盤古廟止計長四十一丈五尺久經
砌石惟外無餘坦內有魚塘應外加蠻石護脚內塡
復魚塘丈餘
擬用蠻石二十五船銀四百五十兩 塡塘泥工銀二十六兩 椿板牛工銀一十兩
一自盤古廟起至上墟營汎後止計長一百五十九丈

基外桑地水勢順流尚非險要惟基內有深潭三口亟應培復八尺以免空虛再該基種植樹木太多應將小株砍去大樹削去枝葉免得招風動基但大樹不得鋸賣以致根腐傷基

擬用土工椿板牛工共銀二百七十兩

一盤古廟至公所馬頭基外沙坦時長時卸應於坍外堆疊巒石以資保護廟腳加巒石保護

擬用巒石三十一船銀五百五十八兩

一麥村鄉基段二百三十一丈餘外有沙坦內有住村屋宇基腳聳厚基身僅高三四尺足資保護毋庸再行培修

一天妃廟海旁灣頭應加巒石培護

擬用石五船銀九十兩

一自天妃廟十二戶界起至新築三丫基界止共長一百有六丈基外河水太深應照原勘以條石砌築基內有原沖深潭水深三丈餘應用沙泥塡築四五尺基外石脚尙應壘石

擬估條石銀二千四百三十八兩 塡潭銀一千兩 蠻石三十船銀五百四十兩

一新築三丫月基共長一百八十二丈內有八十丈正當頂沖應照原勘以條石結砌尙有一百零二丈灣入偏旁止須蠻石護脚毋庸結砌條石基後深潭應用沙泥塡築四五尺

擬估條石銀一千八百四十兩 蠻石三十船銀五百四十兩 塡南湖約估銀一千兩

一自新築三丫基南頭起至墟口大樹止長一百二十

五丈應照原勘結砌條石基腳以蠻石填護

擬估條石銀二千八百七十五兩　蠻石三十船銀五百四十兩

一墟口大樹起至墟尾門樓止長五十丈兩旁鋪舍止能外面壘石後面培補土工

擬用蠻石二十五船計銀四百五十兩　土工銀五十兩

一自蕩平門樓起至禾㕚基頭鎮涌界止共長一百一十八丈基身壁立水深約四五丈應照原勘結砌條石另基腳添蠻石

擬條石銀二千七百一十四兩　另蠻石銀七百二十兩

一三丫舊基決口六十二丈鄉人求請築復但內有三十丈測探無底無憑著力且新築月基甚屬鞏固何必拆毀已成之新基築復無底之舊址徒致虛糜工

費耶

一李村兩處三丫基頭新賣布行一處温家路口下一處瘋子寮一處大灘汎華光廟一處各築石壩一道以殺水勢

六壩約估銀四千八百兩每壩約石四十四船
零另加船費銀二百八十兩

鎮涌堡

一海舟鎮涌禾乂基交界處所基址雖肥厚而頂沖卸溜必須築開二丈以殺水勢

擬估蠻石銀五百兩用石二十七船

一鎮涌堡禾乂基下至南村基窄坦處長三十六丈正當頂沖應照原勘結砌條石另基脚添堆蠻石

擬砌條石銀八百二十八兩
另旁堆蠻石銀二百十六兩石十二船

一該管基長一千零一十餘丈擇單薄處加土工三百

丈

擬護基 蠻石銀一百八十兩石十船 另土工銀三百兩

河清堡

一荒基秋楓樹至九江基界係甲辰舊決口計長二十

二丈應照原勘結砌條石

擬估條石銀五百零六兩

一該管基一千一百五十四丈又外圍三百七十七丈

填塘泥工銀六百七十八兩六錢

擬估 又椿板工銀三百七十七兩

牛工銀一百六十五兩八錢八分

單薄處銀二百一十六兩

九江堡

一滘心社上甲辰舊決口長二十七丈高八尺應照原

勘結砌條石

擬估條石銀四百九十六兩八錢

一內圍大基兩旁或民房侵佔或栽植桑株於基身無甚妨礙尚可任從民便惟基腳開挖魚塘二十二口基身壁立基腳空虛倘遇大水猝至何以支持應請飭令填復層遞築高以資保障尚有基身低薄浮鬆處所亦應用土培築以期鞏固

通圍加高填塘約估銀一千五百兩 樁板土工六百兩

一內圍鐵牛處所共十丈用條石結砌下用蠻石護腳

擬估銀一百三十八兩 蠻石三船銀五十四兩

一外圍大洛口一帶計長九百零八丈五尺另丈溢六十三丈五尺原勘均用條石結砌惟內有坦無坦之

分基外無坦基身壁立自應砌石以當水勢之衝刷並須下加鑾石以護基脚其基外有坦者基身本屬鞏固兩旁基脚寬厚無虞沖決似可仍循其舊節省工費以爲最險處所作墈壘石之需查該處基外無坦或有坦而不過三四丈者共該四百六十丈零五尺應照原勘以條石結砌其基外餘坦四五丈至八九丈者計五百一十一丈五尺似可用土培補無須砌石惟通行砌石業巳入　奏自應遵照辦理再外圍亦有魚塘七口應請一律飭令塡復加高免致傾陷

四百六十丈零五尺通匀以高一丈計算共工料銀一萬零五百九十一兩五錢

護基鑾石二二百三十船銀四千一百四十兩

五百一十一丈五尺通匀以高六尺計算共工
料銀七千零五十八兩七錢
土工銀六百四十五兩
塡塘樁板銀二百兩

一九江一帶正當古潭沙分水斜沖河深湍急逼近基身本年歲修業已堆築石壩四道尚不足殺水勢應於九江新墟下蠶姑廟前横基頭石欄路口等處添築石壩三道新墟之下一道格外加長壩頭用舊麻陽船裝石沉底依次堆放亂石以防石塊散失歲修所築石壩四道尚須加高續長

擬添壩三道估銀二千三百兩加高壩四道估銀一千六百兩另加船費銀二百一十兩

一吉贊横基長三百一十八丈係通圍上流公業撥歸吉贊鄉經管其基適當三水基圍之下流三水基身單薄遇有沖決全賴此基爲通圍之保障原勘全築

石隄但南北兩頭貧民所葬墳塚不下千餘年久月深遷葬不易察看基之南頭六十八丈正對吉贊本村基之北頭三十丈依旁山岡均非正沖險要之所向無沖決之虞似止須用土培寬丈餘便可鞏固惟基中二百二十丈正當沖要應仍照原勘以石條結砌再基東有深潭三口基西有藕塘四口基腳未免空虛現將歲修銀兩購石砌塡五六尺因水大尚未完工應俟水勢稍退卽行修築如歲修銀兩不敷支應准於捐助項內動支倘有基旁各田不免侵佔基腳均應鋪以條石以別疆界

條石銀五千零六十五兩

擬

土工銀二千二百九十五兩

塡藕塘銀一百兩

基腳條石銀一百七十六兩四錢

雲津
百濬兩堡

一仙萊鄉基址一百丈零六尺應用土工培厚

擬估土工銀一百六十兩

由雲津堡横基角起至旱竇止長二十三丈裏塘外坦

裏塘應塡復丈許又旱竇一口應壘砕石塡塞

擬估土工銀三十三兩一錢二分
擬另石銀九兩

由雲津堡横基下二十三丈旱竇起至莊邊旱竇止長

七十二丈有外坦内有旱竇一口屢次傾陷應壘砕

石塡塞

擬估銀九兩

由雲津堡莊邊竇起至莊邊基止長三百十一丈裏塘

外坦裏塘應塡復丈許

擬佑土工銀四十四兩六錢六分
又樁板銀三十一兩

由莊邊基起至上莊邊石界止長二十六丈裏塘外河基外應壘碎石六船半裏塘應塡復丈許

擬碎石銀一百一十七兩
塡塘銀三十七兩四錢四分

由百滘堡上莊邊石界起至莊邊大竇止長六十丈裏塘外河基外應壘碎石十五船裏塘應塡復丈許

莊邊竇穴應畧加粘補費銀二十兩

擬碎石銀二百七十兩
裏塘加土工銀五十四兩
另古贊竇費銀二十兩

由莊邊竇下至四十二丈裏塘外河基外應壘碎石十船裏塘應塡復丈許再竇有頂沖成潭處所加石十萬斤

擬石銀一百八十兩
塡塘銀三十七兩八錢
又加潭石銀十八兩

由四十二丈起至程宅横水渡頭止長九十四丈內二
十四丈低窪缺卸裏田外河基外應壘碎石八船
擬估碎石銀一百四十四兩
由横水渡頭起至程宅社止長六十五丈由程宅社起
至大土地止共三十五丈外涌裏地外涌應壘碎石
二十船內有二十餘丈魚塘應塡復丈許由大土地
門樓起至儒林福地止共四十四丈應土培築
擬石銀三百六十兩
塡塘銀四十五兩
又鑲闊工銀三十一兩六錢八分
由百滘堡潘宅大社門樓起至山坂頭止長三十丈裏
塘外涌外涌應壘碎石七船裏塘應塡復丈許
擬碎石銀一百二十六兩
又約加土工銀二十兩
由百滘堡山坂頭起至梁宅葫蘆塘止長二十二丈基

面窄矮用土工培高厚

擬加塡塘銀三十九兩六錢
又樁板銀二十二兩

由雲津堡梁宅葫蘆塘起至京兆門樓止長二十四丈

由京兆門樓起至聚星門樓止長三十一丈五尺外塘最險應押令業主塡復丈餘

擬加土工銀五十兩

由雲津堡陳宅聚星門樓起至康公廟止長二十丈廟側基滲漏內有十丈裏塘外涌裏塘塡復丈許外涌壘石十萬斤餘用土工培高厚

擬塡塘銀十五兩
補碎石銀十八兩
基面銀十五兩

由雲津堡康公廟起至民樂市北閘止長五十丈外小涌基裏有十餘丈魚塘外涌應壘石十一船魚塘塡

復丈許

擬土工銀二十六兩三錢
碎石銀一百九十八兩

一由北閘至二閘三閘兩邊鋪舍難以施工似可毋庸

培築

由民樂市東街起至藻尾鄉天后廟後門樓止長八十

丈基面寬三尺用土工培厚

擬估基面銀三十兩

由天后廟後丁丑年沖缺處起至迎龍門樓吳宅止長

四十五丈由迎龍門樓起至懷洞祖祠後止共七十

五丈逼近外河應壘碎石三十船

擬估碎石銀五百四十兩

由吳宅祠後起至橫水渡頭止長三十八丈裏外魚塘

應每邊五尺塡復丈餘
擬塡塘土工銀六十八兩四錢
由橫水渡頭起至高田竇止長六十一丈外係吳宅大
塘應塡復丈許高田竇口現尚完固毋庸粘補
擬塡塘土工銀二十兩
由高田竇起至簡村堡二十七戸歲字號石界止長一
百零九丈內有二十餘丈低矮用土工培高
擬土工銀一十兩

簡村堡

一竇門石基有爛樹根小穴一口應用灰沙舂築
擬灰基銀一十兩
一竇腮砌蠻石

擬竇腮工料銀二十二兩

一墟亭基身長二十六丈過于低矮應加高三尺底寬六尺面寬三尺

擬加土工銀二十四兩一錢

一竇穴外深潭應塡碎石十萬斤

擬加碎石銀一十八兩

一外基三丫海口應壘碎石三十萬斤

擬加碎石銀五十四兩

一內外基灌旱小竇十三口現俱完固毋庸修築

補

一內外基低陷單薄處所約有百丈左右應用土工培

擬土工銀約一百五十兩

一西湖村陳麥羅三姓向居圍外今請代作圍基數百丈難以允行

沙頭堡

一頭壩長九丈應壘碎石九十萬加高培長

擬石工銀一百六十二兩

一城渡頭基大樹起至石竇口長三十三丈內魚塘應培塡一丈層遞頂基外坦應壘碎石三十三萬

擬塡塘樁板銀九十兩零七錢五分 / 又碎石銀五十九兩四錢

一韋馱廟邊基舊砲臺上應用碎石砌高三尺由此起至二壩後長約八九丈內魚塘外無坦魚塘應培塡一丈層遞頂基

擬砌石連工銀二十七兩 / 塡塘土工銀二十四兩七錢五分

一第二壩在韋馱廟邊長一十三丈應壘碎石一百三十萬加高培厚
擬估銀二百三十四兩
一二壩後基至橫塘基長二十六丈內魚塘外無坦基邊深潭其魚塘應塡二丈層遞頂基外潭約三四丈應壘碎石四船
擬估塡塘連樁板共銀四十六兩八錢
又碎石銀七十二兩
一佛山渡頭基至三壩長一十七丈外無坦內藕塘應于藕塘塡築六尺申明飭禁基外應壘碎石四船
擬塡藕塘銀一十一兩六錢八分
又碎石銀七十二兩
一第三壩長六丈應壘碎石六十萬加高培長
擬加碎石銀一百零八兩

一由三壩後基至四壩長三十二丈外無坦內藕塘應
于藕塘培塡六尺外加碎石九船
擬塡藕塘銀三十三兩三錢六分
又碎石銀一百六十二兩
一第四壩長五丈應壘碎石五十萬加高培長
擬石工銀九十兩
一由四壩後基二十四丈外無坦內藕塘應于藕塘培
塡六尺外加碎石六船
擬估藕塘塡工銀二十五兩九錢二分
又碎石銀一百零八兩
一第五壩長五丈應壘碎石五十萬加高培長
擬估石工銀九十兩
一真君廟左基長六丈外無坦內涌滘應于涌滘培塡
一丈外加碎石三船

擬塡涌銀十五兩
碎石銀五十四兩
一眞君廟右基約長五丈外無坦旁小涌口內涌溶應
於廟後涌培築一丈外加碎石兩船
擬塡涌銀一十兩
碎石銀三十兩
一河澎圍築基長一十八丈外有餘坦魚塘在內應于
魚塘塡築六尺外加鑾石六船
擬塡塘銀三十七兩四錢四分
石銀一百零八兩
一石賣基長七尺外有坦內涌溶應于基前加壘碎石
二船
擬估石工銀三十六兩
一與龍江分界基長五丈外有坦該管基內基面開有
低矮應加高

擬估土工銀四十兩

一通圍坦身淺窄應加石培護

擬石工銀五百四十兩計三十船

一五鄉基界向屬龍津堡管修迨甲寅通圍大修該堡未有科派自願以工代費稍爲粘補至二十二年三丫基決又復通修該堡亦未派及現有捐項大修自宜一體修補該基單薄處所約有五六十丈浦南鄉前基旁兩面魚塘亦須打樁培闊

擬估工費銀二百五十兩

龍江堡

一與沙頭分界起至河澎圍尾止計四百餘丈外多餘坦並非險要間有低矮應加土培高

擬估加高銀一百兩

甘竹堡

基身單薄滲漏處所約三十丈

擬估土工銀一百兩

總理何毓齡等會看圍基續估工程

呈稱桑園圍基每遇西北兩江洪水漲發屢遭沖決嗣

蒙發帑生息歲修以保民命莫不感激靡涯然以萬丈

基隄歲修之費無幾終難免此修彼塌圍內各業戶雖

欲合力捐貲通圍修固其如力不從心束手無策茲幸

義紳盧文錦伍元蘭伍元芝等樂輸銀十萬兩協濟大

工藉以通圍修築此皆仰賴各憲勸善樂施之所致也

惟七月間委員卸任南雄州余刺史親臨勘估之際正

値江水漲發之時該基地方遼闊形勢不同似應詳加諮訪因地制宜方足以昭盡善奈彼時余刺史侍養情殷歸心如箭以故不遑細察草草定章其所詳估章程內多窒礙難行有未能盡善盡美者毓等公同十四堡紳耆業戸覆加察看如刺史所議圍內魚塘藕池塡塞爲基查各池塘業主輾轉相售已屬百有餘年並非起於近日旣令業主將用價售買之池塘塡塞爲基事屬因公且爲捍禦廬墓田園起見斷無抗違之理然令業主各出已貲僱工塡築合計塡塘一口計費不下百餘金此中業戸貧乏之居多不特苦樂不勻抑且諸多棘手似應由工所給發工金以昭平允他如刺史所議用條石應更易蠻石疊砌者議用蠻石應更用條石疊砌者

基身濱臨大河沖險之處最多均應多築石壩以避急
湍況水底之淺深不一水勢之緩急靡常總須隨時隨
事相機而行工料人夫何能預定惟當不昧天良秉公
核辦若照余刺史原定章程辦理竊恐徒費多金毓等
經理其事責有攸歸不敢不冒昧直陳應否相機度勢
因地制宜總求工堅料實不必拘定章程之處伏候轉
詳憲示飭遵

先登堡太平山路口橫基起至墟鋪止計長一百一十二
弓雖有微坦水巳割卸請加碎石培護坦腳用碎石十
九船估銀三百四十二兩

列聖廟至山路口計四十五弓畧有沙坦係屬頂沖請用
條石砌築高八尺估銀四百一十四兩

茅岡鄉十甲區祖文等基十九丈係接圳口土隄上便遵
佑用蠻石疊砌應請換砌條石除照估蠻石銀二百二
十四兩加估銀二百一十三兩
太尉廟前夬子岡至圓岡計七十弓應請堆疊碎石加估
銀二百一十六兩
鎮涌堡禾乂基下旁堆壘蠻石至泥龍角均屬頂沖遵照
勘估銀兩處共銀三百九十六兩惟水深石少應請加
碎石二十船計加銀三百六十兩
又土工照估銀三百兩應請加樁板牛工一百五十兩并
懇派開各段以免爭端計南村基單薄處所著土工銀
一百六十兩何克彝塘頭至寶朏著土工銀八十兩見
龍里至沙逕著土工銀八十兩土主廟下基土工銀一

百三十兩
河清堡外圍除塡塘泥工椿板牛工等費外其內隄單薄處所經估銀二百一十六兩惟基長費繁應請加估土工銀二百一十六兩并懇派開以免爭執鎮涌界下基著土工銀二百一十六兩九江界上基著銀二百一十六兩
九江堡南方甲子圍周子雁圍曲⿰月爭頭破排角等處應請加土工椿料牛工共銀五百兩
沙頭堡頭壩應請加石三船二壩應請加石三船三壩加石二船四壩加石二船五壩加石二船并該堡原有第六壩在眞君廟下便應請加石五船共估銀三百零六兩另通基塡塘處所再加土工銀一百二十兩

雲津百滘兩堡通基請共加牛工銀一百五十兩
簡村堡墟亭基應加牛工銀一十兩
吉贊橫基應請加椿板牛工銀共五百四十兩
龍江堡懇再加土工銀五十兩
甘竹堡懇再加土工銀五十兩
附丁丑羅思瑾等呈爲力有難施稟懇據情轉詳事
竊照桑園一圍上連三水下達順德甘竹兩龍爲南順兩邑最大之區當西北兩江頂沖要道去年五月內潦水漲發沖決海舟堡三丫基六十餘丈查照甲寅年李村決口按各堡額數以五成起科共得銀二萬七千餘兩先將三丫基決口築復其餘一律通修現通圍土工均已告竣惟三丫基及禾乂基大洛口

等處俱應落石培護荷蒙藩憲軫念民依親臨履勘擬照浙江塘工之法用大小木櫃或竹簍裝貯亂石兩旁用木樁打排結實層累而上砌作階級之勢飭令瑾等如法辦理仰見大人指示周詳法良意美敢不凜遵惟查粵東河道類多沙坭壘砌蠻石亦不能隨沙滾溜且基旁河水皆深二三丈不等潮退無多比不同浙江潮水大長大消易於施設茲三丫基大洛口險要等處前經落石日久雖有坍卸然再添石塊自可無虞現在此次起科銀二萬七千餘兩而各堡所欠尚有二千七百七十兩三丫口石工已有六分大洛口石工亦有五分惟有趕緊催收餘欠之銀按照基段添補壘砌風浪自不致沖激況蒙列憲奏

請借帑生息以備歲修遞年將所領息銀亦照段積

壘更爲鞏固即欲如浙河辦理而粤東海水深樁短

人力固難施工經費亦難設措徒負憲恩理合將落

石情形不能遵照浙河辦理緣由用敢冒昧據實稟

覆是否有當聽候察核轉詳實爲恩便

甲辰石工

海舟堡三門一帶需石一百萬斤

龍潭東角需石三百萬斤

鎭涌堡鐵牛一帶需石一千萬斤

九江堡蠶姑廟一帶需石五百萬斤

沙頭堡韋馱廟横基頭需石三百萬斤

龍江堡河澎尾需石六十萬斤

己酉石工

鎮涌堡自鐵牛界至泥龍角石隄砌舊添新隄裏用灰沙舂實雜以塊石爲骨計長四十三丈又自鐵牛前石隄起盡泥龍角無石隄處隄腳通壘蠻石另隄外北邊築大壩一道南邊築子壩一道共用蠻石千六百餘萬斤又自鐵牛界起盡南村管基其土隄俱加高培厚計長二百八十丈

海舟堡天后廟加壘蠻石又廟前起至南村側一帶土隄增培又附近鐵牛界石堤舊多傾卸今砌回

民樂市竇左邊基用土培闊併用石條結砌數層護土計長二十餘丈又於竇左邊基面至北頭路闊均用土加高又於竇右邊基添石結砌

土工

一李村基所土性多浮沙不能堅固必須別處取土運赴塡築

一載運沙泥需用船隻每船議以約載二十五擔爲額二人撐駕每日每船租銀三分每名工食銀九分

一取土處所如係田畝則按井計算中打一柱至四面用字爲號以免挑工作弊

一挑南湖裏田每泥一井投銀三錢六分

一挑北湖裏田每泥一井投銀二錢四分

丁丑通修仿土方例議估工費　一大決口係沖陷成潭者將其底面長闊乘井每井估土工銀五錢四分牛

工銀四錢四分另用樁處每長一丈估樁料銀二兩五錢　一小決口每井估工費銀八錢　一坍卸經搶救者現有打樁可據每卸一丈估工費銀四兩

一大坍卸雖未搶救而卸至基腳水面不能築復原坵者應傍原基外培築每長一丈估工費銀八兩

一小坍卸每長一丈估工費銀一兩二錢　一頂沖單薄每長一丈估工費銀一兩四錢　一填塘每長一丈闊一丈高一尺連土工共估銀三兩六錢　一應斜撇填闊處每長一丈闊一丈共估銀三兩　一滲漏處每長一丈估銀一兩四錢　另各堡所有患基公局如有餘羨查其緊要處所再行添補

南海縣閆示查與修基段所需泥土誠恐附近人等借詞

阻撓合就示諭爲此示諭附近居民人等知悉如遇基工挑取泥土任從挖掘不得借詞阻撓倘敢故違許首事羅思瑾等指名禀赴本縣以憑嚴拿從重究懲決不姑寬其工匠人等如有可取土之處不得貪近毀廢墳塋各宜凛遵毋違特示丁丑十月初一日示

一基底高低不一先令工人將低者加工塡平使其一律每日據記以便認看挑工之勤惰因定賞罰或有該段取泥遠者則須多加工人基身既約相等或投計泥井給工價可免督催之勞癸巳年增

一挑取田泥每井工銀遠者以三錢六分近者以二錢四分爲率

築決口

一堵築決口工程最爲緊要自應博訪賢能方無貽誤
試就李村大決口而論長一百三十餘丈其水深一
丈有餘者計四十餘丈最難施工今擬基形畧爲灣
入新基自北頭盤古廟起至南頭坡地圓眼樹止計
長一百四十五丈內上湖闊二十六丈外水深一丈
二尺內水深八九尺不等下湖闊七丈五尺外水深
八尺內水深五六尺不等兩湖自下起築基底計闊
十丈兩傍打密排樁兩層內外樁四層中實泥基仍
點梅花石樁腳實以沙樁外壘石闊四丈塡至水面
上內外仍打密樁一排中間舂灰牆一道兩傍用牛
踊練內外基裙分八字拷練堅實外裙上下鋪石以
防水激內裙用石壘腳上面間築泥壟以護基身基

面寬二丈北頭舊基外築石壩一道以卸上流所有工程務求堅厚鞏固至各處決口亦應一體相度酌辦

一決口六十餘丈水激成湖內外水俱深二丈三四尺不等甚難施工今議照決口硬築爲一圖畧灣入裏成基爲一圖挨南便湖斜割下石截流擇淺處趨北成基爲一圖又照新築月基依基旁圈築爲一圖計繪四圖將工料土石用丈尺乘數仿土方例估議費用逐一註說稟崇列憲定議以前三圖皆憑空結撰水深俱二丈有零落石而石滿則卸下土而土散則浮工費浩繁究非堅實不如照月基圈築東西北三方皆有淤田桑地可靠惟南湖十八丈內外深潭著

用長樁先打一重然後下石卽將月基浮沙塡滲石
罅再卸再塡務令結實基底腳闊基根乃固再復連
打長樁兩重貼平水面上加淨土用多牛踹練基裙
八字艇運泥瓜密排由水底層累施放俾有泥漿糊
結外裙上下並砌石塊以防水激內裙用石壘腳以
護基身原南湖基最險自築成照水面計基底闊一
十二丈高二丈面寬一丈二尺其餘通身一律挑去
浮沙換過淨土用牛踹實上面閒築泥墥拖尾以頂
基身外面多壘石塊基底闊十丈或九丈面闊一丈
二尺基裏通打一丈二尺杉樁周圍一式共圍築成
一百八十二丈上下原決口兩嘴以蠻石砌築埧頭
卸御上流自成門戶所有工程務須鞏固毋或苟安

羅思瑾等呈稱連日邀集各堡熟諳河工老成練達
之人分段相度繪圖註說勘估需費工料銀兩籌議
妥商查該基決口及內潭深處長一百丈或八十丈
俱深二丈三四尺不等工費浩大實難施工惟新築
月基現有基地可憑衆議於基傍通築大基挑去浮
沙換過淨土用牛踹練堅實外面多壘石塊增高培
厚自可無虞較之決口內潭等處施工事歸簡易費
用節省瑾等揣情度勢似屬可行理合繪圖列摺稟
候察核仰懇仁臺親臨履勘指示工程俾得有所遵
循勿致貽誤并懇出示於附近處所取土培築以免
阻撓實爲恩便
一築仙萊岡決口區大器等稟稱拆去抱築新基五十

丈零五尺翻築新基長四十丈基底闊七丈面闊一丈五尺高一丈七尺舊基長一百一十二丈原底闊三丈面闊四尺高一丈四尺今基底培闊四丈基面培闊一丈一尺培高三尺新基一律底闊七丈面闊一丈五尺高一丈七尺新舊基共一百五十二丈新舊基外面基脚俱横排地牛砧石一層横石上新基加砌方砧大石六層舊基加砌方砧大石四層新舊基内面基脚俱砌大石一層石裏靠石椿練灰砂厚五尺高與石齊石步另加灰砂牆高闊俱一尺六寸決口被沖成潭計闊六畝餘用砂泥填平工竣後復蒙江浦司吳主隨同糧憲親臨勘驗無異

一隄基工程元史河渠志有創築修築補築之別隄基

坍卸掘舊土而重新堅築不易其址此修築也隄基卑薄不足資捍禦爲之加高培厚此補築也基決百數丈外水衝決口撞刷成潭欲照舊基左右隄岸接築則水深址浮不特工艱費鉅且恐落石而石滿則卸下土而土散則鬆勞而鮮濟須相深潭外內地址堅厚處或前或後灣而築之爲偃月形爲眠弓形爲荷包形爲垂臂形爲半筐形爲勾股揞角形總因地勢長短深淺定局基腳闊十丈面闊四丈上狹下寬則基腳成坡而入之升下便也高一丈五尺爲率因水勢而增損之基腳兩旁用長樁密排堅樹兩重內外樹密樁四重樁內實以老土雜塡以石錯綜作梅花點樁腳插滲浮沙則樁罅逼固雖越久水不能入

而搖也臨水之樁外壘石闊四丈石出水面則止內外復排樹密樁中舂灰牆一道闊盈丈灰牆外層築老土踊練用牛以其力厚而長且匀也基外坡腳上下砌石塊以殺浪濤之衝擊也基內坡腳悉壘石間築丁字土壟附基身欲其撐基之後捍禦益有力也舊決口左右基嘴環砌蠻石爲壩令其自成門戶則上流可殺卸而之中流也癸巳年議

一築林村決口馮日初等呈稱舉人等於本月十七日領到撥修基費銀八千兩隨於十八日啟行十九日到林村基所開局登即傳集圍內諳練基工紳士人等悉心訪度當向該決口處所再三察看情形僉稱原基沖決成潭現探得水深尙有二丈餘一丈餘不

等即潭尾亦有七八尺之多若概從跨築不特工費
鉅繁究恐泥淖浮鬆難期堅穩就擬圈築由水基南
頭起至中段畧移向外其自中段至北頭如照原築
水基未免棄業太多殊堪軫惜擬從淺水跨圈斜繞
至塘角接合吉贊上渡馬頭共計圈築新基長七十
八丈底闊八丈面闊一丈餘基身高二丈餘圈內兩
脇均宜多堆蠻石以防潦水消長免受衝激似此足
臻鞏固而資捍衛

一築決口遇須圈築如所壓係該管基主之業例不補
回業價

一補築決口例應該管基主酌出公費若干今議每支
公項一百兩該基主應招墊二十兩以遵舊章

椿工

一基址若定宜先用鐵針遍插以探輭硬如輭則多打椿或稍移地段

一打椿或論條給工價或論日僱工亦可因論條計則或截一作兩或稱打不下將椿截短以圖易打爲害最大

一竪椿工人須標字召募或計工定值或計椿定值其價值多少或到首事廠面議或用標投以取值少者得之開工之後勤者留用惰者辭退

一竪椿工人要訂明竹篾藤纜橋板椿椎伙具俱要工人自備辦方爲利便

一椿旣竪下其露出椿頭高與基面平齊方能堵潦倘

一時不得長椿至短只可低於基面一尺八寸太低不能藏泥潦至不可堵矣

一豎椿必於直椿之後間豎斜椿相之若不用椿相後則水易衝浮泥易堆側斜椿既豎又用橫椿押住用藤篾絟紮竹纜牽挽橫斜幫輔椿乃堅固

一椿頭修圓方不拆裂椿尾削尖方易入地要另僱木工治之不可由椿工人包辦因木工値賤椿工値貴且用斧鑿椿工不如木工之精巧兩工分辦則價値廉而工速矣

一椿未修削者放埋一堆已修削者另放一堆每日計工用去多少派人逐一查點晝夜看守方免疏失

一豎椿工程畢即要趁勢落泥但基口尚有水出入初

次所落之泥要用裝鹽蒲包載泥放落方不爲水沖去到水面之上可以落散泥不必再用蒲包但用輭竹笪牐住樁傍可防水湧矣

舂灰牆

石工之基用徑尺長六尺大石在基外內四重層砌中實灰土碎石舂至融結工程堅固無踰於此然基段百數十丈或可爲之若延袤至千丈以外工料浩鉅力恐不繼且數十年後樁木霉朽則石必墮落修補亦不易易不如舂灰沙牆之爲愈其法視基面廣狹度中央掘隧道寬三之一築灰沙牆實之若基面寬一丈五尺則掘五尺之隧也牆址高低以冬月水涸潮退時掘至平水面爲準沙用四之三灰土各用四之一沙灰中恒有石

子夾雜揀之務盡土則鎚之令成麤粒簸以禾篩沙灰土攪若一下於隧中厚盈尺密夯杵勻舂之旣融結擲銅錢於上試之錢跳而旋覆方可再下沙灰土也每層畢舂基兩旁並夯杵加築焉使與灰沙牆膠結爲一層舂至基面乃止如此鼠不穴蛇不鑽蟻不垤蜞不跬螯不陷浪濤擊撞之不墮裂苦雨久淋之不融卸而成坑也

按自咸同而後地方多故稅例繁興物價騰貴往日每夫一工給銀不過九分今遞增至一錢二三分每挑泥一井遠則三錢六分近則二錢四分今遞增至四五錢有奇每石萬斤上者三兩二錢次者一兩七錢今自二兩九錢增至三兩一錢他若灰椿雜貨皆

視前有加是以費倍而功半亦時勢使然也

桑園圍志卷十終

桑園圍志卷十一

章程

昔漢有天下張蒼自為定章程所以示法守也夫有法則治無法則棼天下事大抵類然而承辦隄工尤不可無畫一之規以息紛紜之論道光十四年既塞三丫基決口圍內紳士鄧觀察士憲何職方文綺溫比部承悌張中翰謙邀十四堡人士集南海學宮公同酌議章程請邑侯通詳飭遵編載志乘自時厥後遂有所循守今彙前後官紳所條議者著於篇詩曰不愆不忘率由舊章美守法也又曰匪先民是程傷變法也後之君子可以知所處矣志章程

嘉慶二一年廣州府朱公棟詳定章程

爲隄工告竣等事據南海縣知縣候補同知李檪詳請查卑縣屬内圍基桑園一圍實爲最大之區乾隆五十九年西潦沖決荷蒙藩憲捐廉倡修本圍各堡紳民亦各感激憲恩踴躍捐助惟因工程浩大復奉憲行諭令附近該圍之順邑龍江龍山甘竹三鄉不分畛域一體義助幫修茲査土石各工雖已告竣可保無虞第該基隄綿長九千餘丈誠恐一處防護不周卽爲通圍之害自應議立章程以垂永久遵卽移行九江主簿會同總理首事傳集十一堡紳耆公同妥議明立章程分晰條款備造淸册移送轉呈去後茲准九江主簿嵇會嘉覆稱遵奉檄行會同通圍紳耆首事人等詳細確議凡關圍基利害之處俱已酌議條款合就列册移覆等情卑

職逐款確核似尚周帀如果實力奉行自可垂示久遠
可否俯如所議飭令立石永遠遵守之處合將各款備
列清冊具文申繳核轉等由到府據此卑府伏查桑園
園基既據紳耆首事人等公同酌議所列各款似屬防
護已周應否俯如所請飭令勒石以垂永久合將繳到
條款冊具文詳候憲臺查核批示飭遵爲此備由同冊
二本具申伏乞照詳施行
一議歲修工程鄰堡加結
查各堡歲修工程多有草率從事鄰堡休戚相關就
近便於查察應請飭令遞年各堡互相加結報竣禁
止濫給胥役結規則工歸切實自無欺飾之弊
一議基身毋得添埋棺木

查基坦已埋棺木現奉飭起遷葬但荒塚纍纍若令刨挖深坑未必即能填實反與基身有礙應請飭令於各段荒基用板石大書官銜禁令不許添埋如違許令附近居民禀官查究實爲兩便

一議基圍內外毋得貼近開挖池塘溝渠

查現有之池塘溝渠若令填塞殊有難行應令冬閒將基腳培築高厚將現在之池塘挨順業戶姓名造册存案俾得有所稽查不致日久廢弛仍復開挖難以稽察

一議毋得私建竇穴

查附基業戶乾旱之年貪圖水利往往于基根偷挖小竇戽水灌田潦漲時失於防範每多滲漏茲查東

西兩圍先登堡有竇一穴海舟堡二穴鎭涌堡三穴
河清堡兩穴九江堡一穴百滘堡一穴雲津堡二穴
簡村堡一穴龍津堡二穴沙頭堡一穴蓄洩通圍水
勢准其照舊啟閉防守餘外應請禁示添建
一議基腳內外讓耕二尺
查基圍內外根腳多爲業戶侵耕以致陡削應令照
舊基培補犁田時再讓二尺卽令各堡按基用石條
豎界一律遵行
一議基工土性肥饒者栽種龍眼荔枝
查龍眼荔枝五六兩月成熟正當水發之時業戶日
夕看守卽可巡查基址但栽種果樹數年方得收成
如防範不嚴牛羊一觸其樹卽枯應令於樹外栽桑

固可以防範牛羊幷可以先得資利仍不失桑園圍
本義
一議基身兩坦土性稍瘠者所生雜草毋許刈割
查茂草紛披驟雨不能沖刷溝窩其外坦於水漲時
更可抵禦風浪
一議毋得縱放牛羊豬隻侵損基工
查東西兩岸基身鋪屋每畜牛羊豬毋不自關欄任
由成羣引隊縱放於外蹂躪踐踏最壞基身鄉情難
爲禁阻應請用石大書官銜禁止如違拏究
一議護基石塊附近居民毋得偷檢應用板石大書禁
令如違查出罰賠枷示
嘉慶二十二年總督阮公元嚴禁砍伐隄樹盜葬墳墓私

挖魚塘示

爲曉諭示禁事照得南海縣屬桑園圍三丫基等處本年夏間潦水沖決經蔣前部堂會同撫部院奏蒙
聖恩借帑籌辦并據該圍居民公捐興築現在應修沖決水口及各堡患基實穴業經諄飭趁此冬晴水涸趕緊修築完固第興利必先除害愼始尤貴圖終查該圍基兩傍向有護隄樹木屢被附近居民肆行砍伐樹根朽爛泥土卽鬆且有貧民盜葬官基開挖魚塘以致隄身日就侵削低陷若不從嚴示禁則工完之後難保不復行潰決合行出示禁止爲此示諭居民諸色人等知悉除附近魚塘卽照原勘丈尺一律塡塞外嗣後毋得砍伐隄傍樹木盜葬墳墓私挖魚塘倘有貪利頑梗之徒仍

蹈故轍許地保基總人等即赴地方官禀究該地保等縱容徇隱查出一併嚴懲工竣之日該首事仍將各堡沿隄樹木叢葬墳穴詳細查明立石隄上毋許再行違犯本部堂念切民瘼不憚諄切告誡該民人等宜各自衛梓桑毋得貪圖目前小利自貽伊戚特示

嘉慶二十三年總理羅思瑾等籌議善後章程

一議首重歲修以備將來也

查桑園一圍正當西江頂衝自明初至今四百餘年隄岸日削迴非昔比向例歲修俱責之附隄各堡而無如地瘠民貧不免草率從事現蒙大憲勸諭照甲寅年五成捐簽銀兩一律通修幸慶安瀾足稱樂土但以一萬餘丈之長隄當滇黔西粵數省之盛漲歲

一不修或修不如法卽多可虞不得不申明舊例每
歲應責成各堡按照志書基段長短隨時自行修補
遞年聽候兩司查勘不得藉有歲修帑息銀兩推卸
爭執至該堡如果實有險要處所會同總理紳士及
公舉首事量明丈尺估值開報領銀修築歲底造册
繳縣報銷以歸核實
一議借帑生息以垂永久也
查圍内衝險卑薄處不一而足歲修工費需銀四五
千不等今蒙大憲奏懇
聖恩賞借帑本銀八萬兩交南順兩邑當商每月一分生息
遞年對周當商將息交出以五千兩歸還帑本以四
千六百兩給與修隄遞年將此項銀兩擇險要處所

修築土隄添落石塊務令堅固并可隨時酌建石隄
以資捍禦倘年深日久或有沖卸漫口立時攔築責
成該管業戶自行捐修倘該管業戶如果力薄難支
通圍酌量幫助俟隆冬築復大隄則通圍協力仍由
各堡科派應用卽有不敷酌支息銀幫補方可垂之
永遠

一議聯請帑息務求實效也
查遞年息銀有四千餘金非得公正殷實之人恐有
浮開濫費情弊今議合十四堡公舉端方殷實者四
人爲之總理於每年年底冬晴水涸之時聯呈赴縣
請領領銀到日眼同各堡紳士將圍基頂險次險先
後緩急分段勘估倘需費過多息銀不敷應總計需

銀若干以息折派如有不應修而故爲爭執應修者
許總理首事公同稟究
一議公舉首事以專責成也
查遞年二月十三日爲海神誕期先於初十日各堡
卽將公正首事推出辦理收租賀誕等事俟十月請
領給息亦責成該首事赴領所有是年修費等項銀
兩必須列款標貼廟前俾衆共悉其首事遞歲奔走
辛勤議以歲底酌送袍金以酬厥勞并議三年一換
以昭公慎
一議西潦漲發須爲稽察也
查遞年五六月潦水奔騰若不稽查恐致誤事須責
成該管業戶及基總時刻察看遇有危急立時搶修

幷卽傳鑼通知各堡幫救毋得貽誤

一議嚴禁害隄毋稍徇隱也

查昔人築圍圍邊必多餘地今已日就削薄而隄畔又開池種藕或蓄養魚苗藕根最能壞墈衆莫不知養魚苗者內水已淺不能敵隄外盛漲之汪洋最爲隄害更有隄上大樹從而斲伐其根一腐不數年而隄卽沖決又有貧民相率盜葬習以爲常爲害尤劇蟻漏尙能決隄況此等易朽之木乎古冢難以悉遷亦宜查明該處基身有無妨礙設法於隄內培厚鑲築堅固自查禁後如有新葬者罪之卽勒令遷去塡築堅固以上數款刻石嚴禁幷每歲出示曉諭責令基總地保查報毋得徇隱則積害可除全隄永固矣

一議修隄支息聽民交付以歸簡易也
查當商所領帑本八萬兩每年對周交息其應還帑者擬由當商隨當餉上庫其留爲修隄者擬由當商公推在省貲本殷實之商數家分貯該圍亦推公正殷實數人預禀本縣給發諭帖印簿屆期攜諭帖印簿赴省當收取庶事歸簡易免致上庫時須換紋銀及至領出支發工費又須換回洋錢多費轉折也至十六年還清帑本後每年息銀四千六百兩仍給修隄亦照此行修防永賴

嘉慶二十三年署南海縣仲公振履明定章程

一此次歲修諸事辦理伊始桑園一圍地分南海之九江江浦屬十一堡順德之龍山龍江甘竹三堡向歸

十四段業戶經理今每堡責成紳士議定曉事者兩人幫查其事凡一切興動應聽基局商議如遇基局有傳帖到段飭查或該段內有應修之工或應議事件或聯名具呈卽同會商以昭公愼如藉稱傳帖不到故爲疲玩者實屬心忘桑梓均干重咎其每堡所定幫查之紳士名單由九江江浦彙交基局登簿總理務於正月十五以前勘明基段何處應修估需修費若干一同稟覆本縣查核

一各處險要基段隨地補築從前修圍俱就近取土由近及遠不論桑田芋地卽便改挖爲塘塘仍可以收租無礙稅業其有墳塋不得取挖此次培修俱照舊例倘以鄉紳勢宦恃符捎阻致誤要工查出革究

一向來各堡竇穴各有經管為水利灌溉者修葺上年派捐通修三丫基等處竇穴均分輕重估修餘皆完好嗣後各鄉堡積有坦鋪渡額等租應仍隨時自行修理毋許混銷公項更不得先為挖破然後請勘倘有此等情弊許總理基局指名稟究

一大隄之外居民另有圍築子基係開塘成基者與大隄有別准於海旁患處動用公項落石以捍衝激若用土工則歸塘頭業戶自辦其大隄內外基裙查核舊志兩邊俱有餘地現被民間佔為私業相沿已久似難復還原址惟貼近隄基均屬魚塘多有企磡未培爾等業戶如有佔基為業者限於正月內一律培築肥厚知會基局查明再以公項加高拷砌堅實以

免後患

一上年通圍大修係照甲寅年舊例按稅減以五成起科經總理首事出心出力督修完竣所有各堡應捐銀兩自應及早繳齊乃工竣已久尚有欠繳銀二千餘兩殊屬玩誤除飭差幷移順德縣查與欠繳之首事勒追外爾等務於十日内各按欠數備足繳赴基局收還歸款倘敢藉端推搪影射瞞混或藉稱扣留各修自分畛域定卽嚴拏究比

嘉慶二十四年署南海縣仲公振履再定章程

諭桑園圍歲修總理何毓齡潘澄江知悉案照桑園圍歲修事宜先經舉定該紳士等設局總理仍令各堡另選曉事紳士兩人分按所管基段幫同會商勘辦幷將

應行緊要事宜列款出示曉諭各在案茲據該紳等勘
明該圍全隄分别基段險易次第應歸公項修築及應
由業户培築列册稟覆前來經本縣覆核無異除應由
業户培補各基另行出示曉諭趕修外查該紳士等雖
於隄工情形熟悉但此次歲修事宜辦理伊始誠慮辦
理無綜反多束手所有應行事宜合諭飭遵諭到該紳
等即便遵照後開條款悉心妥辦務宜矢公矢慎本縣
實有厚望焉此諭
一查桑園圍東西沿海各隄原例分段經管遞年歲修
向歸各業户自行辦理由巡司取結備查茲因前年
三丫基被冲修復當奉大憲體恤奏蒙
皇恩賞以帑項生息以爲歲修之資每年可得四千六百金

此亦補助不足不給之意必須分別頂險次險稟勘估計施工其餘基面低矮破損仍應責成經管之業戶捐辦毋得全靠官項致誤要工倘有佔基爲業即指名着令趕緊培厚毋得延緩萬一不虞復有開口應照向例或責成經管或合衆科派依甲寅年志書分別辦理不得執部文爲詞致首事賠累

一查全圍惟海舟堡九江堡基段爲最險沙頭堡爲次險所有應修經本縣查勘明確除一面諭飭首事辦理外其餘各基皆宜自衛身家稍有修葺即自行粘補毋得爭執應修致滋議論

一查九江堡大洛口外基頂沖險要緣古潭沙頭水射以致沖坍割脚應即用公項落石惟沿海地段坍陷

數百丈現銀實不敷支所有前修三丫基各堡尾欠銀兩務令尅日繳出以應鉅工更能於各堡捐派或向殷實挪借將來分年償息然後墊還本年歲修伊始必藉厚力辦理乃見成效倘銀兩足用更於大洛口外坦築石壩二個阻慢水勢乃可留淤以成鼈裙修防永賴其外基土工統歸外基業戶科派趕緊培築毋任觀望

一查外基所以護衛大基倘坍卸可虞則經管之責愈重現在大洛口外坦所存無幾若連築兩壩每壩約築八九丈便可保全餘坦而內圍益更安堵然連年息項皆由九江堡開銷通圍亦不輸服今應飭著九江堡東西南北紳士趕緊勸助務令題助二千金庶

掛借略少易於措辦次年別堡有險亦得彌補乃昭
公當
一查向例本堡動工修基卽請鄰堡督理最爲公允乃
聞近來人情散慢不肯向前急公所有傳帖並不到
公所會商甚屬不成事體現經本縣諭飭每堡舉出
曉事兩人不時到局敘議公事公辦在總理首事亦
可以表白無他卽將來接理需人各皆熟悉有條議
可循不致紊亂
以上各條該紳士務卽實心實力倘有各堡中不遵
議辦存私阻撓者許該總理指名稟究可也
道光十四年紳士呈請核定章程
雲南候補道鄧士憲候選知府鄧林主事何文綺温承

悌內閣中書張謙大理寺評事黃世顯江蘇武進縣知
縣程士偉陝西鄜州州同譚瑀江西南安府照磨郭惟
清教諭張喬年温澤明舉人曾銘勳何予彬黃龍文明
離照馮汝棠岑誠陳榮程貴時冼文煥郭懋勳潘澍漳
潘廷瑞潘佐堯潘士瑛何淞湘李雄光梁澄心梁植生
梁懷文潘漸逵梁策書關景泰黃亭郭培蔡詔黃之冕
曾樑材鍾璧光潘以剛武舉李應揚莫緯光職員温承
鈞拔貢曾釗副貢梁上清麥穎張士魁馮日初歲貢左
龍章陳愈生員關家駿張世光陳士麟明倫吳文昭譚
彬譚靄元何玉梅譚彥光陳嘉言程鴻漸郭傑李應剛
胡積輝鄧翔何如驤何作垣劉翰垣余暉超李業麥祥
佳陳瑤均張清嶶胡調德黎芳梁起宗潘芳盧璋程翔

萬潘以翥稟爲桑園圍修築善後章程乞俯照前議各
款核詳飭遵俾得奉纂志乘以垂久遠事竊桑園圍三
丫基於道光十三年夏潦沖決荷蒙大憲奏奉
恩旨賞借銀兩修復工竣叩謝奉督撫批飭志乘應如何修
纂段落應如何分管並即妥定以垂久遠又奉藩臬糧
各憲暨府憲前憲飭將地段保護善後章程妥協籌議
稟覆各等因當查桑園圍基築自北宋東西兩基向皆
歸附近業戶經管該處有基分者謂之基主業戶而附
基之海利雜息亦歸經管之基主所得其基即責成經
管之基主保護修築各堡皆有派定基段分管保修章
程一體無異惟吉贊橫基係通圍公基事歸通圍合辦
段落詳載舊志歷久皆然遵經會同闔圍紳民悉心集

議推究致患之由通籌保護之策或採舊聞或參新議段落分管則率由舊章以專責成遇潦沖決則因時權衡以應急變樁料籌於先事巡視謹於臨時董理務在得人修費歸諸實用基腳戒其侵削涌竇責以疏通合全局之情形酌公平之良法備具闔圍條議章程粘稟前憲懇詳飭遵纂修志乘永遠遵照嗣因圍內沙頭九江各堡基分又於本年五月被潦沖決致未奉前憲核詳茲沙頭九江各堡本年被沖之基各經管基分之基主業戶悉已遵照前議稟案章程築復鞏固各無異論照此纂修志乘垂之永久則事不偏枯工可共濟平時自不懈於歲修漲決復無虞其推諉基臻鞏固民用大和共慶安瀾永叨利賴以仰副仁憲暨列憲子惠黎元

之至意理合懇憲恩俯准核定前稟條議章程詳奉飭
遵俾得遵照纂修志乘以垂久遠

一各堡基段宜循照舊章分管保修以專責成也

查桑園圍基築自北宋東西兩基一萬四千七百七十二丈五尺向來分段歸附近各堡經管該處有基分者謂之經管基主業戶遞年歲修保固以及夏潦沖決築復水基大基例責該基主業戶自辦而附近之海利魚步沙租雜息亦歸經管基主業戶所得以補工費因隄基鞏固全賴歲修若非分段責成必致歲修推諉歲修廢弛則基患多而沖決易分段經管所以專責成而勤歲修通圍各堡皆有基分經管一體辦理惟吉贊横基係通圍公基始歸通圍公修立

法最爲妥善歷數百年無異乾隆十年間海舟堡里民李文盛等推諉修築與各堡里民馮世盛等互訟經奉大憲飭蒙前任府縣各憲查議以桑園圍分基管修原屬以專責成各堡各有派定應修之基議照舊例分修詳奉藩憲轉奉督撫兩憲批飭遵照原定界址分管修築不得推諉等因案存憲檔是以乾隆四十四年五月吉贊橫基與九江河清等基同時並決祇係吉贊橫基歸通圍科築而九江河清悉係經管基主業戶自行築復又四十九年六月烏婢潭及李村黎家基沖決亦係經管基主業戶自築惟五十九年甲寅六月海舟堡李村基沖決基主業戶黎余石三姓丁稀貧赤力難築復又值通圍基多坍卸衆

議大修於是南順兩縣十四堡按税起科銀五萬餘兩修通圍各基并幫其築復決口後嘉慶十八年五月圳口基決仍照舊章歸稔橫兩鄉經管基主業戶自築二十二年丁丑五月九江河清外基及海舟堡三了基同時並決九江河清兩基經管基主業戶先自築復三了基主業戶亦自借帑銀五千兩先築水基以救晚禾銀歸基主業戶自還後因通圍有借帑生息以爲歲修之舉并因衆議修葺通圍患基仍仿照甲寅年大修章程五成起科修葺通圍患基并幫其築復決口至道光九年五月吉水仙萊兩基同決邑紳伍元薇捐銀幫築吉水基除領款不敷銀三四千兩仙萊基亦不敷銀五百餘兩維時伍紳捐款除

給吉水仙萊外尚有銀一萬餘兩撥給全圍東西兩
基通修而吉水仙萊兩基不敷之項不准向伍紳捐
款領足亦不准派之通圍仍照舊章責令基主業戶
自行墊足歷有成案道光十三年五月三丫基沖決
先經基主業戶自借帑銀四千八百餘兩修築水基
工未竣復被水沖八月始行水退晚禾趕蒔不及荷
蒙大憲軫念民依准借銀四萬五千兩築復大基仍
飭令照甲寅大修四分之一起科修葺通圍患基所
借帑銀現蒙奏請
恩旨以歲修息銀撥抵歸款外餘銀五千餘兩歸通圍南順
兩縣各堡按稅畝分五年征還此係非常
殊恩自必永慶安瀾唯借帑大修幫築決口者係一時權宜

不能援爲常例應請飭令嗣後仍各照舊章辦理除
吉贊橫基公修外其餘各基遇有沖決不論水基大
基均歸經管基主業戶自行修築其或工程浩大基
主業戶獨力難支亦責其趕緊先築水基以顧晚禾
到冬晴築復大基時通圍紳士隨時酌量按其決口
之大小工程之輕重基主業戶之貧富丁口之多寡
因時權衡酌幫集事工竣仍歸基主保固倘通圍各
基均有卸爛公同稟官將通圍應修基竇逐一勘估
方照甲寅大修事例按南七順三論糧通派公舉圍
內公明幹練紳士董理將估費交給基主業戶責令
領修保固工竣由董理紳士核實驗收浮冒責賠若
大修與築復潦決大基同時並舉將通圍應修基竇

與決口工程勘估劃清亦按決口大小工程輕重基主貧富丁糧多寡酌量責令基主於眾派外仍出工費若干然後歸眾幫築分別大修幫築辦理不得全借大修之名科銀專築決口致有偏枯俾基主業戶各有專責無所希冀覬望且各修己基工程可期核實財用不至虛糜庶使平時不懈於歲修潦決無虞其推諉於循照舊章之中仍寓因時變通之意隄基可保其永固矣

一備修工費銀兩宜禁濫用也

查圍基鞏固全賴歲修保修工程責成基主業戶各基俱有備修雜息如果基主業戶每年於秋冬晴涸之時以備修公費各將名下經管基實隨時增卑培

薄壘石築塡基無不固之理唯查各堡附基產業水利及鄉中公衆租息每爲無識耆老子弟把持留爲鄉內酬神演戲賽會酒食之用或撥歸該處書院公費或據爲各姓祖祠烝嘗置基工於不問應請飭令嗣後該基段紳士不論頂險次險平易基段但有公項出息銀兩只可留爲圍基培土釘樁壘石要用不得分毫浪用別處如該基段耆老子弟仍蹈陋習以迎神演戲酒食爲重將基內公項浪用侵蝕以修基保障爲虛文許該處紳士及鄰近基主業戶指名稟究更或因玩視不修以致衝決潰卸該紳士立將賽神浪費貽誤基工之人鎖押解送重治其罪

一搶救樁料宜先事籌備也

查遞年清明節後穀雨節前所有衝險基段卽要在於基主業戶先事籌辦公費買備一丈二尺以上三四寸尾杉椿百餘條一丈杉椿三四百條儲該基主業戶內公所預備搶救之用

一搶救椿料宜隨時稽查也

查遞年清明節後應請札行該管主簿巡司按照章程於有衝險基段鄉堡親臨該基段處所查問該基主業戶是否照數丈尺買備杉椿親身點明如有不足數檄令刻期買足潦盛漲時復勤加查點如不遵辦或暫借杉椿飾點搶救時杉椿全無立提基主業戶責究

一遇潦巡防宜雇選丁壯也

查遞年四月中旬起至七月中旬後係潦水盛漲之時應請札行該管主簿巡司於凡險要基段趁期嚴飭基主業戶雇選幹練丁壯巡視每基百丈雇五六人巡視稍有坍裂即鳴鑼傳救倘有諱匿不傳鑼以致失事立將巡視人役治罪基主業戶亦予以雇選不力之咎

一搶救飯食樁料宜責基主備應也

查遞年西潦驟漲基段防護不及猝被衝決傳鑼圍衆撥人前往搶救所有工役飯食應請飭令基主業戶供應不得躲避如基主業戶杉樁不備或杉樁僅備而躲避不出工役飯食無人供應以致徒手枵腹立視衝決搶救無從施力則貽誤糧命責有攸歸聽

從圍衆稟請押辦

一夏潦沖決宜責限基主堵塞也

查遞年西潦驟漲固竭力救護倘潦水過甚加以颶風大雨人力難施致不能搶救三日水定後應請飭令基主業戶卽照章程設法堵塞以保蒔晚禾倘故意匿避志存推卸十日後尚不施工堵塞是失事於前延誤於後不特晚禾不保而且決口日衝日闊堵塞更難通圍紳士卽將該基主業戶稟官押辦

一通圍幫築決口宜通圍公舉外堡紳士協理也

查各堡分段經管之基遇有沖決工程浩大基主業戶貧赤力難築復通圍酌量幫築應請飭令基主業戶商請通圍公議選舉外堡練達紳士殷戶在局幫

同董理以昭公慎其外堡董理脩金由基局公項支銷至基主業戶脩金係基主業戶自辦不得混支基局公項俾酬勞之中微寓主客之別若不用通圍幫築聽其自辦毋庸商請外堡紳士董理如遇通圍大修工程一切脩金飯食工竣報銷冊結紙張經費俱在公項支銷不得苦累董理紳士般戶以示平允

一廟租銀兩宜撙節積存以備搶救也

查　南海神廟祀產沙田租銀照嘉慶元年藩憲告示章程除廟中遞年應支用外尚應存有銀兩嗣因管理未能畫一經於道光五年起復舊章程輪堡管理應請飭令嗣後倍加撙節冀積羨餘以爲遞年搶救修廟及通圍公事集會之用其神誕日期但許具

牲醴鼓樂慶賀輪管值事及到行禮紳士具膳敘福其從前演戲及附近鄉堡紳耆分生胙之例一槩删除如有頑劣紳耆霸管侵蝕肥囊通圍指名呈究輪管交代時如有交兑數目不清許下手接交三堡首事傳請通圍紳士聯稟追賠究治以杜弊端

一險要基段歲修宜責鄰堡稽查也

查各堡險要基段凡遇歲修該基主業戸如果認眞辦理工程必臻堅固無如各堡歲修廢弛卽奉官檄行修補亦置若罔聞更有探聞地方官臨鄉查勘卽雇道士禳祀書插興工符章以爲掩飾俟官勘驗去後毫無實事工程毋怪險要荒基每每冲決百數十丈馴致不救惟毗鄰鄉堡休戚相關耳目又近易於

查察應請飭令每次歲修工程工竣之日責令鄰堡基主業戶互相稽查禁止濫給胥役結規俾不得藉行其欺飾浮冒之弊

一基外沙坦宜禁開建磚窰也

查附近基外沙坦開建磚窰必多挖泥土供燒磚料漸傷基身卽基外海心沙坦開設磚窰必多堆貯燒成磚塊及備購一年燒磚柴草格砌如山潦漲時中流壅水江潦不能溢過坦面驟銷且撒棄破裂苦窳碎磚積砌坦滘日積月累橫截江流激水衝射圍基爲害更烈應請嗣後飭行封禁現設者毁拆未設者永禁不必委該管主簿巡檢查勘致滋貪緣飾卸若海心沙坦耕種民人建造廬舍雖不禁仍不得於坦

瀉圍築石基致分殺水勢激射沿江兩岸圍基

一近基池塘宜責塘主培築基腳也

查圍基内外貼近開挖池塘種菱藕養魚苗及貼基開溝渠俱能傷害基身查魚苗塘貲本甚重遇潦魚刨湧散故搭蓋塘寮住宿工伴常在池塘基岸照料養活潦至尚可藉以巡管圍基至菱藕塘資本無多日久無人看守於圍基有損無益但業戶輒轉買賣相沿日久遽行塡塞殊有難行應請飭令冬閒將基腳培築高厚俾得有所稽查自定章程以後不得再有開挖違者查出業主嚴究治罪其業充撥通圍公產至遇西潦盛漲之時基内池塘水淺基外巨浪洶湧外内勢不相敵基常因之墮陷並請每年屆期行

知該主簿巡司親行查勘飭令業主放水入池塘平
岸滿貯藉水力幫頂基身庶不致於貽誤大事

一護基樹木宜禁砍伐並禁在基盜葬也
查護基樹木既長大成材基主業戶若圖利擅伐變
賣及樹蔃腐朽圍基因之中潰如嘉慶丁丑海舟堡
十二戶三丫基決六十餘丈係因該基主業戶斫伐
藁子樹二百株賣錢别用越年樹蔃爲白蟻蛀食通
透致累全基驟潰載在丁丑志及碑記前車可鑒又
附近基脚盜葬棺木日久蟻漏鼠穴即從此開雖古
冢舊基非其子孫自行遷葬者不遇衝決改築基段
之時難盡强遷而後此侵盜添葬與擅伐護基樹木
者應請飭行該管主簿巡司不時稽查禁止庶免後

害

一防護基身宜令多種桑株果木也

查基外護基樹木相度土宜合種茘枝龍眼因此二果成熟在五六兩月適當西潦盛漲之時業戶日夕看守卽可藉以巡視圍基但種果數年方得收成且有牛羊牧食之害應請飭令於樹外雜栽桑株固可以防範牛羊并可以先收貲利且一望沃若於桑園圍本義名實相符若基外平坦無多宜任其多生細草永禁刈薙俾蒙茸纏固驟雨不能衝刷溝窩潦漲時風浪衝撼土不鬆卸更或基外並無平坦亦宜於基磡外多種蘆葦使叢生層疊自堪卸殺巨浪

一基脚内外宜禁耕犂侵削也

查基腳內外多爲業戶侵耕以致陡削應請飭令查
照舊基界培補完好此後凡有業戶犂耕鋤種無論
基內基外各要讓耕五尺許多不許少至基內外兩
岸其相沿建造民屋鋪舍者每畜牛羊豬母不自防
閑任其成羣引隊沿基蹂躪踐踏最足傷壞基身與
凡附近基段居民偷取護基石塊俱請一律飭禁

一分段經管基分宜用石板豎明界至也

查各堡基段長短寬狹界至雖經備載前志亦間有
豎石立界唯未一律齊全應請通飭各堡基主業戶
一體用闊度石板書鑿某堡某鄉分管基段自某處
起至某處止共若干丈尺其應禁傷害基身各款亦
照式用石板書鑿奉憲嚴禁附近基身某款某事如

違稟拿究辦暨石基側俾圍衆咸知凜戒

一竇穴涌滘宜設法疏通也

查各堡大基竇穴砌石結築堅固方足以利宣洩而資旱潦若有於基根偷挖小竇戽水灌田潦漲時不及防範每多滲漏此例在必禁但西基自海舟先登兩堡基分壘次潰決以來浮沙迸潦衝駛圍内田畝積壓涌滘淺淤除兩堡不計外其西北之鎮涌金甌簡村雲津百滘河清大桐七堡壓淤爲尤甚其東南之沙頭九江甘竹龍山龍江五堡在圍中地處低窪又上游各堡竇穴少建不敷宣洩每遇圍基沖決塞水基後潦水退出鄉内小圍基面水專由五堡涌滘消流故五堡較西北七堡水輒退遲二十日晚稻往

往趕蒔不及桑株果木淹萎較多宣洩未能畫一查嘉慶三年莊藩憲有改拓閘竇疏通涌滘之示道光十年阿藩憲飭行南海三水兩縣札諭縣屬紳士業戶於圍基內相度地方形勢應開建竇閘之處舊有而已被淤塌者着卽疏通築復舊無而可資灌洩者着卽籌款新建疊奉憲示洞悉民隱在案應請飭行各堡照示舉行但有新建竇閘必用長大方砧石砌築閘門用堅韌生松或紫荊木爲之務臻鞏固每年江潦漲發時候責該基主業戶派定閘夫若干名專司啟閉自毋貽誤如遇大修及有沖決基竇均一體照議定章程辦理又每屆圍基沖決及每年西潦漲發於潦退時候各鄉內小圍水既退出基面潦由涌

滘流行每日僅消三二寸鄉民宅土情迫度日如年而土豪匪類乘災罔利常於鄉內涌滘津隘處所恣樹罭杙插裝箔簕括取魚蝦橫截中流日夜不休而旬累月以致潦消遲慢往往貽誤晚禾又有該村莊於鄉堡內處下游於內圍基岸上游開設水閘接裏海水以灌旱乾及遇圍基沖決潦既退出內圍基岸卽將其上游水閘用土椿塞待鄉鄰皆報宅土乃復開挖但求自己村莊水退迅速不顧上游村莊被他壅遏下流潦消愆期晚禾無望均應請飭行永禁藉澹沉災

一禁詭糧飛寄以重徭役也

查圍田殷戶誠實者固多狡詐者亦所不免現有業

在本圍稅寄圍外另戶被人控告有案至一二頃者
惟此次紳士公定章程意在和衷共濟姑不呈究聽
其畏法自行收割卽便了事此後如復故抗及有效
尤者定行集圍紳士聯名呈究決不徇情
一通圍志乘宜遵照奉行善後章程纂修以垂久遠也
查甲寅丁丑及己卯捐修圍志不過總理值事收拾
告示呈詞帳目彙抄刻板故告示照書辦抄貼款式
呈詞批語照狀榜款式帳簿照登記款式固蕪冗不
成體例且所存章程多爲誤基卸工地步並未列纂
修人銜名未呈請地方官鑒定殊非傳信之義茲待
呈准善後章程後應公推圍內諳熟志書體例公正
可信紳士重新編纂書成之日請大憲鑒定賜序以

垂久遠
一志書板片櫃藏遞交以重文獻也
查向來圍志板片無專責成易致遺失此次志成印
刷呈送各衙門之後卽製架收藏交　南海神廟當
年値事輪貯如有印刷時其工料在　南海神廟租
銀支出倘遺失朽蝕責在　南海神廟當年値事賠
刻
附道光十四年署南海縣劉公開域覆藩憲稟
敬稟者案奉憲臺發開據該縣詳繳紳士鄧士憲等
條議修築桑園圍善後章程候核示遵緣由前來查
核冊内條款開載通圍幫築決口一款内一切脩金
飯食工竣報銷冊結紙張經費在所不免議在公項

支銷立案尚屬可行至部費房費四字殊未妥協合就發回到縣立將發回詳冊轉發該紳士等酌改再議另詳察奪至桑園圍尚有應修石壩各處至今未修該縣仍迅速督該處墟總業戶人等趁此冬晴水涸之際趕緊修築完固毋稍稽遲速速此繳仍繳等因計發回詳一件冊一本到縣奉此遵卽飭據該紳士等將章程冊內部費房費四字酌改紙張經費四字并稱應修石壩已催令首事李應揚等趕緊興修等情呈覆前來除於章程冊內覆核更正外合將奉發原冊同原詳文冊連鈐簽奉繳憲臺察核俯賜作爲初詳辦理以省繁牘實爲公便

光緒十二年集議救基章程

一前經刊發救基圖章分派各堡恐日久遺失今議再刻照派每遇基段有患基主必須傳鑼報警用紅柬寫明某處基段拆裂或卸陷約若干丈蓋上圖章交傳鑼者挨傳以免將無作有將小作大不惟驚動各鄉人心亦且徒費財力

一各鄉聞傳鑼到境卽當撥人往救然必要紳士督帶并選三五老農同到約束如無紳士或由鄉中老成曉事之人可以彈壓得住呼應得靈者親帶局帖或紳士帖先到公所掛號以便查核

一遇事之鄉既經傳鑼後必當於鄰近擇一祠堂或廟宇先標貼救基公所字樣各鄉督帶之人聚會公所與基主妥商救法救基工人不得攙入如或樁不足

用止許督帶人催基主趕買應如何處置酌定後即由督帶分撥不得推諉如祠廟相隔太遠者亦必於患基左右設一定所以便會商

一附近基圍各鄉不論大小貧富平時均當預備太平樁至少亦要三四十條一遇有警借之鄰近左右已足數用如仍不足即使趕買亦不至緩不濟急但所借之樁必須於事後一月內照數歸還不得藉詞延宕

一基段危險之處或係兩鄉交界或係兩姓交界遇事時務要和衷共濟不分畛域亟爲搶救所用銀兩事後照基段長短分派臨時不得推諉爭執貽悞大局

一由廟箱設旗數十枝除派十一堡外蹟璣鄉亦派一

枝旗上寫明某某堡救基字樣若遇搶救該處督帶之人招齊該堡救基子弟同行到患基左右就本旗屯聚一處以免混亂滋事

一遇搶救除公所聚集外基主必要將附近祠宇間鋪間屋做開以備各處救基子弟歇息造飯

一救基莫急於樁杉各鄉到救時如無樁用必至激成事端是在基主平時籌款多儲樁杉備用乃免臨時束手至席包亦所急用此物惟九江沙頭官山有之傳鑼到該處須聲明多帶席包同到如不用每百由基主酌送茶資銀將原物帶回

一凡屬同圍憂樂與共我圍基段雖向來分堡分鄉分姓經管然一遇潰決實累全圍今議凡遇搶救所有

工食器具等項俱照向章各鄉自行辦理不得向基主索取
一附近基圍之鄉必須預籌公款以資搶救之用恐基主力薄倉猝不能應支若平時既無款項臨時徒事張皇必至貽悞大局各鄉書院社學務宜開設義倉遇有搶救基主出銀若干公項提銀若干分別預立章程以備不虞最爲要著
一近來搶救時每有不法之徒手執鑿板斜罛而來並無督帶紳耆託名救基實欲乘機搶掠倘有擅入鄉村滋事者卽行集眾拘拿聯名送官究治
一基段遇有危險各鄉齊往搶救務必同心協力共禦狂瀾不得以平日積有仇怨在此尋釁報復違者聯

名稟官究治

一各鄉果有患基經左右鄰親詣勘明屬實如基主隱忍不願聲張鄰里卽蓋上圖章代爲傳鑼飛報倘無印蓋圖章挾恨傳鑼者一經拏獲除將妄傳之人卽送官究治外仍查出主使之人罰銀二十員給被陷者使費

一本鄉基段雖無危險隔鄉或挾嫌或誤聽而遽代傳鑼者如有各鄉搶救人到該鄉父老子弟宜出相勞苦婉言慰謝或燒茶以待或擇地令息庶盡主人之誼而免激衆怒不得閼鬨峻拒置之不理致釀事端

桑園圍志卷十一終

桑園圍志卷十二

防患

基圍之有崩決有坍卸無智愚皆知其患故堵築培護萬衆同心無復異議若利在目前其患乃見於後日利在一方其患乃貽及通圍此非識微見遠之士不能思患而預防也後之君子慎勿輕舉妄動侈言興造至於彼此互控有傷大體甚或有司聽斷不明激成事故其患更不可勝言矣志防患

康熙四十五年丙戌十月九江堡舉人關龍貢生朱順昌築高篸居基自潭邊路口沙邊墟石路岡尾市基面五尺高與篸居基陂上石橋齊各堡以閉塞水道籲請停築

呈稱四海爲壑聖禹利在天下鄰國爲壑白圭私立一方某等各與九江同居桑園圍内各堡居北九江居南歷衆共築東西二海大基以防水患閒有脩葺合力鳩工如遇洪潦崩決全水由九江下流消注是下流之通無異九河之注海淮泗之注江也詎九江舉人關龍貢生朱順昌等只謀一方便利不顧各堡顛連假修復爲名捏稱古蹟遁前藏後載鬼一車强將大同稅業混飾虛詞瞞聳仁天蒙批查勘乃賄巡司不行公踏不詢鄰堡不查稅丘混同回報給示修築突於本月二十二日興工擺汎兵而擁器械大張聲勢童叟驚駭公查伊鄉從無裏圍原蹟上古既無舊址今日奚容新築此基橫截則閉塞下流喉咽若遭水患耕鑿維艱秋成無望廬

舍將爲魚鼈民命喪於海濱迫得瀝情叩乞仁慈俯念
全圍稅糧之大民命之多亟賜金批弔示禁止庶水道
流通民安耕鑿國賴輸將頂祝無既矣
按是案彼此搆訟三年旋奉制府批仰布政司速委
府廳同該縣及營汛星馳到新築處所押勒鋤土還
田其案乃結

嘉慶二十三年兩廣總督阮公元禁開墾沙坦佔築水道
示

八月初二日據南海縣州同李泉教諭何毓齡在籍知
縣關士昂舉人梁健翎等遊擊陳書副貢張士魁等歲
貢黃駿等生員馮應昌等監生關青田等呈稱西江一
水自雲貴廣西匯注肇慶峽奔流而下歷高要高明南

海鶴山直趨新會香山兩縣界內歸海數縣居民各築
圍堤全賴下流疏通始無氾濫潰决之患所以乾隆三
十年間經前憲李
奏准奉
旨嚴禁內河圈築不令干礙水道上傷
國課下害民生現查各處圍堤疊奉修築比前加倍高厚
乃遞年水勢輒與堤平頻遭坍塌下流壅塞顯然可見
其故總由近來土豪多從沙坦攔江圈築遂使河道日
窄西潦漲發停阻不消各處圍堤屢被衝陷慘不可言
詎水患業已連年而私築猶復未已卽如新會潮連司
屬之潘始琨陳秋衍等膽在坦邊高沙芝山等處暗築
長堤十餘條攔截半河希圖積淤成田有礙河道若仍

任其攔築徒肥十數家富戶竟害盡兩郡瀕河窮黎糧命無依田廬漂蕩實屬有苦莫訴仰惟憲臺憫𧄍兩粵軫念民依賑貸多方幾經籌畫開局修志首論訪查水道弊端亟着聯籲憲恩派委重員勘拆潘陳石壆并嚴禁各處土豪於有礙河道之處不許壅築俾百萬生靈數百萬頃稅糧免遭淹害造福無量等情到本部堂據此查乾隆三十七年李前部堂原奏嗣後呈報開墾惟確查實無干礙水道者方准承陞其餘出海要區一槪不准報承又乾隆五十三年欽奉

上諭嗣後凡瀕臨江海河湖處所河漲地畝除實在無關利病者毋庸查辦外如有似窖金洲之阻遏水道致有地方之害者斷不准其任意開墾妄報陞科如該處民人冒請

認種以致釀成水患即照蕭姓之例嚴治其罪并將代詳之地方官一併從重治罪等因欽此

又嘉慶十八年韓前撫部院示禁嗣後沙頭坦觜及深涌口一帶沙坦永不許混承報墾倘敢故違即治以強佔之罪是開墾沙坦當須無礙水道方准承陞

聖諭及本省成案歷歷具在今貪利之徒竟敢於坦外添築長埧冀圖接漲成淤祇圖一己之利不顧遠近之害可恨已極除詞批發并潘始琨等先經批司委員拏究外合就出示曉諭為此示諭紳士軍民人等知悉嗣後凡有瀕河沙坦毋得違例圍築基堤椿埧與水爭地其開墾沙坦亦必須無礙水道方准報承自示之後倘仍有違例佔築者定即從嚴究辦決不寬貸凜之慎之

道光九年准調署南海縣潘公尙楫禁報墾沙坦築壩防

礙水道示

現奉藩臬糧憲札開照得本年夏閒西北兩江水潦陡

漲以致廣肇二府所屬沿海圍基多被衝決淹沒田廬

傷害民命當經分別賑卹及借項興修現在傷痍雖復

而水道未淸患猶未已溯查本省自嘉慶十九年二十

二年及道光三年及九年疊遭水患本年爲害尤甚似

此水災日增若不預爲釐剔爲害伊于胡底推原其故

實由沿海之番禺順德香山新會等縣屬開墾沙坦櫛

比鱗連且于附近沙田水深丈餘之處混報爲土名某

處之水草白坦一經瞞准報承卽行壘石築埧砌堤樹

椿歷歲旣久土結堤堅沙復壅塞堤外之沙潛滋暗長

河邊之地月積歲淤沙坦既愈墾而愈寬水道自愈侵而愈狹每遇江水陡發百川驟漲即致水道阻遏泛濫成潦亟應詳查確勘分別拆毀以除禍患而安邊氓除委員前往查勘外合行會札飭遵札縣立即前赴屬内沿海沙坦逐詳細查勘其有切近海口壘石築基之處凡屬有礙河道阻遏水勢者無論新舊及曾否報墾即督同該墾戶人等一律拆毀不得少有存留致滋萌蘖如係報墾之地即查明應毀地段丈尺及應納糧賦幾何准其照數扣除該縣接到此札先行出示曉諭一面馳往清查本司道等委往查辦之員亦即接踵可至該縣即會同安協勘辦毋得草率從事且須嚴禁丁役人等受賄隱匿需索滋擾倘有查毀不實致有妨礙水道

之堤填任其隱匿一經存留察出獲咎滋重毋謂言之
不預該縣於辦竣後卽會同委員將毀過處所及應減
課稅修造清册稟繳核辦再沿海沙坦以後難免不復
報墾果係相離海口遙遠原可因地之利仍准報承但
須相距海口在幾十里以外方不致礙水道始可詳請
開墾該縣亦卽會同委員詳確察看情形據實稟覆以
憑會核辦理均毋違延遠速等因奉此茲奉前因合行
出示曉諭爲此示諭各邑紳士軍民墾戶人等知悉爾
等如有切近海口壘石築填之處凡屬有礙河道阻勢
者無論新舊及曾否報墾該墾戶人等立卽毀拆不得
少有存留致滋萌糵如係報承有稅亦卽查明毀過地
段丈尺及應納糧賦准該墾戶稟請照數扣除此係大

憲委查要件毋庸稍存隱匿務宜實力奉行指日本縣會同委員親臨查勘如有應拆不拆一經察出立拘該墾戶人等嚴加責究外飭差鎖押一律拆毀各宜凜遵毋違

附南海州同李泉在籍知縣關士昂在籍主事何文綺新會舉人羅鳴鑾鶴山舉人胡泉馮體仁三水在籍知縣鄧雲龍南海舉人羅仲衡拔貢曾釗捐職詹事府主簿陳昌運新會監生譚連進南海舉人羅廷桂崔樹艮鍾壁光李謙揚何子彬黃龍文新會舉人李覽輝鍾麟士張源基黃昭新三水卸署訓導歐陽翎舉人鄧光岳陸灼梁大霖潘俊艮梁鸞光梁萬選鶴山舉人譚應龍何潤之宋嘉玉南海職員何盛扶

文林新會職員葉名興陸朝英羅受昌郭淇芳南海
副貢黄焕歲貢梁有才三水副貢鄧錫章南海生員
胡調德朱士琦程鴻漸馮日初潘廷珍關昌言陳嘉
言羅元暉譚彥光盧芸書黄本澄陳應秋何玉梅何
翀霄黄夢蘭陳撝謙陳瑤筠余秩庸劉鵬番禺生員
簡芳簡容新會生員簡書升羅鳴岡陳素嫺王繼緒
羅芳羅瑛葉芬陸朝瑞陳士琪温時乘三水生員劉
弼泰歐陽冠杜文中周耀南陸衡夫鄧堯河歐陽容
鄧謙光梁巨成梁瀛周光弼何洲李文江鶴山生員
何崢嶸勞烜古夢松何器之黎羽儀任璇璣黎在寅
新會監生任利國任起鵬羅時中羅國儀葉名彬三
水貢生蘇大晶杜九皋鄧廷珍等呈爲蒙憲洞識西

水患源敬效芻蕘聯懇垂鑒以除民患事緣西江一水發源牂牁歷雲貴廣西三省下肇慶峽由新會香山兩縣界內入海廣肇兩郡居民全賴各築圍隄以資保障無奈下流壅塞隄高一尺水亦高一尺疊遭潰決慘不可言茲蒙大人洞察患源皆由新會香山沿河各處開墾沙坦櫛比鱗連輒於附近河唇混報爲水草白坦一經瞞准報承卽行砌隄樹樁攔截半河屢釀巨患現蒙諭令所築無論新舊及曾否報墾一律拆毀以除水患而安邊氓並蒙飭屬出示曉諭在案宇下莫不喜躍欣欣額手以慶但念患源已蒙洞識而釐剔尚慮無憑緣河道比前闊窄無由考據圍築圍田有礙河道者無由分辨委員查勘恐無下

手相應稟請大人飭將香山新會兩縣界内沿河上下其近年之内報墾承陞之坦畝逐一查列清單毋混毋隱繳進察閱便知某某處爲佔河新築有礙水道並知其土名處所以得按址照辦拆毁若不先行查明據其報墾年月地名按册指出誠恐其豪戸得以欺隱委員亦無由遵照查勘致虚大人德意被害居民莫霑愷澤所係匪細只得稟懇就沿河各處圈築圍田及石壩拆其有礙河道者俾河道復闊漲潦易消不致壅水溢過堤面免遭沖塌斯民便受無窮之益不然民既迭傷淹浸又須竭力科派以修築圍隄每年作剜肉醫瘡之謀孰若從焦頭爛額之後爲曲突徙薪之計今方甫離淹溺之餘幸遇大人恫瘝

念切宏濟情殷勢着亟抒下情懇爲廣肇兩郡生民
清此患源則洪潦化爲恩波造福無量矣蒙兩廣總
督部堂李批查新會香山兩縣界内河道藉坦築占
處所業經飭行委員勘拆在案兹據呈請將近年報
墾承陞坦畝佔河新築之處先行逐一查列清單繳
核按址拆毁以免豪戶欺隱等情係爲預防水患起
見候卽行司飭查明妥辦以利河道廣東廵撫部院
盧批沿河沙坦如係天生自然之利無礙水道原許
民人報陞俾窮佃得資生計至附近河唇混報水草
白坦以人力圍作圍埧希圖積淤成田止知利己罔
顧害人必應從重查禁據呈請將新會香山兩縣近
年報陞坦畝占河新築之處逐一清查按址拆毁係

爲預防水患起見候即行司道督飭該印委員作速
勘明沿河上下有害水道築塡樹樁之處盡行拆毁
以免阻遏之患詳明妥辦可也
同治四年乙丑四月順德縣貢生馬應楷等築楊滘壩橫
截水道優貢盧維球暨八圍紳士呈請毁拆
具呈桑園圍南海縣屬沙頭堡優貢生盧維球生員何
亮熙舉人鄧翔生員馮濟昌譚杞鄧維霖職員譚沅百
滘堡舉人潘以翎潘斯湛潘漸逵生員潘贊勳簡村堡
舉人陳文瑞副貢生陳伯翔雲津堡舉人潘桂森潘仕
釗九江堡舉人關仲暘候選訓導關樹梅武舉關榮章
生員劉樹南會師孔先登堡舉人李艮弼生員李應剛
蘇應銓區佩恩蘇祥泰海舟堡舉人梁清生員梁以楨

李用詒大桐堡舉人陳鑑泉候選訓導傅超常附貢李
海生員戴巽程啟瑞李介臣程漢河清堡舉人熊次夔
生員潘繼李鎮涌堡舉人何文卓生員何如鏡何亨金
甌堡舉人關景泰余得俊順德縣屬龍山堡候選訓導
馮培光歲貢左秩俞附貢吳元壽龍江堡舉人張汝梅
監生張華秋南海縣屬西圍舉人沈維杰廖翔副貢李
籍鏞生員羅應坤廖炳文李拱宸馮鑑清關宗漢羅格
圍舉人羅熊光羅應鏗生員冼瑩大柵圍舉人高子沅
何愷儔生員何庭修馮熺鼎安圍武舉麥霖秋生員麥
文經麥錦泉王延年王慶霖王治平大有圍舉人陳熾
基武舉譚廷昭生員關焜張耀奎關萬年陸登魁蜆壳
圍南海縣屬舉人康贊修陳錦騰生員游光海杜清潘

鑑濼游光潼陸炳煌康達芬康達節潘福保三水縣屬舉人鄧顯仁副貢冼冠魁生員歐陽泓周耀南陸恆孚徐善福梁觀瀾林煥蘇禮昌門門圍三水縣屬舉人梁暈武舉謝樹芳謝泰階謝星階生員劉始然徐卓英鄧震亨大艮圍南海縣屬舉人楊焯垣鄧瑤徐澄溥生員何若瑜劉廷鏡張喬芬黃德華茯洲圍南海縣屬舉人李文燦生員陳國儀陸元達李善康陳熾垣呈爲築壩遏流沙外圖沙聯懇飭縣傳案解押諭局拆毀以救糧命事竊紳等南三順等縣各圍當西北二江頂衝潦水一漲自上游建瓴而下至三水南岸圍南海順德桑園圍大柵圍鼎安圍大艮圍大有圍蜆壳圍門門圍茯洲圍羅格圍西圍東圍等十餘圍相連百餘里所有圍外

諸水經由各圍村前直落順德縣屬黃連海口始有支海分流而去若水流至順德楊滘鄉河面築壩橫攔宣洩必滯禾稻定然失收查近年楊滘鄉開設磚窰海邊沙外復有沙影微露然猶幸其流通無滯沙可隨長隨消不至大害不料該鄉貢生馬應楷生員馬家駒職員馬業昌等窺此沙可積遂斂貲購石於海邊沙外築壩橫亘河面現築石凸起水面者十餘丈寄樁落石者數十丈遏流圖沙借名利鄉實肥己橐夏潦猝至上流十餘圍均受其害而對河之桑園圍被壩水激射受害更慘況桑園圍係蒙大憲

奏請撥帑歲修之圍豈容該貢生等漁利切近貽災忖築壩宣河大干例禁今觀其壩在海邊沙外離該鄉基圍

五十餘丈專爲積沙肥己起見各圍農民怨聲載道經
紳等往勸拆毀詎應楷等不惟不拆反乘夜落石潛築
實屬昧良貽害迫得粘圖聯叩憲恩俯念十餘圍糧命
攸關趁此夏潦未發迅飭順德縣拘馬應楷等解送憲
轅押令拆毀查該鄉向係武舉馬逢清主局伏乞諭令
該局紳將已成未成築壩椿石徹底拆清俾河水暢流
以救糧命而息民爭
兼署督憲瑞批據呈馬應楷等築壩積沙有礙水道候
行東布政司迅飭順德縣馳往查勘秉公剖斷妥辦詳
報圖存
署撫憲郭批去歲聞順德縣河有私行築壩之案正擬
專札查辦所稟馬應楷等在楊滘河面築壩是否卽係

順德縣河面此等利害關係十餘圍基生命豈能聽從
一二戶罔利私築貽害數縣仰布政司嚴飭順德縣查
明稟覆如果有築壩擅利攔截水道情事卽先由順德
縣將馬應楷等提解來省聽候查辦詞抄發

署順德縣　賡批查楊滘海委係上游出水要處旣據
該生等稟奉糧憲批行候傳馬應楷等訊明勒令拆毀
以杜訟端繪圖附

附馬應楷等赴順德縣投案訴稟

具訴詞楊滘鄉紳士優貢生馬應楷生員馬家駒職
員馬福昌馬德源馬步蟾監生馬應清馬耀林爲修
壩防患捏控遏流粘圖瀝稟籲恩察核申詳恤存民
命事竊生等楊滘鄉貼近玉帶圍邊居住其對河爲

沙頭桑園圍瀩西北兩江之水合流而下自江浦司
前至龍江二壩河道或闊或窄當江浦司前至沙頭
堡河道闊者一百三十餘丈窄者約八十餘丈而楊
滘村前河道約二百一十餘丈龍江二壩河道闊約
九十餘丈此河道闊窄各殊之明徵也沙頭基圍外
自岡頭壩起至洪聖廟壩止共計築壩一十二條各
壩大細長短不一而真君廟壩爲最大堆石長二十
餘丈且接連上十一壩之水橫射楊滘村前撼決莫
當舊有築壩一條以障狂瀾嗣因玉帶圍西閘口海
邊民居被水沖塌避遷村内此地今已變爲巨浸誠
恐沖塌愈甚貽害莫測且以合鄉公議修復舊壩一
條以防水災此修壩防患之實在情形也不料沙頭

堡局紳盧維球何亮熙二人倡言有礙水道意圖率眾逼拆生等理勸不果維球等遂聯各局聲勢揑架築壩遏流等謊借桑園圍防患大題危言聳聽瞞稟大憲批發仁臺勘訊忖沙頭圍外河道闊約八十餘丈而築壩一十二條眞君廟壩長廿餘丈楊滘河道闊約二百十餘丈而西閘口修復舊壩一條長約廿一丈其中河道闊窄懸殊築壩多寡互異若以遏流而論豈沙頭之河道窄而壩多者不爲遏流楊滘之河道闊而壩少者反爲遏流乎又揑海中沙影微露沙外圍沙等謊沙流聚散無常倘若覬覦積沙必先升科爲佔沙地步生等既無升科承稅何謂沙外圍沙總之是否遏流伏乞察核詳覆永頌甘棠

署順德縣賡批查爾等楊滘鄉爲上游各圍出水要
處該貢生等築壩橫亘河面殊於桑園各圍大有關
礙現稟防患各情其中不無掩飾昨奉糧憲札飭傳
集質訊該紳等著卽赴案投質聽候訊明分別察斷
繪圖附
閏五月優貢盧維球等呈請押拆楊滘沙壩併請給示永
禁
呈稱竊紳等前因馬應楷等在楊滘鄉前私築長壩沙
外圍沙大礙水道聯呈列憲曁仁憲荷蒙堂訊諭飭毀
拆淨盡應楷等陽具遵結陰違憲諭並未動拆瞞稟詳
銷揣其私意因沙頭以上河窄舊壩可存楊滘河闊築
壩應拆心非甘服遂控伊鄉原有舊壩希圖指新築爲

舊址不知沙頭上流海心突起羅村一沙河道逼窄頂衝處所故多其壩正與沙爭權使沙不至趨下愈積愈肆楊滘地處下流河闊則水勢散漫無沙阻礙水得以暢流入海此沙頭舊必設壩楊滘不用築壩實在情形數百年相安無事之緣由也以不用築壩之地而忽於堤外涌外沙邊築石橫攔河面此專欲積沙肥己之明證也至謂沙頭眞君廟壩長廿餘丈水勢沖射致該鄉民居沖塌遷避更屬杜撰忖眞君廟與楊滘上下相隔三里之遙其壩圍志載僅五丈如果水勢激射何以與壩相對之龍畔村梧村兩鄉不見沖塌而獨於相隔三里之楊滘鄉沖塌乎且既有沖塌之慘該壩何以不築於當時而築於今日乎此又築壩之非以避沖實欲積

沙之明證也至沙頭各壩由來已久屢蒙大憲
奏准撥帑培築迄嘉慶廿四年盧伍二紳捐建石隄經前
督憲阮飭委勘估加石培長以資捍禦工竣報部列憲
檔案有據今應楷等所築已自認二十一丈連打底見
影者不下數十丈況官築與私築緩急迥殊護隄與圖
沙形勢迥異幸蒙仁憲洞悉姦謀憫及蒼赤勒令拆毀
淨盡無留餘孽仰見廉明公正情僞難欺詎應楷等既
揑稱修築舊壩於前復謬稱拆至水面於後謂於五月
十四日集衆動拆將加高新石盡行拆清至水面下三
二尺等詞謊稟銷案紳等會同察看實未動拆應楷詭
乘夏潦漫面混指未拆爲已拆影射新築爲舊址暗留
異日積沙之計勢著將沙頭有壩楊滘無壩歷久相沿

事由剖明呈繳桑園圍志讀叩臺階伏乞飭傳馬應楷
等到案押令拆除淨盡以免詭稱舊壩留址貽害無窮
倘果澈底拆清紳等定必據實稟覆並懇給示勒石永
禁以絕後患而息訟端庶水道暢消十餘圍田廬民命
獲保萬戶沾恩
署順德縣賡批前據馬應楷等稱已於五月十四日將
壩遵諭拆毀當經具結在案是以本縣將案詳銷據呈
尚未動拆如果情眞殊屬藐玩候飭差速查明確勒令
拆清一面出示永禁復築以杜訟端桑園圍志三本存
署順德縣賡爲諭飭遵照事照得現奉撫憲暨藩臬憲
批行據南海三水順德三縣紳士盧維球等具控順德
楊滘鄉馬應楷馬家駒馬業昌等築壩遏流沙外圖沙

致上游十餘圍均受其害而對河之桑園圍被壩水激
射受害更烈叩乞押拆並諭該鄉局紳馬逢清等勒限
將已成未成各壩一律拆毀以除後患等情奉批仰縣
飭提馬應楷等押解赴省除飭差勒傳外合就諭飭諭
到該紳卽便遵照速卽勸諭馬應楷等將該鄉海邊沙
外現築横壩澈底拆清緣事關三縣各圍且桑園圍更
係奉
旨撥帑歲修之處如馬應楷現築之壩果與桑園圍有害其
勢斷不能不拆該紳可傳諭馬應楷等此案關係甚大
務須將壩早日拆毀庶可保全身家若再挨延違抗其
禍患有不忍言者本縣忝任斯土豈忍士民誤羅法網
用特專諭該紳望爲愷切勸解俾令悔悟切囑特諭

署順德縣賡諭三縣紳士盧維球等知悉現奉撫憲委員協同本縣將馬應楷等所築之壩拆毀淨盡其石起清不准沙石存留現斷令以石代工着原告盧維球等督工代拆代起本縣已將馬應楷暫押俟拆清再釋以免滋生事端倘再有楊滘村人等阻撓該紳等立卽稟縣究辦此諭

六月署順德縣賡颺公示

爲飭遵事現奉代辦布政司方札開同治四年閏五月十一日奉署理廣東巡撫部院郭批據該縣具詳桑園圍沙頭堡優貢生盧維球生員何亮熙等具控馬應楷在楊滘鄉海邊沙地方攔河築壩沙外圖沙致上游十餘圍洩水要口均被阻礙爲害非輕叩乞飭縣毀拆等

情當經飭傳馬應楷等到案諭令將該處新築之壩全
行毁拆毋得少留餘根以杜訟端馬應楷等遵諭拆毁
願具甘結完案隨將控案詳銷奉批如詳銷案仰布政
司轉飭遵照出示泐石該鄉嗣後不拘何姓人等永遠
不准在該處河面築壩以免阻塞水道此繳結存又奉
廣州將軍兼署兩廣總督部堂瑞批據詳已悉仰布政
司檄飭銷案仍候撫部院批示繳各等因到司合札飭
縣卽遵照奉批情節出示泐石等因奉此合行出示泐
石永遠嚴禁爲此示諭楊滘鄉等處紳民人等知悉嗣
後楊滘鄉海邊沙外不拘何姓人等永遠不准在該處
河面築壩以致阻塞上游水道倘此次拆淸之後如有
人復敢覬覦在該處築壩准各縣紳士指名稟縣以憑

飭拘究拆決不姑寬各宜凜遵特示同治四年六月二十九日示　按此示泐石在沙頭堡桂香書院

按是時署總督者瑞麟公署巡撫者郭公嵩燾代辦布政司者方公濬頤知順德縣者賡颺公

附南海縣續志同治四年乙丑順德貢生楊濬馬應楷志在牟利科斂鄉里銀萬餘兩於村前水口下石築壩壅閼洪流使沙泥停積冀成田畝業經下石七千餘金將江面湮塞一半桑園圍上流各圍俱大驚謂楊滘乃西北江入海要道今化爲桑田水無所容身勢必恣橫且楊滘對面卽桑園圍東基之河澎尾平時已極危險今於對面築壩水勢橫射崩決事在旦夕至上流各圍雖淹浸有遲速而水勢倒行逆趨

必灌滿而止是該生所得沙田不過十餘頃而廢棄上流之田不啻千萬頃該生所得不過千萬金各圍所傷人民不啻千萬命且水之東下來則惟欲其遲退則惟欲其速尋常盛漲水將消洩或爲探魚笱留中流阻遏水退遲一二日時節已過即不能補蒔晚禾今將水口塞其强半水若灌滿圍内尚有消洩之期哉於是南海順德三水各圍紳士聯呈指名控告時郭撫台委員履勘深悉利害謂内河沙田皆水勢所積人心不欲其有人力又不能使之無故消長聽之自然未有塞水成田利己而害人者立批順德縣勒馬應楷毁折並將馬應楷押留諭令海底石起清乃行釋放而桑園圍紳士酌議石在海底多少不可

知萬一起石不清沙有停蓄之處日久終竟成田則
禍根終未能去不若桑園圍自行僱工將石挖起查
其落石若干所起石必與所落之石相符而止隨得
其石估値變充起石之費有不足多費通圍公項未
爲不可耳嗣後將石起清稟覆順德縣始將馬應楷
釋放竊思此事眞有天幸設使當時大吏及州縣官
不知地方形勢疑彼此告訐各有是非將就了事將
沿海口之姦民般戸人人攘臂而起變水爲田水出
無門縱橫潰決南三兩邑以上恃其基圍自固者尚
有寢食地哉此事關係基圍甚大故序其顛末以示
後人云

同治七年戊辰直隸候選同知進士明之綱等呈請給示

禁築沙壩

呈稱竊紳等桑園一圍當西北兩江之衝歷蒙前督撫憲發帑加高培護沙消則水闊而流通沙長則水窄而流淤倘射利之徒復築壩攔海使水不衝沙而衝圍卽開歲一修亦潰決可懼實慮徒費帑項孤負憲恩是欲藉圍以防潦宜杜築壩以疏通雖節蒙前督撫憲示禁築壩并派委督拆紳等仍恐日久玩生沙棍希圖子母相生但知築壩有利不顧圍基受傷變海爲田貽害無底今因去年援照成案請領歲修邀恩撥給庫銀二萬兩一律興修完竣經具呈列冊報銷各在案趁此基工告成理合聯懇仁憲賞示嚴禁桑園圍外一帶海心沙永遠無得築壩射水傷害基圍立案勒石永遠遵守庶

歲修有濟共慶安瀾長沐鴻慈於靡既矣

同治八年署廣州府沈公映鈐示

案據南順二邑桑園圍紳士候選同知明之綱等遣抱陳正赴轅呈稱竊紳等桑園圍當西北兩江之衝云云立案勒石永遠遵守庶幾歲修有濟共慶安瀾等情當批據呈桑園圍工程甫經修竣誠恐射利之徒覬覦海心積沙攔海築壩潰決堪虞聯請示禁係爲保護基圍起見事屬可行候卽出示嚴禁以垂久遠保領附在詞除批揭示及行南順二縣知照外合行出示泐石曉諭爲此示諭沿圍附近鄉村人等知悉爾等須知桑園圍關係南順二邑田園廬墓此次領帑修築工程浩大始臻鞏固自宜隨時保護以期永慶安瀾倘有射利之徒

覬覦海心積沙攔海築壩阻其宣洩一經指控定卽委員督拆從嚴究辦決不姑寬各宜凜遵毋違特示同治八年正月二十七日示　按此示一泐石在海神廟　一泐石在九江儒林書院

廣州糧捕分府署南海縣事陳公善圻示

現據桑園圍紳士明之綱等呈稱竊紳等桑園一圍當西北兩江之衝云云立案泐石永遠遵守等情據此除批揭示外合行給示泐石禁築爲此示諭諸色人等知悉爾等嗣後永遠無得在於桑園圍外一帶海心等處築壩射水傷害圍基倘敢故違一經訪聞或被指控定必飭差嚴拿究辦決不寬貸各宜凜遵毋違特示泐石海神廟

光緒七年辛巳正月龍江堡紳士薛聰等創築礮臺腳三

丫海兩水閘龍山舉人梁士衡呈請停築
呈稱竊紳等龍山鄉地分四圖皆居桑園圍下游所有
上游數十鄉諸山水必經龍山鄉直趨龍江鄉磯臺口
而出各圖各築基圍以防外水圍外官涌彼此流通以
洩内水本年正月二十三日據毗連龍江之一圖及二
圖耆民張燦聯胡獻榮劉振芳梁振邦黄琇充等紛紛
到約投稱龍江鄉之金城埠忠臣坊勒樓之軍機寨等
坊卜期標字在龍江磯臺口及三丫海官涌合建水閘
兩度攔截河道一旦西潦漲發該閘關閉上游諸内水
無以宣洩民居稅業因受淹浸各圖亦有内潰之虞而
穀石柴草雜貨不能照常載運出入求紳等設法勸止
等情紳等察看情形上游南海屬各鄉内水必由龍山

三丫海出龍江磡臺口而去倘在龍山龍江兩鄉枕界
水口建閘攔塞受害無窮查各鄉建閘不過在該圍內
橫涌安設以備旱潦從未有建在官涌者誠以官涌係
附近鄉往來要道藉資宣洩宜疏通不宜淤積豈能建
閘攔塞查龍江金城埠勒樓軍機寨本可在磡臺口及
三丫海兩邊涌岸各自築圍以防水患何必貪省工費
在官涌橫建水閘以害鄰境一帶居民前經紳等函請
龍江公約勸止不料正月二十八日有建閘紳士薛聰
蕭任生蕭繼樟梁厥成馮堃等到說建閘之事已成斷
不中止等語去後查其設廠興工僉以此閘建成一貽
水患一制糧食眾情洶洶羣赴勸阻而軍機寨富惡蔡
興賢廖士寬又親督强悍愚民數百日夕在磡臺上各

持洋鎗軍械看守勢將械鬬逼得繪圖註說聯赴臺階伏乞迅賜履勘出示曉諭祇許築圍不准攔涌築閘并差拘後開督衆建閘人七名到案勒令停築俾照舊相安免釀巨禍奉

署順德縣張公批該處官涌向來通流何得擅建水閘致礙水道鄉鄰候諭飭龍江鄉紳耆遵照停止建閘照舊相安以免滋訟繪圖附

五月編修陳序球偕十三堡紳士呈請派員督拆龍江創建兩水閘

呈稱竊紳等南順兩縣桑園圍東西兩基一萬五千餘丈賦稅二千餘頃戶口數十萬家俱藉圍基保障每年夏潦盛漲甘竹灘水上下高低至丈餘二丈之多故北

宋創築桑園圍獨留甘竹灘下獅頷口及龍江東海口歌滘口不設圍閘使內河水易於宣洩十四堡可及時蒔禾供賦故圍內各水道疊奉憲示責令疏通是圍內諸水道及獅頷口等處流通實全圍水利千百年成跡可循去歲因連年水大傷基閤圍聯懇恩給歲修帑息並按畝起科大修現因潦漲尚未告竣詎順德龍江鄉突在龍江礮臺腳創建水閘經龍山附近紳耆以龍江建閘事屬創舉貽害無窮投知基局請官禁止紳等以龍山業經呈官查辦可督拆寢息今查龍江復在三了海口創閘閉塞則南順十四堡水道不通於糧命大有妨礙查丁丑圍志載康熙年間九江堡築篸居基自潭邊至岡尾市費萬餘金阻塞水道通圍呈蒙發府廳督

拆具有成案伏乞督將創築各閘澈底拆清俾全圍内水照舊流通闔圍沾恩無旣奉

督憲張公批廣州爲衆水歸墟下流壅塞則上游皆受其害桑園圍地大物博繫於民生者甚大據呈順德龍江鄉在龍江磡臺脚創建水閘經附近紳耆呈官禁止今復在三丫海口創閘閉塞殊於南順十四堡水利有礙仰候札行東布政司速飭廣州府督縣勘明將龍江鄉創築阻礙水道各閘嚴督拆除具報勿延

撫憲裕公批前據順德縣舉人梁士衡等以薛聽蔡與元郎興賢等在於龍江磡臺口及三丫海地方建築水閘致礙水道等情來轅具呈業經批行查勘飭遵在案茲閱該紳等所呈各節是龍江鄉私建水閘祗圖一己

之利不顧合圍之害殊屬不合仰布政司卽行委員會
縣查勘明確分別稟辦示遵毋延
六月委候補同知席公寶書會同署順德縣馮公泰松履
勘龍江水閘
會詳稱卷查本案前於光緒六年十一月十三日據勒
樓龍江縣紳士陳書廖元等以築堤捍潦爲詞赴縣請
示當經卑前縣張令批候函知護沙公約紳士查覆十
二月初九日據龍江鄉紳舉人薛麟章等稟控廖元等
佔地築基有礙水道等情經批昨據勒樓龍江兩鄉紳
士廖元等具稟雜涌等五坊議築圍基業經批飭候函
知護沙公約查覆去後尚未接准該沙約函覆該紳等
卽投知護沙公約紳士聽候查勘會議七年二月初一

日舉人陳書蔡燾薛麟章監生廖元等以兩鄉基圍商允聯築請諭飭遵等情經批是否衆情允協候並函知沙約紳士查覆二月初八日龍山鄉紳舉人梁士衡等以官涌建閘閉塞下流聯懇迅賜履勘示禁免釀巨禍等情經批飭龍江鄉紳士停止建閘二月十三日龍江等紳士陳書等以架題阻築稟懇詣勘等情又經批該舉人等卽自行投請沙約紳士查勘於舉人梁士衡等舉人陳書等兩造均上赴各憲控奉批行飭縣詣勘辦理前據舉人梁士衡等以詭乘未勘抗諭趕築等情赴本府控奉批行仰縣速集親詣勘明斷結具報等因先後札行到卑前縣張令奉此未及詣勘於五月初六日卸事卑職泰松接任卽於初十日親詣勘明龍江磡臺

之閘業已垂成止有閘門未上當飭停工不准再築應否准令建閘候集兩造訊斷其三丫涌之閘已將涌道用船載石塡塞上復蓋以沙包水不通行卑職泰松就在三丫涌履勘處勒令龍江鄉紳舉人蔡壽薛麟章等刻日將塡塞處開通俾令涌道照常通流嗣據差役稟覆三丫涌水道已於五月二十五日經紳士陳書等僱足工人將塡塞之涌照舊一律開通前據該紳陳書等聯稟具覆到案此卑職泰松於蒞任後三日親詣勘明三丫涌之閘委屬有礙其水閘雖未建成而涌道業已堵塞卽時勒令開通之情形也因尚有龍江磯臺之閘業已築成未遽拆卸致未將案稟報正在傳集訊辦間接准委員卑職寶書到縣會辦於六月十四日會同前

往勘得龍江礮臺涌口裏水涌闊三丈七尺七寸築成石水閘一道外闊四丈四尺閘口闊一丈五尺水由南而來出閘口閘外水深五尺尚未上門而工程已有九分訊據龍山紳士梁士衡等所稱龍山鄉内水匯經三丫涌趨龍江礮臺口而出其地之高下水勢趨注勢難創建水閘三丫口之閘不拆則龍山受害尤烈幸未建築已蒙勒令將塡塞拆開照常通流然龍江之閘不拆將來龍江亦必受害等供傳訊龍江紳耆均稱晉省不赴其時觀者如堵人多口雜紛紛不經之論俱不足聽即是南海紳士陳序球函致卑職泰松函内亦稱民情洶洶議抗等語是該紳等已早有所聞卑職就於勘處察看情形當向龍山紳士諭以桑園圍紳士原控亦無

非以龍江鄉人在礮臺口創建水閘閉塞下流之故茲
勘得閘基已將垂成不過僅未上門即斷令不准再上
閘門令涌水照舊通行便與爾龍山無礙該龍山紳士
即稱在伊等似無不可惟桑園圍紳士不肯等語查桑
園圍合圍幅員寬廣宣洩内水涌道甚多究竟有無妨
礙原呈詞甚籠統前未縷晰陳明其利害惟就該處之
形勢以觀若礮臺之閘用門關閉獅頷口所入之水無
從宣洩與龍山不無有礙然該涌近在龍江村前設該
閘有門關閉一旦潦水漲發龍江礮臺口外潦固不得
入而獅頷口所入甘竹之潦即不得出該龍江村定受
其害似以該閘不准上門實爲兩全之法查工程尚未
告竣前已勒令停止茲再諭令該石匠不准再築並不

准別鋪石匠再行承造其已造未上之閘門亦予封貯不准再上若是磡臺口之涌水得以照舊通流上游即無可藉口如日後龍江人或須取回閘石亦從其便斯地利與人和得以兼盡縱鄉愚無知識淺心粗易於滋事亦斷不致負日前之氣激成禍端卑職等愚昧之見是否有當除另文申請俯賜卑職寶書先行銷差外合將會同勘辦情形繪圖具稟察核批示飭遵奉

督憲張公批據稟及繪圖均悉所有順德縣屬龍江磡臺腳已築成之水閘該縣委等現斷不准再上閘門免予拆毀究竟於桑園圍宣洩水道有無妨礙所斷是否允協仰東布政確切核明飭遵具報仍候撫部院示繳

撫憲裕公批據稟會勘過龍江磡臺腳創建水閘業已

築成擬令不准再上閘門實爲兩全之法等情查近年
廣肇二府屬圍基屢次沖決皆由下流築壩壅塞所致
現閱圖開閘基砌成四丈有餘之闊恐不免有礙水道
該委員等所請不准再上閘門是否可行抑仍應飭令
將閘基一並拆毁之處仰布政司卽行核明飭遵具報
毋任率忽滋訟仍候督部堂批示繳

附 龍江耆民彭興發等稟稱竊耆等順德龍江鄉內
金城坊被四鄰徧築圍閘將潦水壅注於一區迫與
勒樓西村等坊聯築基圍在境內新開涌俗呼三丫
口及磯臺涌兩頭設閘先經通稟各憲臺築圍告竣
只有新開涌略近龍山被豪紳梁士衡揑作官涌又
將磯臺涌影射作東海口幸蒙委憲協同馮縣憲勘

明實與桑園圍無礙是以圍紳呈詞籠統終難縷晰分明縣委故詳兩全之法留存𥕢臺涌閘基查龍山之大觀橋水向通貞女橋經龍江大瀝口出歌滘外錦鯉沙現有順德邑誌及龍山鄉誌與桑園圍舊碑其圖說俱刻兩丫彼此不謀而合今龍山鄉民先倡建閘兩丫中勢若排牙至新開涌乃龍江内地原係兩旁稅業溝塹農艇撼觸傾卸成溪始與𥕢臺涌通流潦漲時則灘水直趨東海口而入𥕢臺涌者更猛安有由獅頷口入轉出東海口之理且龍山徧築圍閘已居樂土獨使民等向隅待斃心亦何安尤可痛恨者梁士衡永福圍正一面阻築一面在直小海攔河添築新閘與耆等新開涌閘相隔不過數丈其水

直出橫沙口便是大河倘欲疏通孰若此處之近而
且捷偏要將耆等田廬作彼六圍之壑本年春初迭
請桑園圍紳履勘冀其居間解紛如果有礙全局自
應阻止豈累耆等虛耗二萬餘金除將各姓嘗業按
揭外尚欠各行物料銀四千餘兩不知如何措抵且
圍紳終未到勘是否安得了然竊思離居蕩析耕作
失收國課難逋女孩鬻盡功虧一簣將以身塡惟有
昧死痛陳懇將各圍壅注情形委員偏勘恩予一體
完築實荷再生奉
督憲張公批本案昨據桑園圍龍山鄉各紳先後來
轅具呈當批司轉飭原派員會縣督拆以復其舊不
准遷就了事以貽後患在案據呈仍欲於向無水閘

之地准予復築殊屬無理應不准行所稱梁士衡現在直小海攔河添築新閘與新開涌相隔不過數丈是否屬實抑係藉詞牽混仰東布政司卽飭該印委查明覆奪粘抄保領各圖並發

撫憲裕公批查舉人梁士衡等呈控薛聰等在龍江礮臺口建閘有礙水道一案昨據該司呈據已遵照督部堂批示札飭原委員席令前往會縣督拆在案據呈各情是否飾詞聳聽仰布政司卽飭該縣委等分別辦理查報粘抄繪圖並發

藩憲姚公批此案昨奉督憲札行當經札飭印委各員將該處已築成之水閘嚴督拆毀在案兹據呈前情仰廣州府卽飭該印委查照前札事理妥速遵辦

毋任抗違滋訟粘抄繪圖並發
龍江生員蕭佐清等抗留礮臺腳閘基編修陳序球等呈
請押拆
呈稱竊桑園圍龍江堡在礮臺腳創築水閘經紳等迭
呈列憲均蒙批飭卽委督拆在案去冬印委札飭龍山
龍江兩堡雇便工匠聽候親臨督拆龍山紳士當卽遵
照列冊呈繳伺候日久未到該紳復經呈請卒不果行
嗣龍江生員蕭佐清等砌詞擋拆赴縣呈訴被留本年
正月提同質訊蕭佐清等詭稱不能作主具限兩個月
懇釋回商同毀拆憑前縣亦勸龍山紳士具結俯如所
請紳等復呈蒙批飭催拆仰布政司查照稟批飭遵今
逾期已久仍不遵拆是意圖狡脫故爲延抗憲批視若

具文忖時閱歲餘民望綦切咸欲旦夕復其舊觀若聽其疲玩貽禍無窮人心難以帖然紳等進退維谷迫得遣抱瀆呈伏懇憲臺飭縣刻日將龍江磯臺腳新閘督拆永絕根株俾水道照舊通流以遂民情而息爭訟頂祝無既奉

督憲張公批本案昨據委員席寶書會同順德縣馮署令勘明會稟當以該印委等所斷龍江磯臺腳水閘不准再上閘門究竟於桑園圍宣洩水道有無妨礙批司確切核明續據龍山鄉約紳士舉人梁士衡等呈請委員會縣督拆又以未便仍留閘基致啟異日爭端而礙水利大局批司一並核明飭遵各在案茲據來呈閘基不拆潦漲壅水各節自係實情廣屬下游衆水歸墟理

宜疏通不宜阻扼況桑園圍界連南順兩縣關係尤大
龍江礮臺腳向無水閘豈容該處鄉人任意添築便私
圖而害全局仰候札飭東布政司轉飭原派委員迅速
會同該縣將龍江礮臺腳已築成之水閘嚴督拆毀以
復其舊不准遷就了事以貽後患而絕根株
閏七月布政使姚公覲元札委員席公寶書會順德縣督
拆龍江礮臺腳水閘
札開除札廣州府飭遵及札順德縣遵照會同辦理外
合就札委札到該員卽便遵照刻日束裝前往順德縣
會同該縣速將龍江礮臺腳已築成之水閘嚴督拆毀
以復其舊不得遷就了事以貽後患而長訟根仍將遵
辦情形會同該縣通稟察核毋違速速

十一月委員席公寶書會署順德縣馮公泰松飭差毀拆磡臺腳水閘

票開案奉督憲批行此案昨據該署縣會同委員勘明會稟當以該印委等所斷龍江磡臺腳水閘不准再上閘門究竟於桑園圍宣洩水道有無妨礙批司確切核明續據龍山鄉約紳士梁士衡等來轅呈請委員會縣督拆當以未便仍留閘基致啟異日爭端而礙水利大局經批司一並核明飭遵現又據桑園圍紳士陳序球等具呈閘基不拆潦漲壅水各節復以廣屬下游眾水歸墟理宜疏通不宜阻扼況桑園圍界南順兩縣關繫尤大龍江磡臺腳向無水閘豈容該處鄉人任意添築便私圖而害全局已另札該司轉飭原派委員迅往會

同該縣將龍江磡臺腳已築成之水閘嚴督拆毀以復其舊不准遷就了事以貽後患而長訟根等因批司仰府轉飭到縣委奉此查本案前奉札行業經票仰該役飭傳兩鄉紳士邀同石匠立將龍江磡臺腳涌口新建之閘遵照前赴該處協保傳龍江龍山兩鄉紳士帶同石匠在龍江磡臺涌口伺候本委縣親臨督拆去後倘再玩延定卽提比不貸速速須票

光緒八年壬午正月龍江生員蕭佐清等具結遵拆磡臺腳水閘

結稱龍江生員蕭佐清薛伯顔蕭開逑監生蕭任生黃幹廷武生薛鴻恩等今赴仁憲台前爲具結事緣生等被龍山鄉梁士衡等控建築水閘一案今蒙提同梁士

衡等質對委非生等六人作主情願具限兩個月回鄉與各農民商量將水閘毀拆如兩個月內有潦水淹浸便可看驗形勢倘不稟覆又不拆卸聽候詳革究辦中間不冒合具甘結是實

二月直隸候補同知明之綱等呈請迅飭委員會縣督拆礮臺腳水閘

呈稱竊紳等南順桑園大圍去年呈明龍江礮臺腳創閘阻水蒙大憲批飭印委督拆各在案嗣因龍江六圍紳耆混牽謬指龍山附近直小海亦新築閘藉詞嚇挈查直小海小閘原無關阻水亦已知會龍山紳耆拆卸以免圖賴亦呈明各在案去冬印委奉批飭簽傳龍江龍山紳士僱便工匠以便親臨勘拆旋龍江紳士赴縣

遞稟砌詞擋拆蒙順德縣主留押紳士至今尚未督拆竊思桑園圍烟戶數十萬人口數百萬現創閘阻水圍衆尚無滋鬧況龍江六圍地面僅桑園圍數十分之一斷無拆閘滋鬧之理現既押紳士刻下又早僱便拆工該處如別生事端卽唯現押紳士是問辦理原易遵行延遲至今尚未督拆紳等去冬復設局通修邇來東西兩基趁春晴趕築但龍江礮臺腳新創閘阻水大礙全圍宣洩倘未拆疏通潦草告竣將來貽誤全圍紳等不得辭其咎迫得粘批遣抱呈明伏懇憲臺迅飭印委刻日督拆龍江礮臺腳閘俾全圍水道宣洩照舊通流以免兩年延不告竣實爲恩便再翰林院編修陳序球赴京考差未與列銜合並聲明奉

督憲張公批此案昨據順德縣稟稱業經提同生員蕭佐清等當堂質訊已據龍山紳士梁士衡等結明准予蕭佐清等具限回鄉商同遵拆在案據呈前情仰東布政司卽飭該縣妥速將龍江礮臺腳新閘卽行督飭勒拆毋任抗延粘抄保領並發

撫憲裕公批現據該縣具稟已將蕭佐清等釋令回鄉勒限兩個月商同設法遵拆如限滿仍復抗違查明分別革究等由卽經批飭遵照在案據呈各情仰布政司查照稟批飭遵粘抄並發

藩憲姚公批昨據順德縣稟報案經提集質訊該處水閘已據龍山紳士梁士衡等遵結准予蕭佐清等具限回鄉商拆等由據呈前情仰廣州府迅飭嚴催依限毀

拆妥速辦結具報毋任宕延粘抄並發

廣州府蕭公批此案現據該縣稟稱已據龍江紳耆蕭

佐清等具限兩個月將磡臺脚閘拆卸等情據呈前情

仰順德縣立即催令蕭佐清等依限拆毀如敢藉詞抗

違即行查明把持之人詳請究革毋稍徇延

六月四品銜刑部主事馮栻宗以蕭佐清等拆閘違限呈

請移營會縣督拆

呈稱竊桑園圍內順德縣屬龍江堡在磡臺脚創築石

閘阻水經紳等具呈列憲臺蒙飭印委督拆在案去冬

署順德縣馮會委諭飭龍山龍江兩堡僱便工匠聽候

親臨督拆龍山紳士遵即列冊呈繳詎伺候日久未蒙

舉行該紳復經呈請竟置不理嗣龍江生員蕭佐清等

赴縣砌訴本年正月二十八日提訊蕭佐清等詭稱不能作主情願具限兩月求釋回商毀拆前署縣馮竟如所請二月時紳等復上赴憲轅懇飭速拆蒙批在案今逾期已久仍不遵拆顯係意圖狡脫故爲延抗視憲批若具文實欲留此閘基爲後日鬬上閘門地步伏思磡臺腳涌口闊三丈七尺七寸今築成閘口僅闊一丈五尺即使不上閘門内水已難暢流上游十三堡田廬久淹人情忿激誠恐釀成事端迫得遣抱瀆呈伏懇憲臺迅賜移營會縣將磡臺腳新閘督拆永絕根株俾水道通流民情安謐頂祝無旣再編修陳序球現回京供職同知明之綱已故故未列名合並聲明

八月布政使姚公覲元按察使龔公易圖會札順德縣袁

公祖安會同順德協利公輝督拆礮臺腳水閘
袁利會覆稟稱卑職祖安於光緒八年八月初二日奉
藩臬司札開光緒八年六月二十一日奉廣東巡撫部
院裕批據該縣具稟龍山鄉紳士梁士衡等及南海桑
園圍紳士陳序球等分詞上控龍江鄉違築水閘一案
依限拆毀稟懇札飭順德協利副將會同卑職前往督
拆緣由奉批據稟已悉本案應否如稟辦理仰布政司
會同按察司核明移行遵照具報察核仍候督部堂衙
門批示繳又於是月二十二日奉兼署兩廣總督部堂
裕批據稟已悉此事應否如稟辦理仰東按察司會同
布政司核明移行遵照具報察核仍候撫部院衙門批
示繳各等因奉此並據該縣具稟到司查本案先據該

前署縣馮令泰松會同委員候補同知劉忱具稟催傳兩造到案提同蕭佐清等質訊再三究詰情願具限兩箇月回鄉商辦設法遵拆如逾限不拆即將功名詳革拘究等情稟奉兩院憲批司行府核明飭縣遵辦在案該縣稟稱本案業已逾限日久該生蕭佐清等未據依限遵拆飭差催傳亦不到案復經該縣會同順德協前往龍江鄉查勘並向該鄉紳士再三開導該紳等猶以事關通鄉須與各人商量等詞支吾延宕顯係有意把持違抗自應俯如該縣所請會同營員督帶兵役前往彈壓督拆以斷訟源奉批前因具報及移順德協會督員弁兵役前往督拆外合就札飭札到該縣即便遵照會同利協戎督帶兵役前往龍江鄉妥爲彈壓督飭將

新建水閘迅卽拆毁該紳等如敢再行抗違卽由該縣
查明把持之人詳革拘究均毋違延速速等因奉此卑
職輝前准藩臬司同前因當卽於八月二十九日會同
督帶兵役前往龍江鄉妥爲彈壓飭傳案内紳耆人等
督令速將新建水閘拆毁分别示諭生員蕭佐清等遵
照是日舟次該鄉祇據差役帶到耆老蕭雲芳黄遇懷
薛昆遠蔡遇和淩秩揚薛悦隆薛志皆薛湛恩等八名
訊據供稱此處水閘實因歷年被水潦浸是以集衆商
議建築龍山紳士控稱此閘閉塞下流有礙水道係屬
謊説求乞寛限暫行免拆至各紳士係因出省送考應
試俟各紳士回來再行詳細禀明等語維時觀者如堵
男女雜遝議論紛紜卑職等會同熟商該鄉紳士既無

一人到場無從督飭拆毀亦未便飭令兵役爲之代拆
伏查該龍江鄉於向無水閘之處忽而新建水閘既未
稟准官示亦不商允鄉鄰率意徑行已屬非是迨至鄉
鄰訐控不休迭奉憲批督飭拆毀又復觀望遷延現在
卑職等會帶兵役到鄉該鄉紳士復敢藉詞躲匿若罔
聞知主使耆老數人支吾搪塞實屬藐玩已極究係何
人從中把持雖未得有確證而生員蕭佐清等曾經到
案具限遵拆前聲明如逾限不拆聽候詳革究辦則該
生等前非事外之人自應將該生員蕭佐清等功名詳
革拘案分別押拆究辦除由卑職祖安查明該生等入
學年分報捐事由另文詳革拘究外合將本案辦理情
形先行會稟憲臺察核奉

署督憲曾公批據稟已悉仰東布政司會同按察司速飭該縣查明生員蕭佐清等入學年分及報捐事件通詳斥革拘案訊明押令將龍江鄉水閘迅卽拆毀毋任抗違該司並移利副將知照嗣候撫部院批示繳

撫憲裕公批據稟已悉仰布政司會同按察司卽飭順德縣查明生員蕭佐清等入學報捐各年分事例另文通詳斥革一面勒拘到案諭令將新建水閘趕緊拆毀毋任宕廷並移利副將知照仍候督部堂批示繳

按是時官總督者張公樹聲署總督者曾公國荃官巡撫者裕寬公署順德縣者張公琮袁公祖安

按龍江居桑園圍下游受獅領口歌滘口倒灌之水其亟圖自救挾之情理不得不然但當仿各子圍之

例捍以長隄外水自不能爲患舉人梁士衡稟稱可在礮臺口及三丫海兩邊涌岸各自築隄以防水患至公至平切實可行乃以惜地惜費之故將通行水道遽爲堙塞經闔圍人士再三指控始拆三丫海一閘而故留礮臺腳閘基爲他日再築之計嗣陳編修序球回京供職明郡丞之綱馮比部栻宗相繼呈控歷奉大府批飭所屬督拆而主者奉行不力值海疆戒嚴軍書旁午不欲再事瀆陳上勞憲慮迨海氛甫息又有官山海口築閘一案而龍江閘遂無暇過而問焉民生利害亦有數存焉者乎

十一年乙酉十二月大柵等圍紳士李應鴻等創築江浦海口馬頭岡水閘遏流害鄰舉人李錫培等呈縣飭令

改建

具呈桑園圍簡村堡先登堡百滘堡金甌堡海舟堡大同堡沙頭堡紳士舉人李錫培梁啟康張瑞禧崔友成陳鑑泉麥鴻梁效成梁侃梁佐賢冼祖燮貢生陳伯翔陳希珍潘樹銘陳鑑光麥瀛祥梁秉倫梁獻書關瑞溶陳湛銓生員郭汝舟梁儆如梁兆珏陳仁溥郭宗彥余廷霖陳嘉桂潘維瑤陳煜璣李校冼澄冼昕張汝桂黎仕賢麥寶鎏黃冕宗黃會憲黃會貫黃士津黃士榘武生麥榮宗等抱呈梁升呈爲築陂遏流顧彼失此黏圖聯懇據情轉詳飭令改建以利宣洩而衛農田事竊本年盛漲爲災珊門大棚等圍多被衝決荷蒙仁台詳請上憲邀給巨款脩築捍災仰見軫念民依至意前月集

邑學宮時原議建水閘於杜滘村口於桑園圍東隄各竇宣洩尚無甚礙今忽改築於江浦海口之馬頭岡反將河道填塞紆引旁流以建水閘縮二三十丈之海僅留六七丈之寬建石馬頭上寬下殺實留五丈至今桑園圍東基一帶各竇出水俱被壅閉紆曲狹小較之往時宣洩彌艱竊思水閘之築在彼之利以爲捍外水使不得入在此之害卽在遏內漲使不得出然猶謂利害尚屬參半不知外來之水消長無定大小無常若一經海口閉塞則圍內潦漲宣洩無從更值淫雨成災山水交集坐使圍內數千頃田畝頓爲汙池潦退愆期趕蒔不及年年如此以視隄決受害尤爲慘烈紳等熟覩形勢博采輿情當經　公函送致該處紳董又復同赴崇德

社學面陳利病均未妥商遽然興築農民惶怖衆議譁
然迫得黏圖聯叩琴階懇據情轉詳諭令將水閘改建
務使下流無壅不致顧彼失此闔圍感恩矣
十二月員外郎銜戶部主事張琯生等通呈督撫藩臬飭
令大棚等圍停築馬頭岡水閘
具呈南海縣桑園圍在籍紳士員外郎銜戶部主事張
琯生戶部郎中潘譽徵戶部主事李仕良兵部郎中崔
寶書前靈山學訓導崔友成舉人麥鴻李錫培張瑞禧
潘文澧何文卓何如銓劉文照梁效成梁敔康余得俊
梁佐賢潘斯澈梁侃洗祖變陳鑑泉何炳堃何如鍇余
贊年何增慶陳兆璘何槐勳陳振庸莫汝楨潘三才關
勝銘李剛貢生陳伯翔陳鑑光陳希珍林寶善潘樹銘

麥瀛祥關瑞溶關俊英陳湛洤梁獻書關瑞銘梁承照
余作霖梁秉倫蔭生蘇朝亮職員李榮福生員郭汝舟
潘斯灃梁儆如梁兆珏郭宗彥潘維瑤黃會憲潘秉仁
黃會貫冼昕張汝桂麥寶鋆冼澄潘廷藩黃冕宗陳嘉
桂潘譽華陳仁溥黃士津陳錫祺黎仕賢陳煜璣李校
陳獻瑞黃士榘潘日鋆李用貽蘇祥泰李應祺蘇頌清
何尹業潘佐倫何文發余鍾培何崧年梁永光余廷霖
李榮棣梁恩霖陳邦佐李祖唐區崇熙蘇耀慈張傑榮
陳兆璋李桂森李杜文武生麥榮宗等抱呈梁升呈爲
築閘害鄰懇恩飭令停工務籌兩全以重糧命事竊紳
等桑園圍與大柵等十四圍兩地之水同出一河其河
自官山海口而入十餘里而至杜滘其內復紆縈十餘

里而止每逢西北江漲淫雨連旬桑園圍積受西樵七十二峰九江三十餘山及甘竹飛鵞各小阜之水瀦蓄儼成澤國漲消時下游全賴獅頷歌滘兩口上游全賴官山海口爲宣洩宣洩稍遲晚禾卽難應節蒔植坐是歉收十常五六大柵等圍以遞年衝決初議建閘於杜滘口今忽改建於官山海口以二十餘丈海面壘而障之僅留七丈桑園圍出水諸竇壅遏可知況上流如大路圍坡子角等處萬一衝決水無出路爲害更不堪言該紳等以爲築閘於此舉十四圍全兜在裏可省築隄之費並未邀同履勘遽興大工在君子憫彼蕩離未及深維後患尙或聽之而農民生計全在力田歲歲歉收流爲盜賊利害切已蓄勢洶洶殊難禁止竊以基圍壆

固在乎脩築以十四圍之內殷富如林踴躍捐助佐以
官款何難使全圍堅實比聞彼中絕無義舉所議科派
觀望不前專恃官款故出此省費之計設使大栅諸圍
舍築此閘無以自全利己害人尚須顧慮今以惜費致
此紛紜釁端一開有何紀極憲台恫瘝在抱一民失所
有甚納溝懇諭彼設法籌款沿河脩築或以工程浩大
亦懇據情詳請籲帑興脩
聖天子飢溺時廑斷不顧惜帑金伸彼抑此譬諸兩子瘠弟
肥兄諒非
聖意我桑園圍夙沐
皇仁至優極渥何敢不仰體
聖天子無私之德憲台如保之忱而必令大栅諸圍歲受淹

溺第策必出於兩全事必期其無害紳等竊爲之計籌
款脩築使彼圍一律完固無礙水道此爲上策如用初
議囘築於杜滘村口彼圍中雖有利有害而病不及鄰
是爲中策若不恤人言祇圖惜費必建閘於官山海口
甚或激成事端策斯下矣本年倪大中丞勘災奏疏内
云圍基間有脩不如法壅遏水道者經親履查勘相度
形勢因地制宜順水之性飭令改作務臻完善紳等恭
誦仁言同深欽佩今此閘之築壅遏水道正宜改建者
也敢將輿情事勢據實上陳伏乞憲台飭令停工秉公
權度使彼此人士皆獲安全至舉人李錫培等堡逼近
官山害先切已聯名呈縣實出公議而李應鴻等遽以
賄託爲詞希圖聳聽同在搢紳之林造爲影響之語汚

人素履牽涉無辜訟棍所爲不足深辨
十二月張琯生等爲馬頭岡築閘案再上督撫藩臬呈
呈爲築閘害鄰飾詞熒聽謹據實剖明懇迅飭改建以
弭後患事竊十四圍議築閘原在杜滘海口與桑園圍
無涉紳等無從越俎代謀及改建官山海口之馬頭岡
自無而有並未邀同商允遽爾興工此處有害桑園圍
業經呈請飭令停工在案今李應鴻等復以爲桑園圍
形本如箕遂混稱漲消時全由下游箕口而出不知桑
園圍形雖如箕中間隔以海舟堡之積沙大同堡之岡
阜惟隄基沖決時水勢趨下始多由箕口而出若平時
圍裏水漲宣洩之道下五堡則由歌滘口宣洩而上九
堡則由官山海口宣洩彼謂桑園圍水多由下游而出

者非實在情形也彼謂有石閘以攔外水則水落時更
易暢消其意以爲有閘則外水入少故出時無壅不知
閘裏小河積受桑園圍幷十四圍之水重以陰雨連旬
西樵山七十二峰及飛鵞諸埠之水内河停蓄幾滿不
必盡關外漲也况彼稱此閘以船作門俟外水漲至六
七分始行關閉夫外水至六七分復加以内水之漲愈
積愈盛則閘裏水滿與未設閘時相去幾何然則此閘
之設在十四圍利在攔外水之入而終不能攔在桑園
圍害在阻内水之出而實則終阻也彼謂官山墟至窖
處亦不過七八丈今石閘或擬增闊則水出較易不知
官山墟至窖處亦儘有十餘丈閘不築則此十餘丈外
四旁皆可宣洩閘一築則除閘口無出水之路是謂此

閘無礙於桑園圍者皆飾詞也且此閘既閉則轉運維艱商人趨利勢必叢聚於此不出十年鋪店侵佔瓦礫淤積阻塞水道不又增一官山墟乎爭於是時又已晚矣彼謂築閘杜潦恐潰決時該鄉受害不若馬頭岡依山作固可保無虞不知水之奪閘其勢直衝閘口非倚山者所得阻壓況既憂奪閘則設閘明知無益徒以省費故苟且補苴而不惜引人同患耳彼謂出水之遲十四圍亦同此患何彼不以爲苦而此獨憂之不知彼此利害原難概論緣桑園圍無此閘則田廬可奠兩全有此閘則雖保其廬而必没其田十四圍無此閘則彼患其田廬皆陷有此閘則彼雖没其田而仍保其廬在十四圍利害參半所得較前爲優然桑園圍向無此患今

以十四圍故强分以一半之害在捨身救物者或能爲
之未可概責諸鄉民也況上游萬一衝決石閘兜裹下
流桑園圍必因水逼致決是向日受上游之患桑園圍
尚能巋然獨存者今必因此閘而載胥及溺矣張邑侯
初議建閘杜滘口以捍十四圍之閘置於十四圍之地
利害惟其自受至公至明無可更易乃該處猶以不便
而議遷已不欲而施於人誰甘受之彼謂遷築杜滘該
處知爲無益則畝捐難收此特十四圍事耳豈得便一
已之私圖而貽鄰圍以無窮之害乎紳等爲桑園圍計
杜滘之能否築閘不敢與知而馬頭岡爲彼此出水要
隘此閘既於桑園圍有害斷難任彼所爲懇飭令改圖
無使波累則闔圍感恩於無既矣

十二年丙戌正月張瑄生等爲馬頭岡築閘案三上督撫

藩臬呈

呈爲偏聽瞞詳謹據實呈明乞恩省釋以免斥革事竊馬頭岡築閘爲桑園圍害興工伊始衆情洶洶圍中父老百數十人於去年十二月先後兩次到工廠苦求停止弗恤紳等早恐激成決裂先經舉人李錫培於十二月初三日呈明縣憲紳等復於十二月中旬呈請列憲飭令停工旋奉張邑侯親到明倫堂面諭當飭令改築原議之杜滘海口惟馬頭岡閘仍復加工趕築衆情蓄憤比前更甚張瑄生隨擬旋鄉彈壓深恐力有不及幷函懇張邑侯飭令停止嗣奉藩憲批示會商紳等冀其工程稍緩不至激成事端乃始則絕不邀同履勘繼則

絶不遵示會商故紳等復函請藩憲設法阻築然而椿
杉已集石船已到打椿有日砌石有期鄉民互相驚恐
互相傳播所以有十二月二十日之舉也計此閘自興
工以至糧憲履勘爲時僅過半月新開之閘底深已如
谷塡海之埧高已如陵其絶不停工候商已可概見此
糧憲到勘時所共覩也紳等在省二十日始聞履勘之
信石閘工廠卽於二十日滋事彼謂一聞履勘立卽招
集無賴鄉省睽隔安得如此之速其爲飾説顯然焚燒
工廠農民數千實出公憤彼止謂招集無賴百餘人呈
詞避就尤屬訟棍所爲所傷數人查係互毆所至石船
亦以轟礮禦衆遂至焚燬在紳等早以啟釁爲憂聯呈
列憲斯時李應鴻等謂以肇釁瞞聳憲聽今釀成事故

又謂一閘履勘即先逞兇以實其滋鬧聳動之前言欲加之罪何患無詞原水閘興築紳等初呈一則慮水道有礙宣洩一則以上游衝決水無去路爲憂此統籌全局非意存阻撓也今宣洩之有礙尚未即見而上游衝決水無去路其患顯在目前觀十四圍中如大柵圍之龍灣基地處上游昨年十二月傾塌數十丈壓斃二人今年正月又復傾塌數十丈以新培之基當水涸之月猶頻頻傾塌向使水閘之築李錫培不爭之於先紳等不爭之於後此閘一成無論桑園圍實受其禍試問夏閒上游水漲乘頻頻倒塌之基順流而下十四圍之水如何宣洩憲台軫念民艱此弊難逃洞鑒乃李應鴻等不自咎其閘之不應築故阻其築者不以爲德而反以

爲怨激成事故又藉端而歸罪李錫培等一二人曲突徙薪古有明喻今益信之張邑侯聽一面之詞將舉人李錫培遽行詳革并移營捉拿試思農民數千豈李錫培所能鼓動不過以阻築水閘李錫培首先呈縣故彼圍紳士百端巧詆藉以洩其私憤耳懇將李錫培省釋免其斥革感激無旣至武生實無麥玉成其人李應鴻等專信訛言於此可見

督憲張公初次呈批桑園圍全賴官山海口宣洩築閘於此桑園圍水無出路害不堪言等情核與南海張令前稟十四圍請官山築閘以衞內河各隄情形不符復據十四圍紳士李應鴻等呈稱與該圍會商定築並將該圍紳士陳太史覆信呈閱前來究竟馬頭岡築閘果

否於桑園圍有礙杜滘口建閘是否相宜假如明年水消較遲如李應鴻等呈所云或再開一閘或旁開兩竇能否即保無虞此外尚有何兩全之策仰候札委督糧道李親往督同南海縣令確切查勘善爲勸導妥議稟覆核辦以期樂利均平是爲至要該圍與十四圍紳士同列薦紳共防災患望衡對宇誼如一家且桑園圍向領歲修巨款幸獲有秋十四圍今年甫倡官民合辦之議際會難逢該紳等必能虛衷商籌同紓飢溺有厚望焉圖附存

督憲張公第三次呈批馬頭岡建閘於十四圍固有益於桑園圍亦未必有損兩造諸圍同在閘內即有積水阻則均阻消則均消該圍紳等與大柵十四圍紳互控

之初本部堂惟恐顧彼妨此不肯力駮桑園圍之議因念各圍利害與共誼等家人婉切開譬告以確查妥議務籌兩全之策特委署督糧李道卽日帶同南海縣令親往履勘原期詳察情形斟酌善策同享樂利該圍紳明知委員卽日親臨先集無賴張揚旗幟排列礮械焚廠傷人燬船搶掠經李道詣驗傳訊該圍紳董一味無理强執不知悔懼今復砌詞扛幫實屬藐法已極無論此閘未必有害卽使有害以十萬之工現甫設廠運料豈半月所能竣事距委勘不過一兩月俟勘明果不應築雖造成亦能斷令拆毀如糧道勘查不明院司批斷不公十四圍工作始終不停再控再阻再拆再毆亦尚不晚何遂糾衆逞兇迫不及待豈兩三日之內閘工卽

成水害即見耶且該圍將彼造焚傷以後十四圍並無糾衆報復之舉然則強弱曲直固已顯然即如陳太史序球亦係該圍之人豈無切身利害何以覆函許其興築極言馬頭岡築閘於桑園圍有利無害力勸成功先不控阻後不主鬪可見明白公正紳士斷不爲此暴橫藐抗之舉查該紳張瑄生既列呈首爲李錫培開脫主謀則該紳即係主持滋事之人除舉人李錫培武生麥玉成已經批斥革訊辦外仰東臬司會同東藩司糧道立飭南海縣確查該紳張瑄生如有主謀糾衆行兇情事即據實詳請

奏參一面勒集人證嚴訊究辦毋稍瞻徇違延

撫憲倪公初次呈批已於李應鴻等呈內批示矣仰善

後局會同布政司督糧道一併核明辦理

附十四圍李應鴻等呈批建隄築閘必使上流足以屏障下流足以宣洩各鄉圍田均屬有利無害方可舉辦該紳等議自横江墟起至官山海口止建築大基石閘已據南海張署令具禀幷稱估計工料約需銀十萬兩業經本部院與督部堂批行照辦幷飭局籌發銀四萬兩以助要工在案現呈謂舉人李錫培從中阻撓而現據桑園圍紳士張琯生等亦以築閘害鄰等詞來轅具控是所築大基石閘之處尚未會議妥辦又現呈謂張琯生等咸以馬頭岡築閘爲是而此次建閘害鄰之呈即係張紳琯生首列其名情節互異殊不可解事關大局需費至十萬之多務須

邀集會議衆論僉同始可興工若一興工後復因地不合再行改建則不特虛糜巨款且益啟爭衅矣仰善後局會同布政司督糧道卽行核明遴委明幹之員會同南海縣傳齊各圍紳士覆勘明確究應於何處建築基閘方爲妥善據實稟覆核辦粘抄并發

督糧道李奉委履勘詳文

據南海縣桑園圍在籍紳士員外郎銜戶部主事張琯生等遣抱呈稱大柵等十四圍建閘官山海口有礙桑園圍吉水竇水道出路懇飭停工又據十四圍紳士李應鴻稟稱建閘官山海口實於桑園圍水道出路無礙懇請委員督修各情形一案除批揭示將原呈印發外合就札委札到該道遵照刻日親詣所控建隄築閘處

所督飭南海縣傳齊各圍紳士履勘明確究應於何處
建築基閘方爲妥善據實稟覆核辦速速等因奉此並
奉督憲札同前由職道遵卽於二十三日督同南海縣
張令琮行抵江浦司屬官山海口馬頭岡登山遠望審
察形勢旋卽泝流而上經官山墟至吉水竇陸行里許
己得桑園圍大勢復舟行至吉贊橫基登岸審視桑園
圍地勢水道尤瞭如指掌再舟行經上桑園圍至杜滘
口東西瞭望舉桑園圍大柵大艮珊門等圍皆得其全
局桑園圍北界上桑園圍仙跡圍田廬相連僅隔吉贊
橫基及螺岡等小平山東界大柵圍中隔一河西南界
西海其大勢坐東北向西南其形如箕水皆滙於西海
由馬頭岡出東海者僅吉水竇一小支耳西樵山七十

二峰在桑園圍東南惟吉水鄉係山北腳下水歸吉水竇餘皆不由此出是馬頭岡建閘有利於大柵等圍無害於桑園圍明甚況馬頭岡海口狹隘今擬建二閘於水中先由南岸陸地開建一閘計三閘擴海口三分之一足障外水之入並足利內水之出形勢昭彰顯而易見乃大工方興竟有二十日午刻之變焚燒大小篷廠八座浮橋二度石船二隻並傷人四名桑園圍勢阻建閘如此職道詰其爭訟之由焚殺之故該紳等言語支吾難以理諭大柵圍頗知自量職道已面諭該紳等自避兇鋒別作良圖或將沿河舊隄加高培厚或於杜滘口建立石閘雖不如馬頭岡之握要亦足以捍水患而存睦誼惟經費支絀非寬為籌備該圍力恐不及抑或

於焚殺一案作速核辦勒令桑園圍悉數賠償藉充大
栅等圍修隄及移建新閘之費似亦頗獲兩全之策是
否有當伏乞憲裁所有職道奉委同張令確切查勘並
曲爲勸導情形理合據實稟覆

署南海縣張詳請革究稟

爲詳革拘究事案奉督憲批據卑縣稟據珊門大艮大
栅等三圍紳士李應鴻劉廷鏡張喬芬高子沅等呈稱
先集三堡四圍之衆通力合作自横江墟起至官山海
口止將沿河圍隄加高培厚築爲大基以捍東河之漲
復於官山裏之學堂周姓海面建築石閘以衞內河各
隄庶於捍衞較爲周備連日齊集紳富業戶人等伸說
斯議咸以爲切要之圖各願每畝捐銀六錢合計大艮

官洲珊門大柵茅地琴沙六圍可集銀五萬餘兩立約分列各舉公廉値事按畝收捐以期速日興工估計工料需銀約十萬兩除民捐五萬餘兩外不敷尚多伏乞通稟提撥巨款藉助民捐俾要工早竣等情卑職稟隨本道往勘情形無異列摺具稟奉批珊門大艮官洲大柵四圍上承西江分支下接官山海口實爲遮西六堡十四圍之障蔽南海圍隄雖多其關繫利害最鉅殆無逾於此四圍者既經蕭道率同該縣勘明形勢並據紳士李應鴻等公呈願合磻溪登雲雲津三堡之力集捐銀五萬兩擬議章程並請官撥巨款及早興工等情自應先其所急大舉施工官款民捐通力合作准即如稟辦理即由蕭道督同該縣獎勸紳董切實估辦將該四

圍東面濱江大隄一律加高培厚並將學堂周姓海面
三聖宫等處修築石牐三所以衞內河各隄其民捐之
款應責令各舉公廉值事妥爲經收撥用由善後局發
銀四萬兩以爲民工之倡一切工程務須椿礎堅實底
闊外坦勿稍疏率尤須併日趕辦務於明正竣工仰東
善後局會同東布政司署糧道蕭道轉飭遵照如有未
盡事宜隨時妥核稟聞並候撫部院批示繳清摺存印
發並分別咨行外合亟札飭札縣立卽查照批內事理
隨同道府獎勸確估興工趕緊辦理事關水利切勿違
延等因到縣奉此當經黏列條款出示曉諭并照會各
該紳董遵照辦理在案嗣奉撫憲札行據紳士李應鴻
等呈稱切紳等遵奉憲諭籌議大修珊門大艮官洲大

柵圍東隄蒙署藩憲履勘在官山學堂周姓地方築建石閘以衞十四圍田畝當經給示撥銀四萬兩以爲倡勸稟報興工在案紳等遵在學堂興工而周姓不肯讓地適桑園圍紳士陳太史序球告假回籍公同籌畫以學堂地方正與桑園圍隄對衝不如在馬頭岡地勢堅固並包官山墟可免淹浸擬倣洋人船澳攔水船式面闊七丈餘底闊六丈餘帶同工匠察看詢謀僉同而舉人李錫培未諳水利意見不同傳集桑園圍紳士在學宮志局公議李錫培屆於公議紳等遂約於十一月二十九日在馬頭岡興工等情具稟並據桑園圍紳士張琯生等以利己害人等情赴督撫各憲暨憲台具呈均奉札行隨同李道傳齊各圍紳士覆勘明確據實稟覆

核辦等因正在隨同勘辦間旋據十四圍紳士李應鴻
區謨艮劉廷鏡張喬芬高子沅等赴縣稟稱切紳等為
防水災遵諭築建基閘荷蒙批准並發款興築先經屢
集學宮明倫堂併在官山裏三鄉社學公議及商允桑
園圍紳士覆准稟明興工在案嗣因舉人李錫培等控
阻奉批示勘明核辦早經停工恭候勘明飭遵是以石
船載石到來數日均令仍泊對河並未起用候示行止
紳等伏讀仁憲批諭委曲開導剴切周詳凡有天良應
同感激詎料該圍主謀者早有成見謂不闢出事端不
足悚動上聽且恐一經履勘形勢了然阻水之說情虛
定難阻築故一聞大憲到勘之信立即招集無賴百餘
人每名給銀半元授以礮械旗幟武生麥玉成督帶趕

於未勘之先二十日午刻號礮一響揚旗直出先將基
廠焚毀器物搶掠一空礮傷看守棚廠工一人復將石
併船焚而沈之江船夫求俟伊上岸乃動手亦不恤礮
刃交加銃傷石船夫三人聞尚有二人未知生死下落
伊等焚搶後遂揚揚得意仍由麥玉成帶領而去衆目
共覩公憤塡胸諸紳因聞上憲臨勘多在此伺候身親
目擊兇横已極伏思案旣稟明無論孰利孰害應行應
止自當靜候憲示且奉批履勘有期更何難少俟數日
便見分曉乃一聞履勘卽先逞兇以實其滋鬧悚動之
前言顯係意存挾制預蓄機心毒手陰謀目無法紀慨
可想見伏乞迅拏兇匪嚴究主謀按律懲辦以警兇横
而挽刁風感德無旣除由被焚毀受傷人自行稟驗外

理合聯具公稟據實訴明等情據此當經卑職隨同糧
憲前往該處勘明基廠焚毀無存石船焚沈屬實並據
石匠翟德興等攜同受傷工人周亞春陳勝龍戴亞玉
及看廠工人楊錦赴案稟驗又經驗明傷痕填單飭醫
在案卑職伏查舉人李錫培武生麥玉成等不候勘斷
統衆焚燒十四圍蓬廠並火器傷人復焚沈石船實屬
膽大妄爲應請先行斥革以憑拘案究追理合具詳憲
台察核俯將舉人李錫培武生麥玉成斥革以憑拘案
究追實爲公便

署南海縣張詳請開復稟已下囙志未刻成續紀
敬稟者案奉本府札開光緒十四年五月初八日奉按
察使司王札開光緒十四年五月初二日奉兩廣總督

部堂張批司會詳遵批核議南海縣屬十四圍紳士李應鴻等稟控李錫培等阻撓建築石閘案准予詳銷並將已革舉人李錫培等開復由奉批此案據南海縣郭令稟覆獲犯陳亞有等六名供認聽從已辦之傅魚頭雲等起意夥同郭亞明等一同滋事等情查傅魚頭雲各犯供詞並未供開此案顯係牽合捏造希圖借盜銷案至李應鴻等原控各節除致傷四人外內稱尚有二人未知生死下落該令何以並不查明稟報至於該處石閘究竟曾否修築完善何日工竣亦未據具報查核何得遽稱完固該令欲以一派空言代請開復實屬冒昧未便准行仰即轉飭現署南海縣張令遵照迭次飭行事理嚴拿本案正犯務獲查明船夫二人生死下落

究辦具報並親詣石閘查勘曾否完工稟請驗收再查
看該革舉等是否悛改能否日久安分分別詳請核辦
毋稍徇飾仍錄報撫部院並候批示繳又先於四月二
十九日奉廣東巡撫部院吳批仰候督部堂批示遵照
錄報此繳各等因奉此除咨藩司一體飭遵及錄報撫
憲察核外合就札飭行府札縣即便遵照迭次飭行事
理嚴拿本案正犯務獲查明船夫二人生死下落究辦
通報並親詣石閘查勘曾否完工稟請驗收再查看該
革舉等是否悛改能否日久安分分別詳請核辦毋稍
徇飾等因奉此卑職伏查本案前據李應鴻等原控闡
尚有二人未知生死下落一語係屬傳聞之詞並未指
實何人如何失去情事且查石船司事翟德興等赴縣

報案原稟祇稱致傷水手周亞春陳勝龍戴亞玉等三人另傷看廠工人楊錦一人郎十四圍耆民何錦書等稟內亦無提及尚有二人未知生死下落一事迨後李應鴻等聽處和息由明倫堂稟繳甘結亦僅結明四人傷經平復是當日焚搶並無失去二人一時傳聞錯悞以致李應鴻等因而悞控再三訪查無異至本案滋事之傅魚頭雲等各犯原供雖未供開此案惟前署江浦司巡檢姜文輝係在江浦行營承審之員既據申稱先後由李錫培等查開各匪姓名住址引獲案犯陸亞有關亞業崔亞保鄧亞章盧亞杰郭亞星六名訊據供認迭劫並究出該犯等又於光緒十一年十二月二十日聽從已獲審辦之傅魚頭雲郭亞文余亞象起意糾同

已獲審辦之郭亞明胡亞慕仔梁亞貫梁亞替未獲之
崔沙塵調盧大脚板叶郭亞會及不識姓名共夥二十
餘人乘鄉人攔阻築閘之時混入人叢毀拆焚搶業已
歸入查辦匪鄉就地正法則前獲之傅魚頭雲等各犯
雖未供明而後獲之陸亞有等六犯均經該營員姜文
輝等親提訊供確鑿可查亦非混行牽合可比所有本
案未獲各犯應請緝獲另結其馬頭岡擬建石閘處所
自阻建後並未再築前稟所稱完固係指圍隄而言卑
職上年巡視縣屬各處圍基時業已周歷察看馬頭岡
河道委係桑園圍吉水民樂藻美各竇出水要津如果
建成石閘上游三水大路諸圍設有潰決出水未免阻
滯現在復經隨同督憲親履勘明屬實可知前次在籍

紳士張琯生潘譽徵等具控實因圍内農民不服始行聯同李錫培等出頭控阻原期鄉民相安不致滋事詎因圍内農民糾黨阻建不能先事彈壓致釀焚毀重案自屬實在情形第念張琯生潘譽徵等素來安靜久爲鄉閭所矜式李錫培麥玉成等祗因不能先事彈壓均無主謀滋鬧情弊自稟革後委知改悔首先責成鄉民賠償復又引拿滋事匪犯多名歸案審辦似可從寬准予奏請開復以示體恤而昭激勸所有奉札查明緣由理合通稟憲台察核俯賜查照卑前縣所稟情節准將控案先行註銷並將舉人李錫培武生麥玉成等功名開復實爲公便

按是時官總督者張公之洞先後官巡撫者倪公文

蔚岕公大澂先後官布政使者蕭公韶高公崇基游
公智開先後官按察使者于公蔭霖王公毓藻王公
之椿官督糧道者李公蕊先後官南海縣者張公琮
郭公樹榕張公璿

按自水患無常隄防益密然或利見於彼而害即見於此者羣情所必爭也桑園圍內之水大半由江浦海口紓回而出設有阻礙潦退愆期晚禾即趕蒔不及農常病之光緒乙酉大棚等十四圍籲請邑侯擬在官山墟外馬頭岡截塞海道創立石閘以捍外水不知海道愈隘宣洩愈難桑園圍眾曰與相持不下李孝廉錫培恐其釀禍也爰偕同志聯名呈請飭令停工改建竇以消患於未萌邑侯矜其創舉言諸大

府持之益力而無知愚民羣起而攻之不期而會者數千人直將石閘毀拆釀成巨案李君竟被奏革而石閘之議遂寢人多爲李君惜而李君以爲事關大局利害終引義不悔也歲己丑水復成災制府關心民瘼觸及舊案輕騶減從親臨馬頭岡復由吉水竇沿河巡閱審知水勢所趨確難築閘曉然於前此之爭非無謂也立消舊案李君遂蒙奏請開復事閱五載乃獲昭雪向之爲李君惜者至是爲李君幸以爲捍災禦患自忘其身小挫之正以彰其志也李君可無憾矣是時張農部瑄生潘農部譽徵更走上游力爭此閘初爲大府指斥或慮不測後卒無他其志其事亦猶李君云爾爰掇始末詳紀於篇用知利害所

在義當力争繼自今事有類於此者慎無遷就以貽
後患也

桑園圍志卷十二終

桑園圍志卷十三

渠竇附子圍

圍內竇閘渠涌所以通潮汐防旱潦便舟楫者也然圍基爲十四堡保障此方既決即浸及彼方渠竇爲一方灌漑之資利有所專屬故崩決後築復大圍則闔圍均派而修葺竇閘疏濬渠涌祇以本方之資興本方之利不能動支公項亦不得派及他方前志渠竇失於詳載僅記某堡竇閘有無某鄉竇閘幾穴而已每遇大修輒云竇閘附於圍基修圍基即修竇閘彼此爭論剖析殊難不知修竇閘濬渠涌前人已有遺法因搜採經行成案立渠竇一門若夫各子圍包裹於大圍之中爲一方利與渠竇等修子圍不動支公項亦與治渠竇等況凡

爲竇閘皆渠所灌輸凡屬子圍亦渠所縈抱三者相因

故舉以附焉志渠竇

嘉慶元年廣州府朱公棟詳文

二月三十日奉兵部尚書兼署兩廣總督朱憲牌照得

桑園圍民樂市等處被冲竇穴圍基先據臬報順邑及

該圍紳士公捐銀數萬兩設立修基總局今首事梁廷

光等將捐銀修築鞏固等由批飭遵照續又檄催遵照

原案嚴飭該縣巡檢督同該首事在於公項銀兩内購

齊石樁竇門勒限修築堅固高厚委勘具結詳報在案

現屆春耕正潦水漲發之候亟宜趕早辦竣以資捍禦

乃今未獲核實修竣委勘結報將來潦水漲發貽悞匪

輕合亟飭遵備牌仰府照依事理立將該處被冲竇穴

圍基徑飭該縣及巡檢主簿督同總理首事梁廷光李
昌耀等在於該圍及順邑紳士公捐銀兩內購齊石椿
竇穴門等項親往民樂市各處分段趕緊修築完固高
厚其竇穴上下左右及基身危險處所立即砌石以期
鞏固修竣該縣及該巡檢首事出具保結由府委勘明
確具結通詳事關民瘼毋得任由揑飭延悞致干未便
等因奉此遵即轉飭南海縣及九江主簿江浦司巡檢
遵辦去後茲據南海縣李令詳稱移准九江主簿稀會
嘉江浦司巡檢吳洪會申稱遵查乾隆五十九年潦水
異漲桑園圍被水沖決二十餘處當蒙各憲捐廉倡修
因全圍工程浩大需費甚繁而圍內各處竇穴不少力
難兼顧當經圍衆公議止將公捐銀兩專修基圍其各

處竇門竇穴仍合各鄉查照舊例自行修理俱已允從毫無異議詎民樂市竇穴向係百滘雲津兩堡居民經管該鄉田畝仰藉灌溉十居其九歷來修理該竇作爲拾壹分派修百滘出費拾壹分之玖雲津出費拾壹分之貳而雲津堡生員潘炳綱派爲該堡首事經收籤題銀兩因伊住屋附近民樂市竇穴遂懷私意先將捐修基工銀壹百捌拾餘兩修理民樂市之竇穴其意不過暫挪一時欲向百滘堡收得歲修之費仍復歸款不料百滘堡居民隨以潘炳綱修竇並未通知同估工程疑有冒銷等事不肯出費以致潘炳綱之雲津堡尾欠銀壹百捌拾餘兩任意延宕至六十年十月內潘炳綱無銀繳局畏懼差追又因修竇工程不無浮冒百滘堡切

近同鄉易於指摘不敢復向百滘堡索取輒以竇工未
竣係因總局不肯發銀混赴上憲具呈希圖諉卸後蒙
堂臺臨工齊集確訊查出潘炳綱妄控並百滘堡不肯
出費實情押取兩堡具結令其趕緊興修十一月内蒙
本府檄委候補縣朱振瀚來工督催潘炳綱躲匿敝廳
等隨傳百滘堡管理該竇値年潘才一等剴切曉諭伊
等亦知理虧萬難推諉卽日出銀將未完工程趕緊完
竣惟竇門朽爛急需自另爲更換據潘才一等同稱數
年前通堡公買力木板叁塊存貯竇面原爲修補竇門
而設後有潘蕃昌私自押錢應用懇飭追繳等情敝廳
等隨傳潘蕃昌等訊認不諱當卽押令贖回交潘才一
等做門督令安設卽取潘才一等切結加具印結報竣

在案此民樂市竇門竇穴俱係該鄉自行出費自行承
修並不動支總局公捐之項毋庸着令總局首事出結
奉行前因復查據總局首事梁廷光等覆稱桑園圍竇
穴閘門共有十餘處如江浦司屬簡村堡之吉水竇先
登堡之陳軍涌竇海舟堡之李村竇麥村竇九江主簿
所屬鎮涌堡之鎮涌竇石龍竇河清堡之河清上下竇
九江堡之惠民竇文昌橋閘沙頭堡之新涌竇等處俱
經各鄉居民自行出費自行承修均已完固其自出之
費係因各竇閘內外或有桑地魚塘或有居住店鋪所
收租銀歷來各爲歲修之資此次通修桑園圍基工程
浩大南順兩邑公捐之銀實有不敷各處竇門竇穴力
難兼顧是以始初通圍公議卽經議定各處竇門竇穴

概行照舊各鄉居民自修不准動支總局公捐之項卽如民樂市竇現有店房九十四間每年收租不下五六十金該鄉居民止於竇上畧爲粘補卽將餘銀聯同派分以致竇門如此朽壞若因其觀望延遲背違前議獨將公捐銀兩撥給幫修無論該處竇門竇穴已修未修均得藉詞羣向總局索費萬喙齊鳴無可排解且竇門竇穴蓄水洩水祇便本鄉兼之房地租銀歷世安享利旣專歸一隅工亦惟一隅是問其修圍基總局之公捐銀兩斷難撥給幫修各處竇門竇穴致啟紛爭有悞基工等情儆聽等覆加確查委屬實情伏查南順兩縣去歲公捐銀兩計共四萬五千有零隨經築復各處被沖基身併全圍增培土石各工業已支銷淨盡報竣後荷

蒙藩憲暨本府及堂臺臨工察看以近海險要處所尚需壘石培護以期歷久安瀾飭委敝廳等確估共需銀九千六百餘兩通圍紳耆齊集公議照各堡籤題原額加二添捐南邑該銀六千兩順邑該銀三千兩其餘不敷之銀蒙各憲捐廉佽助近聞順邑紳士以修本處子圍爲詞疊次推諉恐難照數添捐所估落石各工正難辦理所有民樂市竇穴雖經潘才一修整完好尚需內外砌石塊仍應請照向例飭令該鄉值年等自行承辦并著承辦值年出具保固各結敝廳等親赴勘明加結轉繳其總局首事梁廷光李昌耀等向不經理竇門竇穴應請免其出結俾事有專責結無濫加實爲公便等情准此卑職覆加體察委屬實情除該處竇門竇穴先

已移行隹據九江主簿江浦巡檢覆稱押令雲津百滘兩堡承修值年首事潘才一潘曰千已於本年正月初十日購料興工至二十日趕築完固取具潘才一潘曰千保固甘結加結經繳藩憲暨本府在案嗣奉飭行加培石工仍應雲津百滘兩堡值年首事潘才一等承修除移行催令雲津百滘二堡速將應行添捐加二銀兩照數清繳支應并令承修該竇之值年首事潘才一趕緊培石完固出具切實保固結狀加具印結申繳察轉其總局首事梁廷光李昌耀等係屬專管基身工程並未經理竇門竇穴之事應請免其出結理合據實詳請察核轉詳以便轉飭遵照等由到府據此卑府伏查桑園圍內各處竇門竇穴既據南海縣移行九江主簿江

浦巡檢查明向例均係各鄉自行出貲修理民樂市竇
亦係雲津百滘兩堡居民派收自不便在於公捐項內
動支亦毋庸首事梁廷光等具結除民樂市應砌石工
仍飭雲津百滘兩堡值年首事修竣具結另行加結申
繳外理合具據情詳請憲台核示飭遵除呈督憲外爲
此備由具申伏乞照詳施行須至書冊者奉
督憲朱批　仰東布政司檄明飭遵具報繳奉此除行
廣州府轉飭遵照外查民樂市竇門竇穴既經雲津百
滘兩堡居民派修完固自不便在於公捐項動支亦毋
庸首事梁廷光等具結其應砌石工應令轉飭雲津百
滘兩堡值年首事潘才一等迅速購石砌築堅固統限
一月內修竣竇穴一并取具保固甘結由縣府加具印

結通繳查核

布政使司陳批　仰即飭令雲津百滘兩堡首事潘才一等迅速購石砌築堅固限一月内連各竇穴一併修竣取具保固甘結由該縣府加具印結詳報核轉毋任延悮仍候督憲批示繳

二年布政使司莊公肇奎諭疏復通圍涌渠示

照得南海縣屬桑園圍自乾隆五十九年閒圍基決淹浸兩月隄内涌渠淤積浮土一尺有餘嗣聞該處杭涌業戶有將自己田業挑去浮土堆積涌基被牛羊踐踏漸次卸落以致水道不通茲訪聞該圍自本年八月以後雨澤稀少灌溉無由晚稻雜糧被旱者十居三四現在蔬菜薯麥望水灌溉若不即行疏復轉瞬交春即

應翻犁播種偶遇雨水缺少春耕必致有悞查溝洫涌渠乃田間水道向係鄉民業戶公衆捐貲挑築使田業得以灌溉並得以利行人而梳涌之田亦得先受其益今該圍涌渠既被梳涌業戶挑土墊塞自應各按業戶田頭督令疏復原位除於該圍十一堡及各段淺窄涌渠橋樑處所出示外合先札遵札到該縣立卽查明圍内涌渠及橋樑淺窄者多出告示曉諭各業戶務於本月望後起趁此天晴水涸之際各按田頭自行疏復一律寬深水性流通舟行利便事竣稟覆以憑委員查勘倘有不遵立卽責懲事關民瘼毋任違延速速

三年署布政使司常公齡行九江主簿札

札廣州府南海縣九江主簿知悉據廣州府詳據該南

海縣詳報會同九江該主簿崔鎮查勘過桑園圍南村
石龍兩鄉奉撫憲倡捐修費疏復水竇水圳情形繪具
圖形由府詳檄前來查南村石龍兩竇前奉撫憲諭開
令該府縣等分飭各首事聯挑築章程計需費若干各
鄉籤捐數目若干由縣妥議詳司覆核詳報以憑示期
收銀興工委員前往督辦經前司諭飭於南石兩竇適
中處所設立公所先將兩鄉按糧加入起科銀一千三
百兩并妥議竇外挑疏水圳工程務使經久無患其竇
内水利所經之涌渠橋樑議定高寬款式拆去陂石改
用木橋使一律深通無碍水道立定章程使各鄉共悉
並親往水利可到之田心等鄉凡有力仗義之家一體
勸諭籤捐共計得銀若干由縣府妥議詳司以憑詳請

示期收銀興工委員前往督辦另選素諳工程首事數人專司經理行知遵照在案自應飭令各鄉紳耆首事查照前檄情節妥定收銀日期并公推專司經理工程首事數人選擇吉日由縣府妥議稟覆以憑詳請撫憲給示興工今撫憲指日赴京入覲未便稽延札飭札到該府縣立卽遵照札飭情節迅飭各首事卽日稟覆由縣先行通稟察核以慰憲懷毋得遲延速速

先登堡竇　在鵝埠石陳軍涌

海舟堡竇　一在李村黎余石三姓基光緒五年五月大水竇傍石傾卸牽動隄身搶救三晝夜獲完是年歲修遂將竇穴填塞一在麥村梁萬同基今廢

鎭涌堡竇　一在南村鄉南一在石龍鄉南一在鎭涌

鄉南

河清堡竇　一在河清鄉北一在河清鄉南

百滘雲津堡竇　一在莊邊鄉今爲吉贊竇一在民樂市一

在藻尾鄉

簡村堡竇　在吉水鄉前西樵山麓

沙頭堡竇　在北村前石江閘在石江村前

大桐堡閘　北陂閘在西樵山麓南陂閘在大桐墟口

閘門二曰林坦曰敦根新陂閘在柏山九江沙嘴口

九江堡竇閘　奇山涌牐在龍母廟前騰涌牐在叢靈廟右新涌牐在新安社側沙滘牐在上帝廟前大穀牐在天后宮側雙涌牐在鍾靈廟前瓦子涌牐在南華社下已上皆東方牐捍獅領流入裏海者惠民竇舊名南極牐又名下村牐

在西極涌口文昌橋内鳳岡竇在南頭圍文昌橋牐在南極涌口惠民竇外上下柳木涌口牐禮山涌口牐棠村涌口牐華光廟前牐在棠村涌已上皆南方牐捍禦裏海流入南極涌者冲吉竇在樂只約吉水里大稔牐舊名小伸牐一名烏柏在大稔上帝廟左曇涌口牐在潭匯橋外同治元年翹南五約剏建名五福牐已上皆西方牐捍禦外海西潦者大伸涌口牐在大伸市探花橋外與曇涌口牐同建亦名五福牐烏布牐舊名大伸牐在翹南約敦睦里外龍涌牐在龍涌社左新涌牐在新涌社右朱滘牐在大水口磨熨基石塘牐在大正坊石塘社迤西大塹尾牐在梅圳社前梅圳牐在沙涌下鞏牐在梅圳慈悲宮側蘆荻洛牐在新涌口新涌口牐在梅圳村頭東北已上皆在北方捍裏海流入低滘者

甘竹堡閘　一沙涌口閘一大涌口閘一菱角洲閘

按舊志所載竇穴今雖湮塞悉仍其舊沙頭大桐兩堡之牐據南海志補甘竹堡牐據順德志補九江堡竇牐據九江鄉志補中如漁歌浦禾貍涌等牐今已湮塞不復載

子圍

新慶圍　在大桐堡東與九江北方西圍接北方西圍至沙嘴桕山交界之新陂閘止新慶圍亦從新陂閘起北經大桐之敦根岐周九江之樓基至大同墟口之南陂閘止長共一千二百餘丈

白飯圍　在大桐蜆岡邨尾兩鄉間從南陂閘起右為新慶左為白飯東北行繞蜆岡鄉至沙頭堡石江鄉界

折而北至西樵山腳北陂閘止圍爲內河頂沖値西北兩江齊漲匯於隄前相拒不退水益高隄益險道光以前頻崩決同治五年該圍按畝起科遍加培築遂臻完固自北陂至南陂長一千六百五十丈自北至白鶴基尾長四百八十丈

玉帶圍　在九江北方之東大圍內子圍也對面爲九江西方子圍西圍自北方沙嘴而上與大桐新慶圍接是圍從大墟起向北行泊出儒鄉首戶經磨尉基汎與沙頭中塘圍接道光十四年始自儒鄉首戶起至沙涌大閘止築橫閘基自成一圍長約二千四百餘丈

中塘圍　在沙頭堡石江沙涌水南等處上接九江堡玉帶圍經磨尉基逶迤東行下至龍江界長三千餘丈

温都圍　在沙頭堡石井村前龍江甘竹兩口灌入內河咸莘於此村後山玉女溪沈婆坑翠雲泉諸水出石江閘北行注之

流洛圍　在沙頭堡之東乃沙頭堡之老村北村兩鄉所築

九江東方子圍　在九江東方大穀沙滘等處其地北枕桑園圍惠民竇水出其左獅頷口水從右來繞其前流至三元橋合惠民竇水北行經九江大桐沙頭出龍江口西漲時竇已閉獅頷口在惠民竇下水低數尺入口復分一支逕龍山以弱其流又千紆百折倒流以殺其勢明嘉靖時江西右參政陳萬言始建築基段周三十一里半通竇門七曰龍田廟曰瓦子涌曰雙涌曰新

涌口曰沙滘曰藤滘曰大榖

按龍田廟九江鄉志作龍母廟

五約子圍　在九江堡北方內包村莊五曰翘南曰侯王曰大稔曰太平曰萬壽北與新涌接界其新涌龍涌沙嘴至大同新陂閘另爲一圍不在五約內其地南固萬壽通衢東際惠民閘北行之大渠西盡桑園外圍并包大洲圍在裏設兩石牐以捍獅領口龍江口流入大涌之水一在探花橋一在潭匯橋以時啟閉自是裏水不能從下流倒灌上游鎮涌金甌等堡亦受其利焉

南方子圍　在九江堡南方趙涌等處其地自墟尾蘿白行起逶迤南行至閘邊青雲路止約長六百丈又從蘿白行起西行另築一閘基至槎山腳止共八十餘丈

麥局塹圍　在九江堡長二百六十餘丈

趙涌圍　在九江堡南方桑園圍大圍外又名南頭圍

嘉慶二十一年趙涌坊士民建築自海口起至西方高

基頭止長二百一十二丈二尺

西方圍　在九江堡大稔太平萬壽等約捍探花橋潭

滙橋兩涌口流入之水同治元年大修五約圍𨚫建石

牐於兩口大涌潦水遂不復爲患

上沙圍　在九江堡西方太平約咸豐十一年通修加

築閘基三十餘丈

非方圍　在九江堡自大桐敦根交界起南至沙嘴折

而西渡新陂閘復南行經龍涌牐新涌牐至探花橋頭

迤西度烏布牐又南行至西方基界止此圍雖屬附近

各村莊經管一有決溢則上游鎮涌金甌簡村百滘諸堡均受其害

大河洲圍　在九江堡長四百四十一丈

保安圍　在九江堡南方卽木盤圍內包仁讓社民居十之五騎龍社民居十之三自三星宮側起至騎龍社前止屬保安圍自金順侯廟前起至騎龍社側止屬桑園圍又自靑雲路口起至沙口判官廟止屬桑園外圍

雞公圍　在甘竹堡左灘自南海之九江分界樹起至皁宼墟止長二百六十丈明洪武間里老陳博民剏築歲久傾圮鄉人黃岐山易以石隄費至巨萬全隄鞏固鄉人名之曰黃公隄請於縣立石至今存焉

放牛萌圍　在甘竹堡自象鵰嘴起至黃岡頭止長三

千四百十有一丈

東安圍　在甘竹堡自裏海一埠之獅山嘴起至龍田牛頭山止長一千二百丈有奇道光二十四年紳士吳文昭等築

北輔圍　在龍山堡自鳳塘至龍江與河澎圍相接外即新滘南枕龍江北枕沙頭之南畔

土圍　在龍山堡自南海之中塘圍起至九江之朱滘圍止長一千七百五十丈

河澎圍　在龍江堡自南海之北村分界起至龍江村前止長四百九十有五丈

北輔圍　在龍江堡自百歲坊起至龍山堡之鳳塘村外止長二千一百五十有九丈有三尺

按自新慶已下九圍據南海縣續志修麥局墊已下七圍據九江鄉志修雞公已下七圍據順德縣志修

又按桑園圍西北高而東南下故先登簡村諸堡但有竇穴以備旱潦而已沙頭龍江九江諸堡勢居下流兼受獅領口龍江口倒灌之水不得不沿內河兩岸捍以子圍多設竇閘以時啟閉自井田之法亡而遂人之職廢然其遺意猶有未盡湮沒者就圍中涌渠而論鄉各有小涌容納霪潦建陂而障可以佐耕斷橋而守且足防盜古之溝洫也簡村堡之有大水沙頭堡之有人字水大桐堡之有禾婆水甘竹堡之有裏海金甌堡之有陳仲海計其廣深幾踰尋丈古之澮也東西海其即川乎居人稱江在圍東者爲東海在圍西者爲西海西

北諸水畢匯於官山口而達於海東南諸水分趨獅
頷口龍江口而達於海是三水口有疏通法無堵塞
法殆所謂濬畎澮距川者矣邇來屢事歲修多方搶
救外水久不爲患而稍窪之田得應時播種者猶十
不三四焉蓋内水瀦蓄宣洩不及其勢然也或者不
察妄議建閘而陻之先王之遺意於是盡矣其不至
上原下隰交相告瘁不止也可勝慨哉

桑園圍志 卷十三

三

桑園圍志卷十三終

桑園圍志卷十四

祠廟附産業

記曰能禦大災則祀能捍大患則祀名山川澤出財用有功烈於民者則祀此經義也

大清通禮載東西南北四海龍王及江淮河濟四瀆之神俱遣官致祭此

朝章也雍正七年浙江海塘

敕建海神廟自唐誠應武肅王錢鏐吳英衛公伍員而下左右配者凡十有七八有司春秋時祭所以崇德報功爲民祈福我桑園圍基築自有宋吉贊横基向有　洪聖廟祀何公執中張公朝棟九江有穀食祠祀陳公博民乾隆六十年既塞李村決口用漢武帝塞瓠子河置宣防

宮故事創建　南海神廟於新基旁祀風伯雨師暨地
方有司鄉先生之有功德於吾圍者協於
朝章達於經義矣布政司陳公大文復撥給祀產例當備
載俾吾民永永年代恪展明禋庶幾萬福來也志祠廟

洪聖廟

在河清基上以宋丞相何公執中配今圯

按桑園圍濱海而居各鄉多有洪聖廟茲載其闔圍
公建者餘悉從略

太師廟

在河清鄉北舊志缺今補

宋史何執中字裕通處州龍泉人進士高第調台亳二州
判官知鹽縣入爲太學博士以母憂去紹聖中五王就

傳選爲記室轉侍講徽宗卽位超拜寶文閣待制遷中書舍人兵部侍郎工部吏部尚書兼侍讀崇寧四年拜尚書右丞大觀初進中書門下侍郎積官金紫光祿大夫三年代蔡京爲尚書左丞加特進政和中用提舉修哲宗史紀恩加少保會正宰相官名轉少傅又遷少師封榮國公六年以少傅就第卒年七十四贈太師追封清源郡王謚曰正獻執中性至孝居母喪時寓蘇州比鄰夜半火執中方索居遑遑不能去拊柩號慟誓與俱焚觀者悲其孝而危其難有頃火卻柩得存判亳州時亳數易守政不治會鞏至頗欲振起之顧諸僚無可仗信者執中一見合意事無纖鉅悉委以剸決有妖獄久不竟株連寖多執中訊諸囚聽其相與語謂牛羊之角

皆曰殿扣其故閉不肯言而相視色變執中曰是必爲
師張角諱耳叩頭引伏及在政府嘗戒邊吏勿生事重
改作惜人材寛民力雖居富貴未嘗忘貧賤時斥緡錢
萬置義莊以贍宗族性復畏謹至於逆順主意贊飾太
平則始終一致也

案宋史本傳公未嘗官廣南築圍年月今不可攷乾
隆八年周公尙迪碑謂宋仁宗四十一年公以工部
侍郎奉命督建四十三年工成四十五年大路峽決
全圍仍淹浸乃添築橫基舊志里民馮世盛等呈又
謂建自徽宗四十一年公不及事仁宗仁宗在位四
十一年凡九改元安得有四十五年也周碑固不足
據徽宗凡六改元共二十四年公以大觀三年代蔡

京爲相則徽宗在位之九年以政和六年致仕則徽
宗之十六年也世盛云云亦屬錯誤竊意興舉水利
修理隄防事歸工部殆崇寧四年公官尚書時而史
佚之歟公築斯圍有功德於吾民者甚鉅世世尸祝
勿替於今而史臣顧多微詞謹援稱美不稱惡之義
而節錄宋史如此海塘擘要於錢武肅王傳亦不備
載五代史原文後雜錄門節錄順德南海諸志竊准
此例

洪聖廟

在百滘堡吉贊横基明建旋圯　國朝乾隆八年重建四
十四年六十年重修祀宋太師何公執中安撫使張公
朝棟督築桑園圍基黃公嗣昌督築吉贊横基陳公遇

隆明修築橫基陳公博民　國朝捐築橫基程公儀先

附祀田一畝五分五釐零

一土名北丫田一坵載中則民稅一畝零二釐八毫三絲七忽該民米三升三合價銀二十三兩七錢八分稅在百滘堡十二圖八甲戸內

一土名新基外田一坵載中則稅五分二釐三毫一絲四忽該民米一升七合一勺一抄四撮價銀十二兩九錢六分稅在百滘堡十二圖六甲戸內

穀食祠

在九江堡忠良山麓十八堡士民公建祀陳公博民

九江鄉志陳博民傳陳博民字克濟號東山慷慨有才略

桑園圍自宋尚書僕射何執中廣南路安撫使張朝棟

先後建築始有東西隄西隄由先登堡循江而下至本
鄉倒流港是時入海水道寬暢江潦隨發隨消水勢至
此漸平不足爲患迨元至明下流香山新會等處淤積
沙坦圍築園田夏潦盛漲阻塞難消旁溢泛濫往往從
倒流港逆灌而入於是壞廬墓禾稼日以益甚遠近諸
堡之在圍内者均受其害洪武二十八年朝廷遣使脩
天下水利博民遂度港口深廣工程走京師伏闕陳便
宜高皇帝嘉之日下民昏墊汝能任其責時乃功爰勅
有司脩治卽屬博民董其役海瀨湍激博民取數大船
實以石沉於港口水勢遂殺十八堡田戶踴躍運土合
力塡塞博民因是工役上自豐滘下至狐狸以迄甘竹
東繞龍江上至三水周數十里沿隄增築高五尺厚稱

之半載工竣由是水無旁溢歲用大稔十八堡士民皆舉手加額曰非陳君勇於有爲則吾儕疾苦上何由而知乎今餒者有餘食寒者有餘衣相與安居樂業無復淹溺之慘伊誰力也相率爲博民建祠於忠良山麓曰穀食祠以詔命乃功二字顏其堂百滘堡吉贊橫基舊建洪聖廟 國朝乾隆六十年李村新隄創建南海神廟皆以博民有功德於通圍特配食焉龍山堡亦設位於大墟歲祀之黎志謂博民以布衣流澤通都廟食百世彼得位乘權視桑梓利害若越人視秦人之肥瘠聞其風豈不愧乎誠有慨乎其言之也

新會黎貞穀食祠記南海廣之沃壤唯鼎安沿流西江自牂牁暨鬱林諸江並匯於梧合流經封康出高要峽

踰西樵山入海湍瀨衝激漲阡陌圮濱江民廬舍歲相望不絕民束手屏耒耜前代雖有堤防尋起尋伏不過踵白圭之餘法耳洪武季年九江東山叟陳君博民迺相原隰謂夏潦之湧勢莫雄於倒流港窒之必殺其流於是度以尋尺約其規矩簡易如指掌迺入京師稽顙玉階下悉纏陳其便宜太祖高皇帝嘉之即敕有司呼子來之民率疏附之衆屬博民董其役由甘竹灘築隄越天河抵橫岡絡繹亘數十里經始丙子秋告成丁丑夏是歲大稔民皆舉手加額相慶曰帝德如天粒我烝民萬世利也然非陳氏子勇於有為則下民疾苦上何由而知乎今餒者有餘粟寒者有餘衣父子以樂室家以和無流離饑殍者倚誰之力也不有報德何以勸善

乃相率鳩材建祠三間額曰穀食祠爲游息之所里人岑平漢等走鄰壤新會請記於予予維洪範八政以食貨爲首管子五事以溝瀆爲先蓋溝瀆遂則食貨由是而出此王政之要農務之急司牧者之責也今博民無是責而能施政可不謂賢乎設使居其位任其責必能大有爲不失民望矣夫酬功報德士君子之心也二三子拳拳若此予不可不成人之美遂記其事而繼之以頌曰天生烝民稼穡是依疇昔洪水黎民阻饑禹稷既興萬世農師裁成其道輔相其宜水患既平百穀既生迺粒迺食迺安迺康後世有作孰繼其良堯佐於滑子瞻於杭彼美博民頡頏前人才堪撫衆志存濟民挾策獻納前席講論功加當時澤被後昆桑田滄海坐見遷

改以耕以收以勞以來萬寶告成三時不害紀績貞珉
光於前載

南海神廟
在李村上墟　國朝乾隆六十年建祀南海神廣東通志
南海君姓祝名赤夫人姓翳名鬱寥
欽定全唐文唐冊祭廣利王記我皇乘時龍臨大寶四十載矣
洪休鑠於元吉元澤浸於有截恢復五運更明三辰以
爲海者沖融浮天汗漫吐氣戴萬有朝百川屢効休徵
之應未崇封建之典遂天寶十載三月庚子冊爲廣利
王明盛禮也分命義王府長史范陽張九章奉玉簡金
字之冊將璧環幣帛之貺拖毛衣繡潔牲正辭神理居
歆伫百福而上達帝道惟永視九瀛而咸乂洋洋乎未

始有也初張公作宰南海亟遷右職惠化未泯琴堂尙存人挹子期之風時美相如之使議政之老惟見子孫佐書之史但垂斑白風闕郊候鱗雜歡迎詠舊德於江干覩慈君於鵠首咸謂愷悌君子令聞不忘者歟夫典冊光揚德貴周洽信美不著古人所慚敢舉其凡以記於石大天寶十載暮春三月天王正士德之元辰海君受玉冊之初吉也

宋康定二年中書門下牒廣州南海廣利王牒奉敕四瀆淵流歷代常祀物均蒙於善利禮未峻於崇稱載考國章式崇正爵四瀆竝褒封爲王其四海仍增崇懿號宜封爲洪聖廣利王及令本處限敕命到差官精虔致祭牒至准敕故牒　康定二年十一月日牒

宋皇祐五年牒中書門下牒廣州南海洪聖廣利王牒奉
敕易載害盈益謙之旨蓋神道正直必有輔於教也其
有陰相吾民沮遏凶醜應答明白不列美稱曷以揚神
之休南海洪聖廣利王惟王廟食尊爵表於炎區年既
遠矣唐韓愈記稱神次最貴且有福禍之驗國家秩禮
祀等尤高康定中朕嘗增王徽名牲幣器數罔不稱是
今轉運使絳言迺者儂獠狂悖暴集三水中流颶起舟
留三日逮至城闉廣已守備火攻甚急大風還飈閉闗
渴飲澍雨而足變怪屢見賊懼西遯州人咸曰王其恤
我者邪朕念顯靈佑順靡德不酬其加王以昭順之號
神其歆茲顯寵萬有千載永庇南服宜特封南海洪聖
廣利昭順王仍令本州差官往彼嚴潔致祭及仰製造

牌額安掛牒至准敕故牒　皇祐五年六月二十七日

牒

宋陳豐南海廣利洪聖昭順威顯王記南海王有功德於民威靈昭著傳記所載與故老傳聞歷歷可考自唐以來褒封崇極隆名徽稱累增而未已天寶中冊尊爲廣利王牲幣祭式與爵命俱升元和十二年詔尚書右丞孔公戣爲刺史有惠政事神不懈益虔神所顧歆風災息滅仍歲大熟韓昌黎爲之記爛然與日月爭光神之靈迹益著聖宋開基太宗皇帝遣中使修敬易故宮而新之冊祝唯謹仁宗康定改元之明年增封四海而王加號洪聖皇祐壬辰蠻獠猾二廣綦集三水中流颶作閉闕渴飲雨降而足變怪驚異賊矍然若加兵額上一

夕遁去有司以狀聞上心感歎詔增昭順之號加冕旒

簪導以答靈休元祐閒妖巫竊發新昌領衆數千來薄

城下官吏登城望神而禱是日晴霽忽大晦冥震風凌

雨凝爲冰沍羣盜戰慄至不能立足望城上甲兵無數

怖畏顛沛隨即潰散雖八公山草木之助未若是之神

速也狀奏下太常擬定所增徽名禮官以爲王號加至

六字矣疑不可復加二聖特旨詔工部賜緡錢載新祠

宇於以顯神之賜太上皇御圖慨然南顧務極崇奉紹

興七年秋申加命秩度越元祐於是有威顯之號寵數

便蕃不以爲侈第恨無美名徽稱以酬靈貺豈復計八

字褒封耶左海遐陬颶風掀簸蛟鰐磨牙祝融司南彈

壓百怪庇護南服俾瀕海居民飽魚鰕饜稻粱舟行萬

里僅如枕席上過獲珠玭犀象之贏餘斂惠一方厚矣而京師頃年旱暵異常裕陵遣使緦祈雨雪應不旋踵又何惠澤溥博若是也黎弓毒矢嘯聚巖谷多構大棹出沒濤波弄兵未旬時旋即撲滅陰護捍禦而人不知神之力冥漠之中陰賜多矣至於震風反厥濡雨蘇暍見新城於水中出陰兵於城上飛鼠凝漸變怪萬狀又何靈異顯著若是也日者郴寇猖獗侵軼連山南海牧長樂陳公偕部使者祓齋以請於祠下未幾賊徒膽落折北不支屬城按堵帖然無犬吠之警公之精誠感神如桴鼓影響之應神之威靈排難如摧枯拉朽之易皆當大書深刻以詔後人豐叨乘一障在窮海之濱方託价藩帡幪而竊神庇居多不敢以蕪纇為辭謹再拜而

書之且係以詩曰顯顯靈異百神之英功德在民昭若日星庇祐南服民無震驚風雨時敘百穀用成夷船往來百貨豐盈順流而濟波伏不興自唐迄今務極禋稱祀典祭式與次俱升捍禦劇賊閃見陰兵呼吸變化風雨晦冥壓難折衝易如建瓴奔儂礫岑羣盜肅清蠢爾郴寇嗷哱橫行傳聞詾詾郡邑靡甯堂堂元侯賢於長城邀我星軺各盡其情祓齋以請神鑒惟精式遏寇攘惟神之靈應如影響惟元侯之誠惟部使者協恭同盟選値羣賢惟天子之明神休無斁何千萬齡

宋慶元尚書省牒神部狀准都省批送下中奉大夫充祕閣修撰知廣州主管廣南東路經略安撫司公事錢之望狀奏竊見南海洪聖廣利昭順威顯王廟食廣州大

茈茲土有禱必應如響斯荅臣領事之始大奚小醜阻兵陸梁既迫逐延祥官兵怙衆索戰復焚蕩本山室廬出海行劫臣卽爲文以告於廟願借檣風助順討逆俾獻俘祠下明正典刑毋使竄逸以稽天誅然後分遣摧鋒水軍前去會合神誘其衷既出佛堂門外洋復回舟送死直欲趨州城十月二十三日至東南道扶胥口東廟前海中四十餘艘銜尾而進與官兵遇軍士爭先奮擊呼王之號以乞靈戰鬬數合因風縱火遂焚其舟潮汎陸落徐紹夔所乘大船膠於沙磧之上首被擒獲餘悉奔潰暨諸軍深入大洋招捕餘黨如東薑段門諸山素號險惡或遇颶風驟發不容艤舟人皆危之既至其處波伏不興及已羅致首惡則長風送颿巨浪暴至武

夫奮棹且喜且愕益仰王之威靈凡臣所禱無一不酬將士聞爲臣言此非人之力也凱旋之日闔境士民以手加額歸功於王乞申加廟號合辭以請臣參訂輿言具有其實除已先出帑錢千緡崇飾廟貌外用敢冒昧
上聞臣考之圖經惟王有功於民著自古昔載在祀典
神次最貴唐天寶十載始封爲廣利王國朝康定二年增號洪聖皇祐五年以陰擊儂賊詔賜昭順紹興七年復加威顯所以致崇極於神者其來尚矣旌應表異正在今日欲望睿慈特降指揮申命攸司討論典禮優加命數昭示褒寵以答神休以從民欲伏候敕旨後批送部勘當申尚書省尋行下太常寺勘當去後據申照得
上件神祠係是五嶽四海四瀆之神兼上件靈應並是

助國護民蕩除兇寇比尋常神祠靈應不同所有陳乞
廟額本部尋再行下太常寺擬封去後據申今將南海
洪聖廣利昭順威顯王廟合擬賜廟額降敕伏乞省部
備申朝廷取旨施行伏候指揮　牒奉敕宜賜英護廟
爲額牒至準敕故牒慶元四年五月尙書省印日牒
元陳大震重建波羅廟記古者帝王巡狩方岳不至四海
以四海在要荒之外不可得而至也周禮凡將事于四
海山川校人飾黃駒而望祭焉祭有坎壇未有祠廟漢
武帝惟登之罘浮大海欲求仙耳不在海也至隋文帝
始命於近海立祠以巫一人知洒埽多植松柏南海祀
於南海鎮卽今之扶胥鎮距城八十里者也唐武德貞
觀之制則嶽鎮海瀆年別一祭以五郊迎氣之日祭之

各於其所南海於廣州祠官以都督刺史望此祠祭之始也天寶十載封四海爲王南海曰廣利以三月十七日同時備禮此封爵之始也惟玆南海神次最貴元和間刺史孔戣拓舊廟而大之又得韓愈碑爲之發揚祠禮之盛莫盛於此時至宋康定加洪聖之號皇祐加昭順紹興加威靈合爲八字前乎紹興四海同封而異號及紹興疆土乖離獨南海耳自天命歸于皇元至元十三年乃入職方氏神始有會同之喜二十八年世祖皇帝加以靈孚之號天使奉宣命馳驛萬里至廣城官吏無不肅恪將致寵光於正祠間祠已廢乃於城西别祠行禮焉同知總管府事趙公勝興曰自隋唐歷宋踰七百年鎮之祠無不修舉今廢不治遺神之羞夫君所以

養民神所以衛民君之敬神正以民故食君之祿而不以君之所以敬神者事神可乎乃捐俸脩之未備也二十年公陞宣慰副使復修之苟合矣已而被命簽都元帥府事始得展其力乃於農隙募村鳩工入執宮功一木一石之末畏一斧一鑿之未精必更之使盡善乃已大門三間橫二十二丈翼以兩廡從三十二丈正殿巋然其中又演廡三十二丈至寢殿崇廣如正殿明順夫人之所處也下至輿衛翼從悉有寓宇又崇館以爲天使弭節之所雖祝使庖夫所棲亦皆完好凡爲屋一百二十五間歷十餘年而後就吁公之勞心殫力而爲是者何也或謂公初莅職平海寇禱于神神克相之故契契于是又以上恩久任獲與斯民相安民亦知有上命

子來經營乃克就緒大震約居二十年有田數畝在廟
傍時勞耕者父老詩侈其事請大震記之韓碑在前何
敢穢珠玉側第公之功德踰於孔殄不書則後人何以
稽故不得辭復有一於此初亦不能無惑張宣公栻嘗
云川流山峙是其形也而人之也何居氣之流通可以
相接也而宇之也何居遂疑唐以王爵封神者未然也
及觀家語云季康子問五帝之名孔子曰天有五行金
木水火土分時化育以成萬物其神謂之五帝然則五
行旣可爲帝則四海之爲王又何慊乎立之祠而設之
像亦靈星之尸之意幽爲神明爲人是爲一理弁冕端
委亦其爵秩之當然爾乎不然必有能辨之者

明洪武御祭南海神文維洪武三年歲次庚戌七月丁亥

朔越十一日丁酉典儀臣王慥蒙中書省點差欽齎祝文致祭於南海之神皇帝制曰生同天地浩瀚之勢既雄淩深之處莫測古昔人君名之曰海神而祀之於敬則誠於禮則宜自唐及近代皆敕以封號予因元君失馭四方鼎沸起自布衣上天后土之祐百神之助削平暴亂以主中國職當奉天地享鬼神以依時式古法以治民今寰宇既清特修祀儀因神有歷代之封號予起寒微詳之再三畏不敢效茲觀神之所以生與穹壤同立於世其來不知歲月幾何凡施爲造化人莫可知其職必受命於上天后土爲人君者何敢預焉予懼不敢加號特以南海名其名依時祭祀神其鑒之

國朝雍正

遣官加封號祭文維雍正三年歲次乙巳五月戊戌朔越十
二日己酉
皇帝遣巡撫廣東等處地方提督軍務兼理糧餉都察院右副
都御史加六級年希堯致祭於　南海之神曰惟神流
滋炎域容納百川功宏長養庶類蕃昌朕撫馭寰區考
稽典禮將祈福以庇民宜加封而致祭爰命所司崇神
封號曰南海昭明龍王之神所冀波瀾永息烝黎獲利
濟之安風雨以時稼穡享屢豐之慶神其昭鑒來享茲
芬

按番禺縣志載歷代御祭南海神文及碑記甚夥茲
錄其加神封號者彰靈貺而誌尊禮宋紹興七年加
威顯之號元至元二十二年加靈孚之號牒狀無存

散見於陳豐陳大震碑記故並錄之又謹按

世宗憲皇帝御祭之文義當幷首今遵

欽定四庫全書之例恭錄於前代之次以明神之尊崇其來有

自

配祀名宦

宋尚書左丞特進贈太師清源郡王何正獻公執中

宋廣南東路安撫使張公朝棟

國朝

贈太傅體仁閣大學士前兩廣總督朱文正公珪

兵部尚書前廣東布政使陳公大文

廣東督糧道吳公俊

廣州府知府朱公棟

署九江主簿嵇公曾嘉
南海縣知縣李公橒
署順德縣知縣王公志槐
順德縣知縣汪公泩
兩廣總督蔣公攸銛
太傅體仁閣大學士前兩廣總督阮文達公元
刑部尚書前廣東巡撫陳公若霖
雲南總督前廣東布政使趙文恪公愼畛
特調南海縣知縣冐公掄閣
署南海縣知縣仲公振履
南海縣知縣吉安公
贈太子太師兩廣總督盧敏肅公坤

廣東布政司吉公恆
廣東督糧道盧公元偉
廣東督糧道鄭公開禧
特調廣州府知府金公蘭原
署廣州府糧捕監掣府劉公毓琇
特調南海縣知縣黃公定宜
九江主簿李公德潤
江浦巡檢呂公㴻
太保兩廣總督文華殿大學士文莊公瑞麟
兵部侍郎前署廣東巡撫郭公嵩燾
廣東巡撫蔣果敏公益澧
廣東巡撫李公福泰

福建巡撫前廣東布政使王文勤公凱泰
廣州糧捕通判署南海縣知縣陳公善圻
配祀鄉先生
明處士陳公博民
國朝
兵部侍郎温公汝适
國學生梁公玉成
贈資政大夫候選州同潘公進
前工部郎中盧公文錦
刑部員外郎伍公元芝
刑部郎中伍公元蘭
署雲南糧儲道鄧公士憲

布政司銜候選道伍公崇曜

處默堂義士

選用員外郎舉人潘公斯湖

知府銜選用同知李公錦華

何子彬重修桑園圍南海神祠記歲丙午冬十月連日驟雨十有二日天方曙繼之以風廟之後堂遂塌焉時值麥村梁君雨馨館其地屬皇劍寢始獲免於厄其徒某即於瓦礫中扶翊而出尋得無恙以是知神之爲靈昭昭也廟建自乾隆甲寅乙卯間圍堤鉅工既竣僉以李村爲通圍適中之地爰立廟以安神并建後堂爲集事處惟時官斯土者類皆恤民隱體察輿情用能上下交孚一乃心力故自有桑園圍以來言隄工者皆以甲寅

爲備觀其大修告成之後於禾乂基之險要處謂爲河伯之所爭固讓地而坡之培之於竇穴之淤壤者悉令該處紳業倡修以爲圍中宣洩灌溉而疏之導之事無纖悉次第具舉其泛應曲當也如川之赴壑也由水之就下也莫不盈科而後進也以視吾儕之甫謀一工甫畢一役眞不啻跋前而躓後焉豈和衷之實難歟抑才力之不逮歟何勞逸之懸殊而古今人不相及也故曰隄工以甲寅爲備正不僅壯廟貌之宏規使歲時伏臘講貫有資經畫得所而已夫士君子浮湛里社即此一二修廢挽頹之舉力所能致當致力焉顧爲之拘牽憚勞而不任厥事將自矜其智而人獨愚乎況溯廟迄今五十餘年構堂重新規模展煥於以仰答神庥式承靈

貺則所以慶安瀾貽樂利者其在斯乎其在斯乎是役
也經始於戊申九月以己酉閏四月與歲修隄工一齊
蕆事其間鳩工庀材則潘君焯堂之力居多而始終在
工督役者則有梁君雨馨常川到局揚榷者則有何君
省蘭李君芸軒彬不過隨諸君子後效奔走之勞焉爾
因援筆而記其事

嘉慶元年布政使陳公大文撥陳軍涌沙坦示

爲報明官荒懇撥祀典以杜爭端以資公用事嘉慶元年九月二十六日奉巡撫廣東部院朱批本司呈詳嘉慶元年九月初五日據南海縣申稱嘉慶元年正月二十六日據桑園圍紳士舉人黃世顯歲貢區先登生員李定卓符澤蘇蕡安業戶粲俊江李耆鴻李璧東等稱竊照桑園一圍前被潦水沖決荷蒙各憲軫念民依捐廉倡築兩邑紳民共捐銀五萬兩合力大修全圍藉固事竣蒙藩憲諭令于李村新基外建立南海神祠爲全圍保障落成後復蒙各憲親詣行香題留頌禱聲靈遠播不特全隄藉庇即南順兩邑上下村莊往來籌議隄防事宜亦得有託足駐宿之地洵爲千古不可易之香

烟但目下堂垣雖已聿新而將來修葺以及逓年春秋祀典司祝傳事公需尚有未備自應預籌經久方足以仰副各憲建設深恩茲查先登堡鶏埠石村基外陳軍涌生有沙坦九十餘畝久經業戶區廣昇當官承佃其自區廣昇地界之西北自陳軍涌三水鳳起鄉周明端地界起南至先登堡茅岡鄉區福祖地界止計長三百六十餘丈極西至河邊約稅將及百畝前于乾隆四十年擬抵九江堡關敦厚虛稅隨奉前督憲李批行不准承陞恐其圖築有礙河道任由沖刷迨後附近貧民貪圖美利私種雜糧因係無主之業此種彼收致釀人命嗣經先登堡各鄉嚴禁不許私耕此後變爲牧牛草地然逓年潦水淤積沃土日漸高寬現成膏腴之業可以

種植桑麻豆麥等類較之上下接連地段每畝可批租銀一兩有奇與其任由拋荒日後豪强霸耕滋事附近村民有公庭牽累之慮孰若撥歸神廟爲春秋祀典固可以杜各鄉貧民霸耕滋訟之端而于全圍香火公需似亦不無小補爲此聯呈叩懇仁恩查案核明委員勘丈詳請撥入神廟遞年按坐收租辦理祀典公用實爲德便等情到縣據此卷查乾隆六十年十二月二十三日奉憲臺札開據本司書辦梁玉成稟前事等情到司當經札飭南海縣親往逐一查勘去後茲據申稱卑職遵卽卷查并查額征全書附載雜稅絕軍王翰仁馬寬等各業應征官租銀三十七兩五錢七分六釐前因各業沖缺查將九江洛口沙撥給佃戶關敦厚等抵耕嗣

洛口沙復經沖缺關敦厚等將陳軍涌口新沙撥抵奉委順德縣勘明詳奉前督憲李因恐有礙水道未奉准行飭據楊彤萼吳樂天鄭思誠等承佃各沙共收租銀七兩二錢四分一釐撥抵王翰仁等虛租外尚存虛租銀三十兩零三錢三分五釐遞年官爲捐解在案隨將卷宗移送九江主簿查勘去後茲准覆稱查明各卷傳集紳耆沙鄰人等吊核原承稅照齊赴該沙勘得形分七段委係水生淤坦係屬無主官荒土厚而肥悉與鄰田相等並無妨礙水道鄰田廬墓以及隱佔重承情事不用圍築即可開耕即當訊取沙鄰各供插明界址丈得該沙實稅一頃一十三畝五分零二毫六絲七忽繪圖取結造具弓冊移送前來卑職覆查無異幷經飭據

紳耆總局首事人等議稱該沙一頃一十三畝五分零二毫六絲五忽每畝約收租銀一兩五錢有奇每歲可共收銀一百七十餘兩除請撥抵絕軍王翰仁等虛租銀三十兩零三錢三分五釐外計贍租銀一百三十餘兩以之供辦　神廟春秋二祭約共支銀四十兩歲修
神廟支銀二十兩司祝供食支銀二十兩香燈支銀二十兩外尚仍剩銀三十餘兩儘足以資經理租項首事紙筆薪工并議公事茶水等費其經理租項首事每三年公舉殷實公正二人交接承當通圍共十一堡離
廟遠近不一挨各遠近配搭輪值以來歲嘉慶二年爲始首以海舟金甌大桐簡村四堡公舉二人經理三年次以先登百滘雲津三堡公舉二人經理三年又次以

鎮涌河滘九江沙頭四堡公舉二八經理三年收支各數均令逐一登明三年期滿交代下手接交時將各帳目公同逐一算明毋任私毫遺漏侵隱循環稽察自可經久無患公私各有所裨等情前來卑職確加查核似屬妥協傳集面詢亦與稟詞無異伏查該沙係屬水生無主官荒並無妨礙水道鄰田廬墓以及隱佔重承情事與其拋荒日久豪强霸耕滋事誠不若歸入　海神廟內批佃收租供辦祀典以及歲修各費且據紳耆所議經理租項之處亦極公妥詳明實可經久無弊應請俯順輿情悉如所請准將該沙歸入　海神廟內批佃收租以資各費倘蒙允准即令將界用石豎明聽該紳耆等自行召佃承耕并令勒石以垂久遠至該沙稅現

奉停墾應請免其陞科將來奉行墾陞再行酌議具詳
分別辦理理合詳候察核示遵等由到司據此該本司
查看得南海縣屬桑園圍總局紳耆黄世顯等請將先
登堡鵝埠村前基外土名陳軍涌口水生沙坦撥歸
海神新廟内批佃收租以供祀典及各費用一案緣桑
園圍基工竣復在該基身建立　海神廟宇保護全圍
紳耆黄世顯等因無祀典以及歲修香燈費用闔圍酌
議請將陳軍涌沙坦一段撥歸　海神廟内批佃收租
以資春秋祀典及歲修費用等情當經札飭南海縣親
往該處沙坦逐細勘明有無妨礙水道鄰田廬墓以及
隱佔重承情事刻日確查妥議詳覆去後茲據南海縣
申稱該沙係屬水生無主官荒並無妨礙水道鄰田廬

墓以及隱佔壟承情事與其拋荒日久豪强霸耕滋事
誠不若歸入　海神廟内批佃收租供辦祀典以及歲
修各費且據紳耆所議經理租項之處亦極公妥詳明
實可經久無弊應請俯順輿情悉如所請准將該沙歸
入　海神廟内批佃收租以資各費倘蒙允准即令將
界石竪明聽各紳耆等自行召佃承耕并令勒石以垂
永久至該沙稅現奏停墾應請免其陞科將來奉行墾
陞再行酌議具詳等因前來本司伏查陳軍涌沙坦既
據南海縣查明委係無主官荒亦無妨礙水道鄰田廬
墓以及隱佔重承情事且各紳耆所議經理租項甚屬
公平應如該縣所請准予撥歸　海神廟内批佃收租
以資各費候奉批回飭令南海縣將各界用石竪明聽

該紳耆等自行召佃承耕并令勒石以垂久遠至該沙
稅現在停墾應請免其陞科將來奉行墾陞再行酌議
另詳緣由奉批如詳飭遵辦理仍俟將來墾陞時酌議
具詳核辦並候督部堂衙門批示繳圖冊存等因奉此
又奉兵部尚書總督兩廣部堂朱批仰候撫部院衙門
批示飭遵具報繳圖冊存等因奉此除呈報督憲衙門
及行廣州府轉飭遵照外合就出示爲此示諭該圍紳
耆人等遵照立將該沙用石豎明界杙查照議定章程
遞年自行召佃收租除解抵絕軍王翰仁等虛租銀三
十兩零三錢三分五釐外遞年辦理春秋祀典等項公
用勒石　海神廟內以垂永久如將來奉行墾陞再行
具呈請辦毋違特示

按示中前督憲李爲李公侍堯

光緒七年二月十三日買受羅樹本莊邊鄉魚塘桑地一十八畝五分

莊邊鄉近基田畝管業之家向有修基之責此段基塘本羅馮兩姓稅業自遭水患村廢人徙遂輾轉售買始由潘秉章而張蘭堂繼由張蘭堂而張德祖又由張德祖而羅樹本樹本羅格圍人居址窵遠休戚隔閡應出修費動多諉卸仍向張德祖討取彼以波累爲辭圍衆亦懼貽誤基工議在廟箱羨餘提銀二百兩將基塘買回以每年所得之租爲此基歲修之費與吉贊横基一體培護

桑園圍志卷十四終

桑園圍志卷十五

藝文

志隄工主於修築非以校論文藝然凡興大工其事勢之曲折人情之背向多散見於時賢文藝之中故攷其文藝有以識當日之情勢前人言水利諸書如宋魏峴四明它山水利備覽明潘季馴河防一覽謝肇淛北河紀於碑記題詠靡不悉載翟均廉海塘錄謝廷讚千金隄志均專立藝文一門今沿其例取書記序跋之屬有關隄工者存之至於騷人謠詠憫災紀事情見乎辭亦古詩人作歌告哀之遺意也悉爲纂輯以待輶軒之采焉志藝文

重修吉贊橫基碑記

傅雲山

蓋聞善作貴於善成有舉期於勿廢凡經理之道皆然

況基圍之設所以扞水潦利

國家而庇民人者也莫爲之前雖美弗彰莫爲之後雖盛

弗傳我桑園一圍向無基址遇横潦靡有甯居宋時始

於東西沿江建築圍基越數年復添築閘堵横基以除

水患前則有大憲何公張公規畫於上繼則有義士博

民陳公等踵修於下其中經理源流建修年月基址廣

狹高低上下界至詳勒前碑茲不具述保障無虞慶奠

安者三十七年矣今乾隆己亥夏正朔西北兩江水勢

浩瀚環繞通圍越五日三水波角崩陷湧漲下流初十

日吉贊横基水溢過面堵截維艱坍決三口計長三十

丈有奇圍内早稻之收房屋傾圮指不勝屈十有八日

各堡圖甲集儒村鄉佛子廟酌議堵塞得蒔晚稻緣以
倉卒防衛未堅基址低薄呈憲給示就近委員督築在
南北田圳取土由近及遠復論糧均派每兩條銀起科
銅錢三百五十文以爲基工費是歲十有一月初四日
興工歲暮告竣半載經營乃得如前鞏固念始創維艱
接修匪易遂將原創廟宇增以深廣前座禋祀洪聖王
後座奉祀宋丞相暨歷代先賢廟右搆小室一置田產
募司祝俾歲時伏臘享祀無窮永誌甘棠之愛并將田
產土名稅畝附錄於碑

按桑園圍在宋元之間書缺有間其有文字可攷者
最古則黎秫坡穀食祠記次則乾隆八年周尙廸東
基洪聖廟碑次則此碑周碑今尙存中言里民控杜

滘橫水渡一案程儀先築復橫基一役爲舊志所依據至是年起科分別田畝落在外圍者不捐外税在圍内者每條銀一兩捐錢二百文有奇遂爲本圍起科成例後人聚訟皆援此以折羣喙焉若夫支離附會不無失實如中書行省始自元時東閣置員肇於明世其碑言督築則曰委通省水利道言賞功則曰晉東閣大學士均非宋制甚或以吉贊橫基之築乃陳公博民請於張公朝棟而行之坐宋明人於一堂尤爲譌舛此碑質樸有體足資攷證甲寅志存此佚彼有由然也

通修桑園圍各隄碑記　陳大文

南海鼎安都去縣治西南百二十里西北兩江環左右

流號稱澤國有桑園圍各隄捍西江中塘圍各堤捍北江延袤幾萬丈周迴百有餘里兩江中獨西江稱湍悍每夏潦暴漲挾滇黔交鬱諸水建瓴而下民惴惴焉以昏墊爲患故桑園隄工爲最要隄之始相傳創自北宋然書闕有閒明洪武中曾遣使修天下水利越二年鄉人九江陳博民走京師伏闕陳便宜詔報可爰命有司修治即以博民董其役自甘竹灘築隄越天河抵橫岡綿亘數十里新會黎貞嘗記之嗣是而後潰決不一重則董之於官輕則役之於民永樂乙未成化壬寅乙巳並決嘉靖乙未決時御史戴景奏請蠲賦萬歷丙戌總督吳文華疏請減租至丁酉復決已而海舟堡下隄爲怒濤激齧文學朱泰等籲請制府護築新隄隄成越七

年己未而舊隄潰即今三丫隄是其故址崇正辛巳大
路峽決丹桂十餘堡悉被淹浸邑令朱光熙捐俸請賑
並請當事助工修峽明年復捐修鎮涌堡南村各隄二
千二百餘丈逮至我
朝順治四年康熙三十一年三十三年並決而三十三年
奏免錢糧三分之一先是雍正五年總督孔公毓珣奏
請基圍之務責成於官或動帑修葺或督率培補大中
丞傅公泰以海舟堡之三丫隄最衝極險發帑采石修
築歷癸亥己亥及甲辰隄之以決告者復屢矣予奉
命擢藩東粵甫越月而桑園圍又以決告余親歷勘視各隄
潰決計二十餘處而李村決口長百數十丈尤難施工
旣申請督撫兩院奏准撫卹并酌量緩征亟籌所以塞

之者適在籍翰林院編修温君汝适暨二邑士民旋以修復請謂是隄自明初至今四百餘年潰決無慮十數皆塞此決彼迄無成功欲圖久安非通修之不可予曰此百年之利也當爲諸君亟成之太夫人聞之喜出百金助工曰是功德之鉅者其以此爲善事倡時南海令李君樗署順德令王君志槐同廑民艱屢赴工所開誠激勸感動輿情尅期集事乃設局修築而以太學生李肇珠等董其役措理規畫則有何君瓛洲往來營度相視則委之九江主簿嵇君會嘉江浦巡檢司呂君濚先塞李村決口餘東西圍並次第施工卑者築以土激者捍以石畚鍤如雲登馮相應逾年而事竣二邑之士請余爲之記昔人論河渠謂繕完舊隄增卑培薄爲下策

然鄭白之沃衣食之源渠堰節宣所以除害而興利管子五事以溝瀆爲先詳哉言之矣矧鼎安一都號稱沃壤自宋迄今世族大家田疇廬舍於是乎在其根蟠蒂固比族而居大者輒逾萬人次亦不下千百莫不世享其利安土重遷一遇潰決則數十萬戶之人屏息失措靡有甯居是不得不與水爭尺寸利迺若陰陽災祲端賴人事爲之補救朱子不云乎知所先後則事有序捍災禦患夫豈一端而已哉且各堤分隸諸鄉舊章無改茲以通修全隄曠四百年而一舉酌緩急之宜通融挹注闔圍十數堡能者任力富者任財黽勉同心不分畛域此固足以驗人情之大順良由涵煦乎太和優渥之化故人敦禮義戶誦詩書仁讓雍容蔚爲首郡之望余

亦得與兩邑之士樂觀厥成其鄉鄰風俗不可謂不厚矣是役也經始於甲寅年冬十月告成於乙卯年七月醵金五萬有奇凡官吏之捐廉鄉人士之捐助暨各堡分理諸人名氏有功茲隄堪垂不朽者並載碑陰

通修鼎安各隄始末記　　温汝适

南海縣治西南百餘里有都曰鼎安其堡凡十有八當順德未置縣時龍江龍山皆鼎安屬也有大山中峙曰西樵有大江環左右流曰西江北江有大隄捍江水由來舊矣瀕江地卑下其始各圍潤成田圍即堤也其後連十數堡之圍爲一而渠堰之利遂廣此鼎安全圍所由始也全圍周回百數十里當水暴漲時各堡捄護首尾不相應自築吉贊横基各堡稱便今自吉贊横基起

左右繞西樵接順邑界者其名有四曰桑園圍曰甘竹雞公圍所以捍西江也曰沙頭中塘圍曰龍江河澎圍所以捍北江也桑園圍長六千二百八十餘丈今工程冊作九千餘丈先登海舟鎮涌河清九江大桐金甌簡村雲津百滘十堡所築中塘圍長一千八百八十八丈沙頭一堡所築接中塘圍者爲河澎圍長四百八十五丈龍江一堡所築接桑園圍者爲雞公圍長二百六十丈甘竹一堡所築皆詳載各邑志其險要西則海舟堡之三丫基等工爲極險東則沙頭韋馱廟等工爲次險亦詳載南海志其建置故老相傳桑園圍始宋仁宗至和嘉祐間何公執中所築舊有祠在河清祠已圮獨故址存然宋史本傳執中相徽宗在大觀政和間與所傳異至明初

陳公博民謂夏潦之湧勢莫雄於倒流港窒之必殺其流遂自甘竹灘築隄越天河抵橫岡連亘數十里事詳穀食祠記俱載郡志此其創始之大略也（自甘竹灘渡江新會界有天河橫岡但據此文勢天河當卽南海之銀河橫岡當與百滘堡相近倒流港據南海志明末曾於倒流港樹樁今九江龍山交界有水名倒流未知卽此港否）至修築章程凡歲修及小沖決培築皆附隄之堡分段專管遇沖決過甚需費浩繁始派之圍衆（惟吉贊橫基係十堡同修）然西圍不派東圍南順各不相派向例然也其散見於文字碑記可據者若永樂十三年海舟李村圍潰十堡修復萬曆四十年海舟舊隄被水沖割庠生朱泰等謂其地爲河伯所必爭呈制府另築新隄皆十堡計畝派築乾隆四十四年吉贊橫基決三十餘丈亦論糧均派刻石洪聖廟中四十九年李

村決八十餘丈各處亦多潰決均照舊章修復四百餘年相沿成例各堡齗齗謹守尺寸不踰此其最著者也五十九年六月西潦大至東西圍坍決二十餘處而李村衝潰百數十丈九江大洛口裏外圍俱多潰決則皆十年前甫經堵築處圍內田全浸水四旬不退及八月水落李村三姓相率求助各鄉多遲疑不應於是龍山堡集鄉約議曰桑園圍潰決雖南海專責而李村一隅中決至再度其力不克舉即或勉强從事恐工程不堅固前事不忘可無設策且明初至今閱四百餘年亟宜通修以期鞏固既名通修即可通融捐助俟工竣乃申明舊例以專責成自不致推諉貽誤余兄熙堂與陳君鼇麓咸韙其議先是偏災甫報大司馬長公大中丞朱

公親臨廣肇各屬勘視專摺驛

聞請

旨分別賑卹緩徵余九月到郡城謁謝幷請通修桑園圍捍西江爲一勞永逸計中丞詢問甚悉曰此守土之責也然工費浩繁宜與各鄉人妥議聯呈請修官爲董勸可也時兩邑人士多在省會酌議連日皆曰須各鄉齊到妥議乃可余兄聞之卽先札知各鄉幷偕陳君自甘竹灘沿堤行數十里至李村時各鄉到不及半余袖議稿付南邑諸君曰大憲軫念甚殷吾輩當勉爲桑梓計十月初旬南邑諸君再訂期會議至則何君瓛洲已妥議章程先期一日南邑十一堡俱因糧定額議認捐三萬餘兩矣蓋額以糧定實由殷富捐貲足額章程最妥然

各堡畏難仍未卽領簿至沙頭龍江甘竹皆觀望不到則拘於舊例故是月南海縣尹李公諭開局李村遴選公正諳練數人爲總理各鄉公推李君昌耀等董其事復勸諭丁寍尅期先交一半以應要工又議凡各圍有應修工程報局彙估仍派鄰堡協修以昭公允會是歲歉收以工代賑日役數千人趨事恐後時則方伯陳公諄諭各屬剴切周詳令小康者按畝派費富厚者從厚捐貲尤留意於桑園圍則以西江全勢所趨勘災時親臨閱視洞悉情形念億萬家糧命攸關補救不容少緩疊委賢員以時董率自郡太守暨兩縣大尹莫不簡儀從詢民瘼惠心所孚百廢具舉遂先築復李村幷各決口餘險要單薄視緩急爲先後以次繕完今年春緩徵

錢糧奉
特旨加恩豁免里民歡呼載道共戴
皇仁東作方興千耦齊出而各堡陸續興築登馮相應欣欣然有安居粒食之幸矣旣南邑認捐三萬餘順邑議捐一萬至閏二月初旬僅繳十之八而水潦將至費將不敷於是方伯檄縣十日一親催邑侯王公約三堡皆會總局至則合兩邑人士定議加捐遂定順邑一萬五千南邑三萬五千合成五萬之數卽詳准上憲催繳然後鉅工始克全竣蓋此圍會於雍正五年
奏准官爲督修是以上下相孚因勢利導動則有成勞而不怨不如是則渙而易散其不同築室道謀者鮮矣而總理諸君措置得宜心力況瘁甫於首夏蕆事而西潦

洊至屹然若金堤之固恃以無恐閭閻十數堡莫不欣躍過望非甚盛事耶余幸陪末議慮日久無以徵信言媿無文語期摭實亦使後之君子知圖始綦難成功不易而相與保守於無窮桑梓數百年之利將在是矣至善後事宜定於一時而持之經久未雨綢繆事半功倍防蟻漏以固苞桑尤吾人所宜三致意者已

通修全圍記

李昌耀

事苟可垂久遠而缺略弗傳則後之人欲採遺文以尋軼跡往往失所考據而致歎無徵卽傳矣或所聞異辭則疑以傳疑因而滋惑又不若身親其境者之切實而可信我圍以桑園稱素號殷庶父老相傳始於宋代周帀百有餘里内載貢賦五千一十有奇圍左右環西北

兩江西江發源牂牁合繡灘抵端州繞圍之西而注於崖門大海北江發源湞水合武湟至三水會流過圍之東而出於虎門歲遇夏潦兩江齊漲汪洋澎湃震目駭心沿隄晝夜防護莫敢少息然長隄延袤一萬二千餘丈偶值水勢洶湧人力難施卽有漫溢潰決之虞故圍之潰者非一俱旋潰旋修止及一方一隅塞此決彼卒鮮善策乾隆甲寅季夏潦汎逾常秋七月李村隄決一百四十餘丈圳口大洛口仁和里等處先後坍決二十餘處陸沉數十里居人靡有寍宇旣水退圍衆議修紛紜不一何君瓛洲謂欲圖鞏固必須通力合作方可一勞永逸議以按糧起科之外量力簽題遂條列章程允洽輿論適太史温公篔坡中書温公熙堂陳君蘁麓至

自龍山會同我邑孝廉潘公吉士暨諸紳士集議已定設局於李村基所遴推總理以肇珠等應其選自揣弇陋辭不獲命用是黽勉圖維夙夜罔懈復酌量各堡分之大小每堡舉公正者三四人分任催收及修築事宜隨蒙列憲捐俸以爲之倡各堡因而踴躍藩憲陳大人復選派老成吏書梁君殿昌回鄉察看備悉情形轉達隨時訓示而廣糧分府劉公暨我邑侯李公順德縣王公數往來相視我邑侯又專派家丁在局督催復委九江分縣嵇公江浦司呂公協同經理不辭況瘁爰得購料鳩工畚挶紛作先其要害將李村決口築復次及全隄靡不高其卑厚其薄險者防之圮者補之經始甲寅仲冬閱乙卯孟夏告竣計工費五萬餘金衆謂救災備

患固以人事爲先而名山大川必藉神靈鎭奠南瀆尊神聲靈赫濯吾粵受蔭尤爲顯著亟宜崇祀以肅明禋乃另設簿勸捐擇地於李村新隄之傍創建廟宇以迓神庥廟成蠲吉星請藩憲率同郡伯分府南順三水各邑侯詣廟拈香隨沿隄履勘謂三丫基等處最爲頂衝應需培石方可無患允以再爲倡捐復簽得銀九千餘兩於乙卯冬月將應砌石之處分別加築完固追維始事端緒棼如工繁費鉅期不轉瞬深懼無以副鄉先生委任重心今日告成固由列憲慈惠之心有感斯應而何君瓛洲始終維持規畫盡善梁君殿昌左右贊襄余等隨事獲益得以藉告無過者不可謂非幸也既畢役若不詳爲紀載誠恐代遠年湮故老云遙後有作者欲

訪故實無由悉其梗概因序厥端末開列工程段落附以圖說以俟大雅君子而就正焉

修築全圖記

何元善

嘗考河渠治法千古紛紜因時變通固未可盡拘成法然必須熟究於平時方可取辦於臨事至欲萃衆力興鉅工則非有以順乎人情不可元善世居南海鼎安都之鎮涌堡石龍鄉實隸桑園圍圍有基卽隄也與河渠之堰無異圍內烟戶數十萬家田地千五百餘頃圍兩旁環繞大河在左者爲北江在右者爲西江波濤浩瀚每當夏令潦水驟漲洶湧震蕩全賴圍基保障得之故老傳聞圍始自宋仁宗朝欽差何公執中所築河淸隄上舊有何相公祠已圮故址尚存逮明初修水利九江

鄉人陳公博民伏闕陳請自甘竹灘起築隄越天河抵横岡綿亙數十里事詳郡志厥後屢潰屢修俱僅隨時堵塞補苴罅漏歲久基漸卑薄乾隆八年癸亥李村海舟基決予方髫齡目擊昏墊念非大修徒滋糜費而有志未逮及長旅食

京師道經黃河悉其修築之法固非尋常工程可擬而於險要情形或分流以避水勢或加土以固隄防因地制宜理無二致歸而以暇周歷全圍默誌險易籌議章程閒與鄉人言之時方平安無事未有以應也嗣就外郡縣聘及移楊廣州汲汲未暇而此心無日或忘會甲寅歲夏六月西潦大漲益以北江水勢異常七月五日本圍兩岸沖缺坍陷者無慮數十處而李村基決口一百

四十餘丈圍內田廬淹沒梓里之人巢棲露宿靡有寧居圍形如箕順德之龍江龍山甘竹三堡住當箕口勢處下游被水爲尤甚仰荷列憲臨勘撫恤奏蒙
恩旨加賑綏徵并奉憲檄頻催修築而村落散處言人人殊迄無定論予謂欲圖一勞永逸必通力合作乃有成功若稍遷延轉瞬交春雨水一至即難集事顛連在目不啻剝膚遂分遣子姪邀南順兩邑紳士至會垣商議通修而各鄉以道遠或有未至十月初旬予偕諸君歸里至麥村之文瀾書院聯集各鄉紳士定議按糧起科之外量力捐題發簿認簽俾無推諉并酌擬修築規條章程甫定次日太史温公篔坡中翰温公熙堂暨陳君藎麓由龍山踵至亦以通修爲良策詢謀僉同會計工料

需費約五萬餘金南邑堡分較多認捐十分之七順邑
堡分略少認捐十分之三是月南邑侯李公諭令開局
李村遴選數人總理收支一切衆推李君昌耀等董其
事仍每堡各派三四人在局贊襄以昭平允隨蒙列憲
分俸倡捐各堡相率樂助藩憲軫念倍切復選派老成
吏書梁殿翁往來察看曲達民隱廣糧分府南順兩邑
侯暨九江分縣江浦巡政廳嵇呂二尹時至工所多方
董勸不辭勞瘁由是輿情踴躍莫不趨事爭先是歲歉
收以工代賑野無飢色先將李村決口築復其餘通圍
無論坍卸次第舉修凡有單薄浮鬆低陷一律培厚築
固增高間有未盡事宜諸賢就予詢焉悉心商搉期於
至當幷親歷相度務求料實工堅七閱月而全工告竣

適夏潦洊至全隄鞏峙咸樂安居早稻幸獲豐收快覩成效闔圍衆庶忭慰因念鉅工克蕆固沐列憲恩膏而河流順軌實賴神靈默貺允宜肅祀仰答鴻庥合議另行設簿簽銀於李村基所創建廟宇崇祀南濆尊神以資鎮奠落成之日藩憲率同郡伯暨分府南順三水各邑侯賁廟燒香以予及任事諸公與有微勞賜匾褒嘉復沿隄履勘俱各完固惟頂衝之三丫基等處應需培築諭令籌辦許再捐俸欣助仰惟憲恩有加無已衆心倍形鼓舞約計石工需銀九千餘兩南邑各堡按照原額加二添捐銀六千三百餘兩兩龍甘竹續襄銀一千四百餘兩埠商義士簽助銀一千三百兩有奇購備石塊於乙卯冬月分別段落堆砌完成而所以善其後者亦復

條議呈明勒石今日者羣歌樂土共慶安瀾亦足見人情之不甚相遠而鄉鄰事尙可爲矣惟是常人之情每多切於危亡而忽於安樂所望留心世務明理通達之士事未至而先爲之防事既至而急爲之計同患相恤和衷共濟慎勿稍分畛域坐視稽遲致滋貽誤成式具在非云信以傳信令人膠柱鼓瑟實欲後起者斟酌損益於其間以歸盡善而垂久遠是則區區之意與長隄眷念於無窮耳

後修隄記　　温汝适

桑園圍延袤九千餘丈半當西江之衝西江溯源牂牁挾數省之水建瓴下勢甚湍悍圍内田廬恃此爲保障曩乾隆己亥歲西潦潰隄余家居目擊奔避倉皇故老

言數十年來未嘗有也歲甲辰李村沖決余官京師聞水勢過於己亥迨甲寅歲李村復決百餘丈水四旬不退時巡撫爲大興朱文正公余謁見請不分畛域勸各鄉大修全隄公韙之簡亭陳公時爲方伯銳意觀成勸捐集事語詳前記自是閲二十年無水患歲癸酉決稔橫兩鄉基咸謂其地水心生沙昔平今險丁丑歲決海舟之三丫基則本屬險工歲修楗石不如法又聞其處因修補隄岸伐大樹數百易銀以給工費歲久樹根盡朽竟至坍決因小失大尤堪駭異余避水經旬束手無策賴制府蔣公與方伯趙公觀察盧公念切民生亟諭海舟鄉人趕築月隄防淫潦再至又諭各鄉照甲寅歲五成捐簽俟水落卽築復大隄兩邑邑侯先後踵臨所

以爲捍禦計者甚至然余頗聞近年西潦歲至洶湧異常則歲修最要向例雖責成各堡分段認修而實無一定之項臨時措辦艱難往往有名無實倘可借帑生息庶幾歲修可恃民慶更生乎卽商之制府蔣公公謂陳中丞甫至當與熟籌會兩邑紳士亦以是爲請越數日公復書謂已與中丞酌定借帑八萬交商生息以備歲修仍俟各鄉踴躍捐簽尅期通修再爲入奏余卽薦廣文何君毓齡任其事開局興修未幾蔣公移節西蜀余致書謂曩甲寅歲修隄工竣復續籌萬金落石然夏潦湍急石隨水轉仍不免沖決昔年在史館見乾隆初年前總督鄂公奏疏稱廣肇各屬基圍皆土築難免衝坍欲除大患惟以建築石隄爲要請每歲留鹽羨銀二萬

五千兩擇險要處陸續興建石隄乃知前人已經籌及而八十年來坍漲靡常風浪衝齧隄岸之待貼石者不少昔水經注稱鬱水又南注於海馬文淵爲石塘達於海而粵無水患至今名在炎荒與銅柱並垂不朽今桑園圍當滇黔桂鬱諸水之衝全賴歲修爲固此十年內可堅築土隄增高培厚并於隄腳落石而未暇卽建石隄十年後土隄旣固歲有贏餘似可擇險要處所陸續漸建石隄以期經久則水患永除文淵不得專美于前矣公曰吾瀕行必再與中丞言之是歲十一月制府阮公臨粵念關民瘼不廢詢芻余亦縷述全隄利弊甚悉公一一見之施行卽與陳中丞疏請借帑惠民爲久遠利得

旨允行

聖天子明見萬里渥沛殊恩極之海隅蒼生莫不霑被何其盛也而大憲嘉謨入告溥利無窮保赤誠求拯斯民而登之衽席維桑與梓何幸而蒙此惠澤也語曰長袖善舞多錢善賈信哉是言設綿力薄財則捉襟肘見納履踵決曷克勝任愉快今茲之請誠斯圍之急務矣雖然力小任重固不可也有力不任將誰咎乎繼自今我鄉鄰各敦古處相與有成未雨綢繆務臻鞏固則豈惟歲計有餘修防足恃石隄之建亦不難矣安見水國沮洳不可興歌樂土也耶是役也董其事者廣文何君而外則有孝廉羅君召瑾潘君澄江岑君誠梁君健翎咸訪求舊章悉心經畫而始終其事不辭勞瘁則何潘二君

之力爲多先築三丫基次吉贊横基次將各堡應修處勘估交本堡自辦經始於十月告成於二月方伯趙公親臨閱視指示周詳仍再落石培護至六月初旬工乃竣五月二十日西潦盛漲風雨交至新隄一百八十丈穩固無虞惟麥村旁舊隄間有坍卸卽搶築堅實各堡莫不額手相慶謂經此巨浸安然無恙成效已著在酌定善後事宜歲修罔懈可永慶安瀾余亦念前事不忘後將于此考信因記之以告來者

築復三丫基並通修全隄碑記　羅思瑾

事以難而自阻非吾儒之所以爲心故誼之所屬雖盤錯當前可驚可愕亦且壹意圖之而務期有濟丁丑五月西潦漲發九江河清兩鄉始則外基不保繼且内圍

（此頁原闕）

（此頁原闕）

國朝雍正乾隆間中丞傅公方伯陳公皆命採石修築胥以湍怒難制爲憂蓋地當最衝極險以故隄身一決溢流湏溢奔溜磢錯視他處所潰衝突更甚且決口内陁於高坵南北歧射瀦而成湖深者三丈淺亦二丈有奇比之曩時李村決口較難爲力矣受命以後與闔圍紳士相視機宜悉謂舊隄必不可復因依傍月基跨南北湖規而内繞以避決口之深舊隄所決六十二丈者新築計百八十二丈其間塡塞南湖施工最鉅隄成高皆二丈面闊丈有二尺其底則當南湖處十二丈他亦不下八九丈既先其所難遂以次及其所易吉贊橫基則築復原址各堡決口及曾經搶救諸隄請官勘估交各堡紳耆修復魚塘之害於隄者塞之卑薄處概加高厚

以二月初旬闔圍土工先就方伯趙公親至工所歷覽欣慰命多購巒石累積新隄暨大洛口禾义基以捍衝激五月中旬石工僅成八九而西潦洊至新隄不沒者二尺加以暴風淫雨震撼非常本邑邑侯亟相臨視制府宮保阮公亦委官查勘而新隄屹如山立得恃無恐不可謂非幸也昔胡瑗教弟子經義之外言治事必兼治水爾時劉彝善於水利後多以治水見長自愧佔畢儒生不能如古人明體達用素裕經猷又復事處其難功之克成豈能自必故當其始也湖深決鉅洋洋浩浩慮彌爲河卽樵石將竣之日夏潦暴發圍衆慄慄鮮不慮如汲長孺鄭當時之塞瓠子成而復壞者而卒鞏若宣防人歌萬福先儒有言處事者不以聰明爲先而以

盡心爲急其亦勤能補拙之義乎而列憲之指示周詳搢紳之維持恐後則所資者良不少矣雖然不可狃者目前之安也憶昔甲寅通修費金五萬有奇工竣後又復籌貲購石捍衛周全方以爲一勞永逸乃二十年後横稔兩鄉基既潰於前今此三丫吉贊基復潰於後而各堡之坍卸搶修僅乃得免者又不一處此豈前功易隳哉涓涓不壅將成江河歲修一弛狂瀾孰禦繼起者所貴有螘漏之防也夫以萬難之事付之書生之手悉心以圖尚可按期奏效況後之君子才力且十倍吾曹藉紓息之常羸思患預防圖難於其易奠定之休豈有既極吾知萬寶告成千村安宅俗美風淳可無負

聖主栽培之德暨列憲保卹之恩矣若夫博稽故事審度時

宜踏實易行恃源不竭與兩臺往復商摧延利澤於無窮則在籍少司馬溫質坡先生實任之已詳先生後隄記茲不具述

按舊志所載碑記序跋彼此稱述頗多緐複因此可以識彼酌存數篇餘從佚焉

新建南海縣桑園圍石隄碑記　阮元

南海縣之西南有西樵山焉勢高而基厚連綴甘竹飛鵞各小阜盤礴數十里西北兩江之水所共抱而洩海者也此山古必居海潮中數千年兩江泥沙附山而渟漸渟漸廣山之距水亦漸遠於是始有田田患大水之浸於是北宋以後始圍以隄始有桑園之名田之未圍隄也大水浸之則泥沙加積焉一年積二三分厚之泥

沙百年即二三尺厚之田地自有隄而田無水患地亦不復加高然而順德香山新會下游之海變而爲田者愈久愈多下游之田既多則上游兩江之水難速洩以難速洩之水抱不復加高之田水高田低且以不堅之隄捍之烏能不險而潰哉

國朝以來屢經修築以衛民生溯宋元明事載前碑誌不具述余于嘉慶二十二年冬初涖粵是年夏水決三丫基民命田稼所傷實多察知歲修貲少乃籌庫貲發商生息歲得銀四千陸百兩以濟之然終不能無大患南海人伍元芝伍元蘭兄弟並官刑部郎捐銀六萬兩新會人盧文錦前官工部郎捐銀四萬兩請于險處皆建石隄以障之其險者如三丫基禾义基天后廟大洛口

吉贊橫基諸隄上用條石疊之隄坡隄根用塊石護之共疊石一千六百餘丈護石二千三百餘丈始斯役者南海令仲振履終斯役者南海令吉安躬斯役而勞心力者佐貳顧金臺李德潤舉人潘澄江何毓齡等二十五年工成用銀七萬五千兩餘銀還之三部郎三部郎不願復受請以濟三水縣隄及公事之用夫桑園圍內數十里如一小邑隄若潰則順德龍山諸地兼受其衝伍與盧無田廬在其中乃捐銀至十萬之多志在保障可謂好義而樂善者矣是役也工鉅用多不可不奏而行二十四年元會撫部院奏奉

旨允行道光元年以工竣奏且請照禮部建坊例獎伍盧以

坊題

欽定樂善好施四字奉
旨又允行余閱水師出虎門歸過順德歷斯圍各險處勘其
工謁海神廟心慰焉且誡圍中各堡紳士耆老等自茲
後歲逢大水土隄之薄者厚之低者崇之漏者塞之石
隄之壞者增之修之塊石之卸者增之壘之官士請樹
碑以記其事書此付之庶幾此一方永臻安定焉

捐修桑園圍全圍碑記　何毓齡

我桑園圍周遭百餘里受東北兩江之衝時憂潰決前
蒙大憲奏請
皇上發帑生息爲歲修之資里巷歡騰平成可賴歲己卯息
項新領遴選總理闔圍紳士以毓齡澄江薦舉辭不獲
命遂執藳函爲工人先土工既就前邑侯仲公察勘情

形謂紓息歲修固堪久遠然水勢湍悍異常非先固隄身異日歲修必多費力鋭意爲築石隄之舉勸古岡盧公文錦本邑伍公元芝之元蘭昆仲合銀十萬兩助工詳于大憲據情入奏得

旨恩准圍衆喜出非望大憲乃委南雄刺史余公保純相其險夷緩急之宜裁定章程飭毓齡澄江仍肩其任而各堡別舉十五人以贊之委員顧公金臺李公德潤常駐總局以司稽糾工鉅費繁深虞辱命經始于是年九月閱今年四月大工告竣蓋時邑侯吉公接任數月幾經訓示始幸無過焉且夫我桑園圍之有石隄也自乾隆元年鄂大司馬始當其時廣肇兩郡圍基俱勞經畫不能以全力爲我圍計楗石之處百止一二數十年來怒

濤衝齧遺跡無存曩亦間一修補大都鑾石硉矹散置隄根未及數年隨流滾溜不可久長今列憲以十萬之資備一園之用開山採石飛挽連綿自斯隄修築以來未有庀材若斯之富者也是故甃石爲牆者一千六百四十丈六尺壘石爲坡者二千三百二十丈激石爲壩者四所並加堆舊壩一十二所即土隄之無需石護者亦概爲之培厚增高固益求固靡有遺憾昔召信臣守南陽壘石爲鉗盧陂厥後杜詩復修其業民有召父杜母之歌夫因前人之所有而修之猶有頌聲洋溢況增前人之所不足者哉而邑侯吉公轉以毓等兩人勤劬爲念詳請大憲與盧伍諸公概予獎勵夫盧伍諸公初非自護田廬以列憲心廑民瘼相率佽助斯誠好義可

風毓等勤其手足卽以衞其身家何功之足云迄今隄身已固帑息暫停頒發然安不忘危存不忘亡以迅猛洪流與石爲鬭豈能過恃當聯懇大憲再請
皇仁按年給領擇要而修是又無窮之樂利我圍衆所寢食不忘者也

大修桑園圍記　史　樸

邑之有圍所以衞田廬捍水患由來舊矣南海爲廣州郡首邑都圖濱海者十之六恃基圍爲長隄之限每遇西北兩江匯漲安危繫焉曩日官斯土者亦復講求詳盡而不能無潰決之虞道光甲辰夏四月予受事之初值水患決圍者數十而桑園圍尤甚予因撫恤遍歷其所如林村吉水竇等處潰決者百四十餘丈吉贊龍坑

等處汕刷脫卸者百八十餘丈其因基身薄弱滲漏者未可勝計桑園圍大圍也地兼南順兩邑綿長百有餘里內糧田二千餘頃一有沖決則全圍受患此而不亟圖將數十萬家之民生安託爰邀闔圍紳士同詣海神廟集議僉稱是圍非全修不可估其值三萬兩有奇第鴻嗸未紓鳩工無計予爲請於大府撥給官紳捐項八千兩正又　奏請撥給本圍生息歲修銀一萬兩圍中十四堡按畝簽銀一萬四千兩統計得銀三萬二千兩之數由通圍公舉何君子彬馮君日初明君倫潘君漸逵四孝廉董其事自甲辰年十一月二十四日開工至次年乙巳四月初二日告成予親往履勘見其一律工竣與諸紳相慶諸紳亦歸美於予予曰是役也仰荷

聖恩憲德及富紳好善樂施之舉與在工者勤賢襄事之力
予數月以來督飭經畫其間第守土者責耳烏足譽雖
然竊有言焉夫制作樂觀厥成而苞桑尤期永固今全
圍固屹若金城矣而或不能隨時修葺恐歷久難保無
虞甚非所以慎遠圖也書曰有基勿壞記曰民生在勤
吾願諸君子共籌經久之計弗懈初心防護在秋夏培
築在冬春闕者補頽者益未雨綢繆俾十四堡保障常
新狂瀾無恙將室家安堵物產豐滋我百姓永享平成
之福焉此予之所厚望也夫

桑園圍總志序

明之綱

桑園圍隄建始北宋逮明洪武季年陳東山叟修築全
隄亦未纂輯圍志紀事厥後分修基段遇坍決按基址

築復記載闕如也昔人論河渠謂繕完舊隄增卑培薄
爲下策若桑園圍則不然東西基遵海捍築偶決依舊
加修不與水爭地圍東南隅倒流港龍江滘兩水口不
設閘堵水聽其自爲宣洩受水利不受水害亦地勢使
然至今稱便乾隆甲寅圍決温篔坡少司馬倡議籌款
闔圍通修不分畛域工程最鉅圍志爰是創始厥後丁
丑志繼之己卯志庚辰志又繼之嘉慶丁丑冬温少司
馬復在籍請督撫　奏請借帑生息爲本圍歲修專款
己卯之役實爲領歲修之嚆矢歷屆歲修皆有志紀實
　奏撥之摺請領之呈報銷之冊莫不詳載以備徵考
而圍志遂爲歲修必不可缺是歲經盧伍二紳捐銀十
萬兩改建石隄歲修銀撥歸籌備隄岸款項從此歲修

暫歇已詳庚辰志內至道光癸巳鄧鑒堂觀察潘思園
封翁援例案請督撫憲　奏撥本款而歲修復舊癸巳
一志裒前志而集大成分類纂輯體例最善卽己丑伍
紳捐貲修築摺册亦備載癸巳志中嗣是而甲辰志己
酉志俱倣此迨咸豐癸丑歲修甫竣未及紀事遽遭兵
燹志板遂燬迄同治丁卯歷十五年東西基多坍卸遇
潦漲潰決可懼唯亂後帑本息別經提用同治三年十
二月督撫憲撥還本款銀二萬二千七百餘兩照舊發
商生息同治四年閏五月潘蓮舫侍御　奏請將本款
全數撥還年來督撫憲均擬籌撥清款旋於丁卯己巳
頻年請領歲修前後皆俯准發給應急紀以志併查癸
丑檔册補之諸君子恐舊板無存圍志湮沒謀再付剞

以甲寅志板最豁目各志之大小參差者悉照甲寅志式翻刻重者删之缺者增之合而爲總志適盧明經夔石勸理邑志局務且圍例曉暢爰請其手校編定卷首特標列總目庶易於查覽焉

桑園圍甲辰歲修志序

史樸

事無鉅細惟功則傳非欲炫其功也蓋一事也而天時之變異在其中人事之經畫在其中工力之艱難瑣屑亦在其中迨乎厥功告成身其事者幸風雨無虞而綢繆匪易遂欲條舉端緒以質來世南海桑園圍亘百餘里待衛田廬者數十萬家甲辰夏雨漲隄決田與水俱予爲之請款籌貲率都人士鳩工畚築塡蛟窟峻虹基培蟻漏久乃保障一新而田疇復舊予既記之刓諸石

矣今春何君子彬手志一卷請序於予自始事以迄竣工綱舉目張如指諸掌俾繼此者有所遵循而不廢厥志尚已嘗謂唐休璟能知河防酈道元作水經注乃心民瘼卓哉古人諸君子力挽波靡砥柱中流他日建防秋之策普利羣生其時尚有待其事顧異人任耶而予竊有幸焉自黑蜧肆虐以來予徧歷鄉陬親瞻疾苦波濤漰湃時縈寤寐茲乃承乏廣熙行且往矣緬乎堤柳毿毿良苗一碧未嘗不撫摩憑眺流連不忍去獲此一卷藏諸篋笥暇復展閱而某水某山神與俱往更不啻與諸君子口講手畫時也此又欲搦管而躍然心喜者也爰綴數語於簡端云

桑園圍甲辰歲修志序　張繼鄒

嘗讀相國阮公元桑園基圍一碑未嘗不歎其措置之允當也始則倡捐集事繼則籌款歲修嗣因伍氏盧氏捐建石隄議者遂以爲一勞永逸而歲修之款改爲報部備撥矣繼又改充捕盜經費矣記曰有其舉之莫敢廢也胡乃弁髦前事而安竟忘危耶予於丙午冬蒞任南武前任史侯重以培護桑園基圍相屬繼則接見彼中紳士詢悉端委得觀所輯甲辰大修志三卷益歎其經理之艱而有備無患也予謂率衆鳩工不難於勤以集事而尤貴公以服人桑園一圍界聯南順計畝起科宕延攻訐何紛紛也是當扼其要領祛其蔽痼公爾忘私其爲今之第一吃緊者乎首事何君等以序言相諈諉守土之吏責無他讓以今日言之隄堅且固矣而患

起忽微計須經久予當與諸君子交勉而力持之以期洪流順軌永奠苞桑無愧經始之前賢而可作後來之準則也是爲序

己酉歲修紀事

案桑園圍自嘉慶戊寅蒙端揆宮保前督憲阮文達公偕前撫憲陳公若霖以鄉先生少司馬溫篔坡公之請
奏准借帑八萬發商生息遞年以五千兩還帑本以四千六百兩發桑園圍歲修之用次年己卯卽發給息銀四千六百兩通修圍隄以訓導何毓齡舉人潘澄江二先生董其役此我桑園圍歲修之嚆矢也嗣因盧伍二紳捐建石隄由是歲修不舉比歲修息積貯司庫待潦漲圍潰搶築無措始籲請憲恩補偏救敝如道光癸

巳甲辰一築海舟堡三丫決基借帑四萬餘兩蒙前督
憲盧公以歲修息撥抵三萬九千餘兩一築雲津堡林
村決基蒙前督憲耆公給歲修息一萬兩俾蕆厥事是
皆臨時籌款　奏案昔質坡先生創議歲修其作後修
隄記有曰未雨綢繆務臻鞏固與其救之於事後孰若
防之於未然慮至深遠也戊申仲秋海風大作鎮涌堡
之禾义基泥龍角石隄有剝卸掀動者海舟堡天后廟
石坡多有隨流汩沒者圍內紳民以該基當太平沙橫
流之沖若不思患預防江潦湍悍勢必日朘月削潰敗
不能復救自此以外土石之損者卑者薄者所在皆然
於是集議通圍僉謂宜體未雨綢繆至意因以其事聞
諸當道蒙督憲爵部堂徐公撫憲爵部院葉公　奏准

動撥本款修息己酉奉給銀一萬兩闔圍公舉前開建縣儒學何子彬候選教諭潘以翎董其事度其險易繁簡環東西隄而通修之其所爲弭患於未萌且並能復己卯歲修之舊奠之磐石固於苞桑計至善也考己卯志卷首有歲修紀事一編茲以事原相類故亦序其緣起列諸簡端特加己酉字以别之使閱者知其所自

癸丑歲修紀事

盧維球

桑園圍每歲修必有志惟咸豐三年癸丑九江榆岸五鄉罔頭涌等基決是冬領歲修本款息銀一萬兩加二起科通修患基甲寅春工甫竣會紅匪不靖繼以海氛志務久未遑及今歲因輯丁卯志諸君子以前志板悉燬兵燹議裒全志稍加刪補重授梓八將并癸丑領帑

事補志之而是役首事潘君湘南崔君壽南均先後謝世工役度支無有記其詳者爰從檔房備查案由大略續輯至岡頭涌鍾姓圖擅代墊工費控追歸款並誌之以杜諉卸而楊滘鄉築壩一事關礙全圍亦附誌之以厪鄰戒焉若夫修築購料一切章程則癸巳志已薈萃前志詳言之茲不復贅

丁卯己巳歲修紀事　盧維球

桑園圍自咸豐癸丑領帑歲修後中更多故歲修帑本息銀別經提用全隄破壞不修者歷十數寒暑同治甲子奉制府毛公撫院郭公撥還本銀二萬二千七百餘兩照舊發當生息乙丑潘蓮舫侍御復　奏奉

諭旨著將提用本款帑本息銀查明已還未還設法歸款丁

卯秋陳京圃邑侯甫攝篆詢邑中大利病李君子莊首以本圍久廢修對因請潘君湘南手撰節略上邑侯懇先達上游繼以紳士呈請皆報可分兩年籌撥息銀二萬兩加二起科是年冬興修各堡患基一律培築惟八村裏內塘外涌凝難加高培闊如沙頭北村脊迫於外坦增築護基六百餘丈以助捍衛而舊基仍不廢推潘君鶴洲岑君藹卿陳君雲史關君心葵任其勞而潘君湘南實總厥成逾年工甫竣湘南子莊兩君遽歸道山派支總數未得其詳故闕載焉已已春陳邑侯彭委員勘工周歷各處深以海舟鎮涌首險爲憂飭具摺繪圖以兩處外海內湖基身壁立應再壘石塡泥面覆大府是冬遂得續請發給帑息一萬兩專注兩堡首險董事

者潘君鶴洲何君立卿梁君薌林潘君海三而倡始提其領者明君立峯也未雨綢繆有備無患由是而閒歲踵行之豈非斯圍無疆之福哉

已酉歲修志跋　　何子彬

予築復林村決口之五年與潘君鶴洲董修禾乂基禾乂基者予南村管也其基未嘗決修之何也禾乂之北爲海舟堡三丫基兩基毗連江中太平沙自先登邏迤至斯沙盡水復合基當其衝西潦盛時建瓴東下撼地滔天古稱龍門峽瞿唐峽其剽悍恣怒之勢當不過是向者道光癸巳三丫基嘗決矣決口之大且深實爲桑園從前所未有圍内淪胥之慘亦視從前彌甚環予鄉南北古墓纍纍漂沒廢徙者數百穴膏腴上地積沙深

數尺棄置不耕者十之三四幽明告哀辛苦墊隘每一追述猶有餘痛搶塞修築費至五萬予嘗董其役焉蓋自甲寅以後工役未有若斯之鉅者也今禾义基石隄被颶擊刷履霜堅冰患將至矣予懲三义基往事念此基若決其禍之烈將與三义基等三义之決民困未甦若此基又決吾其魚乎是以傳布通圍籲請帑息修而固之也是役也因禾义而修及全圍盡防衛也然則修禾义基與築林村決同乎曰林村基捍桑園圍之東河狹而水緩取土堅築高厚可以無虞禾义基捍桑園圍之西江廣而流急惟積石乃能障而東之地異勢殊修之之法未可同日語也

己酉歲修志跋

潘以翎

道光己丑築仙萊吉水決基之役先長伯思園公以基決民貧力絀義勸伍紳捐銀三萬餘兩環隄通修時觀察夏公修恕迭次按臨先長伯所條議夏觀察輒韙之越四年癸巳築三丫基決口借帑數萬鄉先生鄧公鑒堂以爲憂先長伯指授機宜呈盧制軍節略查桑園圍三丫基於嘉慶二十二年沖六十餘丈業戶科銀不足借帑銀五千兩奏辦其銀係從前貯備各屬基隄公款業經按年清還無欠又道光九年桑園圍吉水灣藻尾仙萊岡各基沖決係伍紳士捐銀修復並無借帑興修桑園圍通圍前後實無少欠借修決基帑銀至南海縣各屬別圍及主簿屬鰲岸外圍有借帑帑未還均與桑園圍無涉其所借之帑均係乾隆八年積存貯備公項與桑園圍紳士李應揚等現在請領歲修生息銀兩不同現在請領之銀係嘉慶二十二年桑園通圍南順兩縣紳士呈奉前督憲阮公撫憲陳公　奏蒙　恩准借藩庫追存沙坦息銀四萬兩道庫貯普濟堂息項銀四萬兩共銀八萬兩發交南順兩縣當商生息每年得息銀九千六百兩以五千兩歸還原借帑本四千六百兩交桑園圍歲修各基嘉慶二十四年蒙照給二十三年息銀四千六百兩修葺各基

列冊報給不用還款在案嗣因盧伍二商捐銀改建石隄此項息銀暫停未給道光九年吉水灣等基沖決又經伍紳捐修是以未經請領此項銀兩計自嘉慶二十三年起至道光十二年止共十五年實得息銀一十四萬餘兩除還原借帑本銀八萬兩并二十四年給銀四千六百兩歲修外尚有原本銀八萬兩仍交南順二縣當商生息未經停止又積存息銀五萬餘兩未領此項息銀係南順兩縣紳士稟奏　奏蒙　恩准借帑本銀八萬兩發交南順兩當商生息以為桑園圍歲修之用專為桑園圍而設給發歲修不用還款有案與別圍無涉亦與別圍及二十二年三叉基所借通省各項應還者不同盧伍二商捐銀大修亦止　奏明暫時停止仍聲明俟將來基有所損壞再行核辦亦無　奏明不給之案理合開明送核　遂獲請當道以歲修銀撥償而我桑園圍此歲修款自續　奏停支以來復得援據成案沐

皇仁而安樂土者賴有此也翀於先長伯無能為役然時時追隨左右基務之要每聞而謹識之戊申冬十月闔圍人士以秋颶傷及隄岸為防護計時斯濂乞假南歸予

昜之曰桑園圍事先世嘗三致意繩諸祖武爾其勉之於是斯濂先向上游略陳梗概厥後圍紳繼謁呈請遂蒙委勘隨卽撥領歲修銀一萬兩俾以圍衆公推董理屢辭不獲命迺與同事何君綺堂執畚鍤爲役徒先首致力於禾乂基其餘派修各段常督勸不敢懈工竣彙敘顛末付之剞劂不揣固陋謹仿丁丑舊志謬付已意以盡駑鈍所不逮竊惟生民之患有天有人桑園圍地跨南順一有潰決民命之瘡痍田廬樹畜之漂沒不可勝數此天實爲之至於土石歲久剝落不先事培修致成巨浸滔天之害厥咎在人傳曰豫備不虞古之善教我桑園圍歲修本款歷有案據可爲防護之資

聖天子子惠元元賢公卿奉揚

德意茍下情上達罔弗
恩膏立沛後之君子所當隨時入告以歲修之利爲桑梓造
無窮之福也抑又聞之善治水者不與水爭地故禹播
九河不惜棄數百里之地以殺河流前人論之詳矣鎭
涌堡禾叉基横置一角於水次仲邑侯嘗謂建圍之始
拙於相度卽先長伯每爲儞言之然形勢已定不能復
更今就其已定之勢爲善後之策積石爲壩迂水勢也
壘石爲坡護河壖也增土爲塘抑泛濫也壘石爲楗固
藩籬也儞所爲奉先長伯之訓偕何同事幷力一心冀
無隕越者如此而已矣若其勢處極險異時水激難支
如朱生論下墟古基爲河伯所必爭儞豈能逆知其必
無哉惟安不忘危勤修勿懈庶幾永永年代久而彌固

翎願與基主圍衆共勉之

書己酉歲修清册後　　何子彬

案歲修莫要於籌款籌款既得董事者自應秉公辦理按基段險易勻派使全圍均沾實惠其險患衆著者固宜多與修費吃緊用力即基非甚險而土薄隄低者仍須量給修費加高培厚以備不虞要在基主業戶不以歲修銀爲充公濫費之資而以爲防潦築隄之用則不論多少皆於基有益帑不虛糜況遇有基決科税必派通圍若歲修領項僅利及偏隅同苦不同樂人心恐難帖服此次歲修原呈祇聲敘禾乂基泥龍角天后廟大洛口蠶姑廟眞君廟及九江河清分界處共七段迨奉給銀後預貯公費部費餘銀盡數派定通傳各堡到領

除原呈七段外東西隄一律按派同時興修以禾乂基爲最險修費最鉅總局設南村首事協同基主督辦其外派修之處基主領銀自理首事仍隨時巡察并議宦項之外各加二捐修以助公用以專責成嗣後遇領歲修允宜照式通派其派修之數或今日多而異日少或今日少而異日多由首事隨時酌定不能膠柱鼓瑟在基主亦不必圖占便宜應聽首事酌派宜多宜少無非審時度勢豈能任意軒輊此次先登堡於圍衆公稟後獨自補稟妄有覬覦後所派者卒不逾原議三百之數可爲明鑒否則人人爭執築室道謀徒令首事無所適從耳至向例凡派修費止及濱海大圍不及圍裏子圍此次大桐堡白飯新慶兩子圍亦有修費派及衆議以

該處當大圍之腹每遇潦決則雲津百滘簡村先登海舟鎭涌河淸金甌大桐九堡均受其害與他處子圍不同故權宜從事然與向例畧殊恐他處子圍藉端生議下次歲修是否合派應俟後賢相機而行是又未可與大圍一槪論也

與制府蔣公書　　　　温汝适

秋初差弁回省曾肅函佈謝轉瞬又屆初冬懷思時切

茲聞閣下渥邀

宸眷移節蜀中　九重之毗倚方隆　三錫之恩榮疊沛玉壘羣欣於望歲珠江彌切於去思弟誼託金蘭契深膠漆顧以庭闈侍奉乏人跬步不離左右未獲摳送行旌少抒積愫歉仄奚似惟冀雄略如神訏謨坐鎭化巖疆

爲坦易指南極以重臨此則吾粵人士所深願者也前
者屢承俯念各鄉頻遭水患勸諭丁甯令照甲寅六萬
之數五成捐簽修復此後卽爲借款歲修茲聞各鄉甚
爲踴躍計日可收集腋之效未審借帑生息曾經具奏
否昔水經注稱鬱水又南注於海馬文淵爲石塘達於
海而粵無水患至今名在炎荒與銅柱並垂不朽今西
江挾滇黔桂鬱諸水建瓴而下桑園圍適當其衝且延
袤九千餘丈險要處不一而足此十年內增高培厚未
暇籌及石工十年後土隄既固歲有贏餘似宜漸建石
堤以資捍衛則水患永除文淵不得專美於前矣至於
堤上伐樹堤腳開池種藕養魚皆大爲堤害仍冀瀕行
時與中丞裁定有利必興有弊必革將頌修和而歌樂

只者歷百年如一日何快如之書不盡言伏惟鑒察

與阮制軍書　温汝适

一別三秋倍深懷想猶憶西江雩泊辱承旌麾過訪又蒙惠賜稠疊拜嘉飽德感不可言茲聞閣下政成南紀移節海疆庾樓之雅興方酣服嶺之仁風更被星軺甫莅人士騰歡引領喬輝曷勝忻頌弟南歸後喜南方氣候常和侍奉庭闈甚覺安適現家慈年高跬步需人扶掖未便遠離左右尚未得一到會垣少敘闊悰所幸城鄉雖隔帶水非遙瞻企之私無時或釋耳今歲五月時南海桑園圍沖決連村淹浸敝鄉水亦深五尺餘溯自已亥至今三十餘年五遭隄決每次數十丈至百餘丈不等弟目擊顛連殫心籌畫曾商之蔣制軍承復書謂

民力果不足恃已與陳中丞酌定當爲借帑八萬發當商生息以備歲修至現在堵築各工仍照甲寅歲大修公捐六萬之數勸令各堡五成交出鄉人喜出望外陸續捐輸已於十月十三日興工矣此圍當滇黔桂鬱諸水之衝非歲歲如法增修難期鞏固且歷年既久今昔情形判然迥别向日隄外距水常十數丈今則半無沙灘壁立如削竊謂隄外之削緣爲水所割非落石與築填不能捍禦施工不易當擇其要者先之至隄内之削則附近居人侵佔開挖魚池藕池致傷堤岸在核定丈尺以時培築堅實而已視其緩急爲先後歲計有餘無難奏效但全隄延袤九千餘丈險薄處不一而足非金高如山不足以語此此借帑生息用之無窮

皇仁浩蕩萬世永賴策之上者也倘懇留神照察庶使澤國

咸登樂土則美利同霑荷德靡涯矣

上粵中大府論西江水患書　朱士琦

竊謂西潦之發消長有期其漲也緜數尺至一二丈來

以一二日越四五日其漲必止下流不壅五日後必消

若下流壅塞前潦未退後潦又來或東北兩江齊漲消

不如期必有衝決圍基之患至圍決而官民交受其困

矣東江水力不及北江之長其入海道又捷爲患較少

北江水道漸長然無牂柯江以遏之雖爲患亦不甚若

牂柯江則水長而力悍其洪濤駭浪自相擊撞日晴風

定猶隱隱作雷霆聲爲患較東北江恒劇防牂柯江者

歲用民力保固圍基有司促迫加高加厚似矣然自乾

隆五十九年迨嘉慶十八年二十二年二十三年修基者四次加高一二尺遞四五尺有差潦至輒與圍平此急計非本計也疏瀹入海下流石壩未築者禁已築者坼此本計也非民所能爲也牂柯江自肇慶上溯雲南匯諸江水有蓄無洩肇慶峽以下地少岡阜匯水愈多其流益駛以平衍之地受徼外經行七八千里驕悍之水奔逸橫恣非尋丈圍基所能禦也地勢然亦水勢然也查牂柯江自峽下順流至新會北街口猴子山南出外海西出江門猴子山腳十年前水深六丈有奇今冬月水涸水僅丈餘十年以後豈堪設想總緣沙田多築石壩水遭壅遏流緩而泥淤故也江水入海支流凡六一曰思賢滘水過三水縣西南會北來諸水至省河直

注虎頭門入於海一曰甘竹灘水過順德黃連板沙尾
南注於海一曰仰船岡水過福岸馬寧香山之海洲沿
河有石壩二三十度長各十餘丈沙田所圖築也其曾
步口第一埒口中間海瀝有石壩長七八十丈東爲小
欖河面將淤矣西曹步尚通舟耳一曰白藤頭海口直
注古鎮夾岸石壩十餘度江水將失故道矣一曰河塘
潮連潮連居南河塘居北中一河合古鎮仰船岡諸水
下有石壩二度截流橫築長各二十丈水爲石激湍急
不得驟洩舟入過此非風力與乘潮弗能上矣一曰猴
子山水繇寨尾墟過外海嘴逕注古鎮香山界古鎮沙
尾連百頃沙大鼇沙至竹洲頭自外海嘴至竹洲頭約
四五十里西界外海傍逕東成沙雷霆廟鴉洲山夾河

有大石壩十餘度牂柯江汪洋澎湃之勢至此竟弩末而改觀矣百頃沙左曰廣福沙廣福沙左曰芙蓉沙三沙排列各有大港爲界而沙之左右石壩攢築或百丈或數十丈或築至中流居然與天吳海若爭權三十年後海將成溝壑亦揚塵而廣肇兩郡宅土芒芒人烟浩浩牂柯一水不知從嚮何處流也繇廣福沙下注神灣東西有承田壩稍下爲燈籠洲東入澳門又東出三竈外無居民已達大洋矣西入內河泥灣門往者內洋大船繇此入睦洲墟繇睦洲墟入江門今皆阻淺不可行凡此皆牂柯江入海要區亟宜嚴切疏通者也

道光九年己丑五月西潦漲猛廣肇兩屬圍基同時衝決水退兩郡紳士歷控大府請疏通水道同人以

士琦鼎館新會聞見較詳屬爲繕草總督德化李公
巡撫涿州盧公洞悉其弊令司道飭縣查勘礙水坦
畆壩塡分別坼毀諸紳又請將香山新會兩縣近歲
報陞坦畆淸查便知佔河新築按址懲辦而糧道新
建夏公勘覆尤力方議坼毀夏公擢廉使去盧公旋
亦移節役遂寢越四年癸巳又大水患尤劇糧道閩
縣鄭公亟申前議未幾擢山東都轉事亦竟止吾友
曾明經釗送鄭公序慷慨言之亭林顧氏謂立言不
爲一時拙稾已爲胡文學調德纂入龍涌脞編今輒
采夏曾兩稾附綴文後世有欲造福閭閻救此一方
民命者庶覽觀焉　夏公修恕覆督撫兩院公文竊
惟民生所繫固莫大於農田而民莫所關更應籌夫

水患故事可因地致利則荒土皆可耕耘若其壅遏防川則狂瀾必遭潰決在小民趨利忘憂不知深思遠慮惟官司求安圖治不得不預計綢繆者如今日之報墾沙坦是已粤東濱臨洋海地處低窪西之上游爲梧江匯潯柳灕江之水奔騰而東勢若建瓴北之上游爲曲江聚瀧溱湞江之水順流而下勢極汪洋此外港汊分歧川原錯出悉皆注於珠江入於滄海粤東數十年以前沙田稀少水道暢行嗣雖間有淤灘農民報墾無多不甚壅滯是以歷少水患近查沿海之番禺東莞順德香山新會等縣沙坦隨潮淤結櫛比鱗連各邑鄉民趨利若騖强者報升斗之科墾無限之地黠者借它處之稅耕此處之田弊竇叢

生莫可窮詰地方官悉皆俯順輿情不察形勢之阻
阨不問海口之宣洩動云無礙水道詳請給照開墾
該墾戶盡屬豪强之徒每於附近沙田水深丈餘之
處混報爲士名某處之水草白坦一經瞞准報承卽
行築石築塡以防衝蹈三年可以種茭五年卽可種
稻旋復築隄樹樁固其基址歷歲旣久土結隄堅潮
不能衝沙復壅積隄外之沙則潛滋暗長海邊之地
復月積歲淤沙坦旣愈墾而愈寬水道則愈侵而愈
狹每遇西北兩江水潦陡發百川驟漲卽至淹沒田
廬傷害民命水之爲患其所繇來者漸矣自來言治
水者惟順其自然之性不與水爭地須寬其河身暢
其流行今則偏墾沙坦侵佔水道是與水爭地也將

何以順其流而弭其患乎是以嘉慶十八年暨二十
二年及道光三年至九年先後共遭漫決四次去夏
水災淹沒民田廬舍爲害尤甚此水災之所以疊見
而爲禍之所以愈烈也屢蒙憲恩恫瘝在抱賑䘏災
黎小民賴免流離田廬亦漸修葺竊恐姦民嗜利故
智旋生雖報墾海坦懸無飭止而有防水道例禁應
嚴伏查粵東近海沙坦先於乾隆三十七年奉前督
憲李以出水要區恐高築隄垸有遏水勢奏禁開墾
不准報承嗣於乾隆五十年經前撫憲孫以粵東田
少人稠產穀不敷民食議請沿海無礙水道之沙坦
給民承墾陞科以千頃爲計每歲可添設十萬餘石
裨益民食等因奏奉　允准在案此粵東沙坦前禁

後弛之原委也前禁開墾係防其阻遏水勢爲害民
生後弛例禁係指濱臨大海無礙水道之沙坦誠屬
有裨農民無傷水利故沙坦雖報墾而定例仍云濱
臨江海湖河處所沙坦地畝如有阻遏水道爲隄工
之害者毋許任意開墾妄報陞科如有民人冒請認
種以致釀成水患即將該民人家產查抄嚴行治罪
並將代爲詳題之地方官一併從重治罪等語是沿
海沙田有防水道爲害隄工者不容任意報承已屬
例有明禁況原奏章程定以千頃爲限者原恐千頃
以外難免侵削河身漸傷水道也溯查歷年報墾之
案自乾隆五十年弛禁起至五十八年己墾至一千
五百餘頃嘉慶元年至二十五年又添墾一千三百

餘頃道光元年以來又增墾二百六十餘頃統計開墾至三千餘頃之多此猶核計詳報有案者而言若以墾戶之影射侵耕其數尤逾倍蓰況其所墾者不僅大海淤沙甚至開及內河灘岸欲其無礙水道無害圍基其可得乎是前之准墾固屬因地制宜今之飭禁實屬因時防患夫當利害相形之際應權輕重去取之宜果害輕而利重原可將就因仍今既害重而利輕自宜熟籌早辦所謂害不百不除也職道會將應禁緣繇縷悉面稟憲鑒並同會稟飭令委員會同各縣查勘去後嗣據委員會同各縣稟覆勘明有礙水道應行拆毀之隄椿坦牐番禺縣屬五處東莞縣屬八處順德香山兩縣各十七處新會縣屬四十

二處總共七十二處是各屬農民墾坦遏流致貽水
患已屬查有明確造經飭令拆除迄未全數毀盡此
外未經查出者恐尚不少與其查毀於成塓成隄之
後莫若禁之於未報未墾之前職道管見所及應請
通行沿海各府州縣飭令各該牧令周歷屬內沙坦
詳加查勘其有靠河私設土隄者攔江私築石塓者
海口不甚寬闊處圈圍蓄沙預圖日後報墾者均屬
有妨河道押令該墾戶人等概行拆毀毋許少有存
留並令清界立碑永遠示禁仍將拆毀處所造具清
冊通稟立案以備查核統限一年妥爲辦竣倘所毀
係屬有稅之地應准查明糧稅若干詳請劃除以免
虛受賠累其餘無礙水道之隄塓免其拆毀以省紛

擾至歷年報墾之沙坦仍須曉諭墾戶照依科則各守界址不得借科影射肆意侵耕此外未墾沙坦除係濱臨大海無關水口宣洩者如有承墾繇縣詳請委員會同勘明實無防礙許其詳請憲示遵行外其餘切近海口之沙坦無論舊壅新淤均屬有妨河道有害圍基應令恪遵定例概不准呈請開墾倘各州縣仍以無礙水道爲辭率行詳墾卽繇道府嚴行駁飭不得據情轉詳倘各州縣奉行不力或意存徇隱遷就顢頇一經查出卽行揭請參辦以示懲儆倘有姦民串同書役私設隄塡均令該州縣隨時查究似此明定章程將沙坦分別墾禁隄垸酌量存毀庶沿海小民仍不失農桑之利而江潦下注亦可無汎濫

之虞水利農田似覺兩有裨益管見所及是否有當
合將番禺等五縣查有礙水道應毀各隄埧開具清
摺稟候憲臺察核示遵至將來應如何設法嚴禁方
可久行無礙之處恭候鈞裁　曾君釗送鄭雲麓觀
察擢山東都轉序廣州水患或比年而見或三四年
而見說者以爲墟堤庳且薄之故然畚築既興民脂
既竭埤厚增高工未告竣水又大至隄高水高竟若
與隄爭勝然者何哉同鄉朱畹亭文學示釗西江達
海圖潮連銀洲湖諸處皆兩岸爲石壩凡幾十道各
幾百丈犬牙交出水不直流委屈迴去釗嘗游香山
觀海於澳門經芙蓉沙其石壩橫截海中不知其幾
百丈訪諸舟子皆云昔築石壩以護沙今且築石壩

以聚沙昔因河爲田今且築海爲田年年緐積未知所屆釗聞而驚之然後歎水患洊至在海口不在墟隄而知此者惜乎鮮其人也道光十二年雲麓先生觀察廣東明年大水先生乘扁舟巡視墟隄賑撫窮乏不以爲勞秋水落隄工興又親閱虎門厓門焦門海口求致患之繇記石壩之害條白大府閒語釗曰海口不通廣州水患未有艾也去年宮保中丞祁公有意疏治命釗等試從事於靈洲鬱水皆爲先生是諮於是廣州人莫不翹足舉首以竢以爲水患之平先生其人也今年秋擢山東都轉廣州人皆慶其榮遷而惜其去釗曰海口不通其原有三豪富豪貴豪族類能賸有力之口變白爲黑必得一二三大臣同心

壹力以情形入告奉
明詔然後無有阻撓而事以成今先生乃爲
朝廷倚信行將受封疆之任復臨廣東水患其有瘳
乎衆皆曰然爰書之爲序以抒廣人之思且爲異日
券自記

致張振軒制府書　潘斯濂

敬再啟者粵東水災民不聊生仰荷大公祖勞心撫卹
俾中澤哀鴻不至流離失所鄉書疊至愛戴同深查粵
中西北兩江水勢異常湍悍其當衝險要須年年防護
實無一勞永逸之方緣下流壅塞無從疏濬地勢使然
端藉人功以爲保障㣲屬桑園圍跨連南順兩縣地方
窩闊戶口蕃多於諸圍中最稱險要嘉道以前頻年沖

決嘉慶二十二三年間經敝同鄉温質坡前輩請奏撥給帑銀八萬兩發商生息每年得息銀九千六百兩以五千兩攤還帑項其四千六百兩由紳士呈明領款修築東西兩隄工竣題銷爲該圍歲修專款咸豐四年葉崑臣相國以此項借充兵餉此款幾爲無著隄工歲歲可虞弟以桑梓之鄉情難漠視於同治三年復經奏准由督撫陸續撥還依舊發商生息爲歲修費厥後圍中紳士四次呈領皆蒙給發前後將東西兩隄加高培厚雖水災洊至差幸保全查該圍向以西隄爲重東隄受患較輕近緣三水縣屬之大路圍連年沖決東隄地居下游有高屋建瓴之勢以故去年所領歲修銀八千兩專葺東隄今春大路圍修築完固水勢并力趨西西隄

如前亦緊昨得鄉書稱本年夏潦盛漲較前尤甚西隄
水過面者千數百丈辰下闔圍會議欲續領歲修銀一
萬兩由紳士陳序球等具呈請領繼以抽捐於隄身低
薄處再復增修爲思患預防之計伏乞大公祖俯念民
艱飭司如數給發聞前所撥還本銀僅及三萬兩而承
領息銀四次計已五萬八千如將本論息此刻或無所
存又值本省籌辦海防誠恐重勞碩畫但念桑園圍糧
命所關甚大猝有水患議修議賑補救更難蒿目羣黎
不得已復爲發棠之請惟有仰懇查明成案籌撥歲修
銀一萬兩以濟要工並於將來庫項稍充時陸續將八
萬兩本銀全數撥足庶幾千金有所出水患得所防大
公祖造福此邦士民感戴厚恩曷其有極臨楮不勝迫

切待命之至專此載頌勛祺

復順德縣張石璘大令書　陳序球

承示龍山堡碑文暨紳士原函審閱再三不勝駭異如云各鄉堡多未盡繳而獨苛求於圍外之龍山夫一龍山也前攻龍江築閘則歷云居桑園圍內今抗本圍畝捐則又云居桑園圍外首鼠兩端無所適從持子之矛刺子之盾其將何以自解也既同居一圍則合力通修如手足之捍頭目曾何功之足云乃其碑文則援救災恤鄰爲言以切己之災而諉之於鄰以自救之事而名之爲恤此豈通論也耶夫前賢之論起科詳矣應科不應科不論縣之同不同但論圍決之浸不浸今試問桑園圍一決龍山浸乎抑不浸乎其碑文則明云李村隄

決龍山平地水深丈餘淹浸者四旬較其被害視上游
諸堡爲尤甚是應科捐已無疑義如謂龍山無經管基
段則不應科圍内如大桐金甌兩堡亦無基段未聞有
以此規卸者此可知公論之難逃矣況無基段則省每
年小修巡邏遇險搶救諸費已多占地步顧反藉以爲
詞冀壞通圍成例揆之情理豈可謂平至云歲修培築
各不相派此指子圍而言非所論於大圍亦指小修而
言非所論於大修先民於此剖析甚明載在圍志可覆
按也弟等率由舊章遇事持平不敢有所苛求其實不
必苛求伏懇善爲開導俾知此次大修乃數十年一舉
同休等戚無論科捐與襄捐皆義不容辭責無可卸總
要如數完繳以濟大工若斷斷於一二字間聚訟不休

撓成憲而乖睦誼非所以仰副我公祖一視同仁之意也序球謹復

與順德縣馮雲伯大令書　陳序球

桑園圍界連南順兩縣戶口數十萬賦稅二千餘頃西北諸派皆山水皆下注中峙西樵山有三十二泉匯而赴壑故建桑園圍之始於龍山兩堡虛其下所以洩內水也東西兩基張其翼所以捍外水也此前人創造良法亘古不易其中支河水道互相流通實一圍水利所在誠如督院云地大物博繫於民生者甚大今龍江堡祇圖一己之利不顧闔圍之害於三丫海礅臺腳創建水閘截塞內外水道使內水無所宣洩外水逼於逆行將鄰近桑田盡成澤國又誠如督院云下流壅塞則上

游皆受其害也近又聞龍江人負氣謂已拆三丫海之閘必不拆礮臺脚之閘其情尤謬夫即以龍江論之不拆三丫海之閘則堵塞上游損人尚足利己不拆礮臺脚之閘則閉塞下流害人并以害己夏潦盛時外水由甘竹灘獅頷入折而東經三丫海礮臺脚轉東海口而出礮臺脚之閘不拆則内外水且合而注於龍江其謂必不拆者特未深思耳且建閘地不同而阻水道則一礮臺脚之閘可築則凡各堡皆謀所以自利而龍山碉樓脚之閘築官田口之閘築文廟脚之閘築九江沙嘴之閘築沙頭南畔之閘築大桐各處之閘亦築紛紛效尤孰能禁止下流壅塞貽害無窮是桑園圍蒙

皇上恩德費十萬帑金以捍外水而内水反成巨浸皆自龍

江之一閘始也故築皆可築而拆必盡拆萬無去一留一之理懇卽勘明龍江阻礙水道各閘詳稟督拆不勝翹企之至

甲辰全圍報竣謝啟　何子彬

竊惟塘成捍海紀年實溯開元堤美護城載記尙傳郭杲導河水於澶淵坡培牧馬甃石坪於高堰瀦障黃牛自來治河籌海之方罔非禦患瀦畱之策況稟承之有自每感戴於不忘舉人等桑園圍地聯南順隄亘東西東當湞湟之支流西接牂柯之歸匯甲辰五月西江漲發林村各處潰決頻聞流分燕尾塘迴直激夫翻瀾社没鵝春隄陷遂逾於累卵漫漫鯨浪處處鴻哀仰承列憲賑恤兼施班載道之餱糧登斯民於衽席固已巢居

穴處均受愶嵘葦粥葦航無胥饑溺者矣詎月基之插
築垂成而瓠子之防秋復潰嘆黃熊之披猖肆虐刑白
馬而禱祀無靈疊蒙膏雨涵優分捐鶴俸亟趁冬晴水
涸諭令鳩工代求本款生息之資飭行通圍捐派之例
論採芻蕘惟通力而合作材分樗櫟遂委任而專司於
是瓜皮泥馬驅薄淖以平基鐵腳木鵝就淺深而測水
跨蛟窟則難資堅穩偃虹形而略作彎環梢芟薪柴楗
橛竹石樁料既具工役大興合千夫而操作虎旅紛騰
積一簣之高堅牛蹄絡繹既築修夫決口遂併力於全
圍胼胝罔憚肯忽犍涔繚繞悉堙不遺蟻穴計自去冬
經始共費三萬二千金迄今初夏告成爲隄一萬五千
丈復荷礴帷暫駐福曜重臨鼓腹方賡九敘之歌當頭

更覩五雲之色慶奠安於酸棗美蔽芾之甘棠從此雲横山固蜿蜒留漢上之題桑沃禾油羔羊樂豳風之俗永臻磐石恆頌岡陵

己酉全隄告竣謝啟　何如鏡

竊惟平河紀效甫帀月而成隄紹郡承流築三江而立閘塞長塘而防海建高堰於平津此皆挽頽波於岸決山排之後而非障狂瀾於風飄雨剎之時某等桑園圍地逼海隅生當河曲鼃居樹上屋隱蘆中占蛟宮而卜宅是水耕火耨之鄉蟠蜃穴以建基繫一髮千鈞之任即使蜿蜒如故潰敗未成固已形同累卵之危勢等朽索之馭者矣去年八九月兩遭舊風一江新漲狂翻颶毋望澤國而天黄掀動波臣訝荆門之水闘慨長隄之

剝蝕將羣姓兮其魚爰憫江鄉覔沒李垂陳捍海之圖中澤鴻嗸賈讓奏治河之策伏惟父師大人馴雉鄰封飛鳧邑境悉下情而上達先軫念乎民依汲長孺便宜從事騰茂實而著循聲范文正憂樂關心對蒼生而無愧色籌桑園之專款繕槐里之環隄諾宣金鼎先頒一朶紅雲錢發水衡不待十行丹詔某等恭承明命仰體仁懷王尊立水沈白馬以明心錢王禦潮向長鯨而控弩於是驅五丁之石剔穴搜巖掘萬封之灰誅茆刈棘江革移舟增颿檣而重載陶公運甓雜竹木以宣勞豈比竊來息壤遂堙洪水於九年載就蘆灰漫止洪流於一瞬也哉其禾乂基處所地當德棣之衝施功彌急水蓄梗漂之狀用石尤多他如波灣鶴嘴護以雲腴岸堵

龍坑培之膏土總會計夫全隄大半增其高厚興修於春正月十二報竣於閏四月二十三竭東南之民力定應胥種劾靈費巨萬之金錢頓使蛟鼉避道從此虹形偃水慶成平而治媲蘇堤盤堁宜禾頌安瀾而功垂禹甸矣

鐵犀銘　　稽會嘉

以金尅木蛟龍藏以土制水龜蛇降作鎮萬古奠南方永除昏墊報我　皇

按乾隆甲寅大修稽公以九江主簿督役工竣謂鎮涌堡禾义基爲通圍五險之首捐俸鑄鐵犀四各銘焉沈其二於江餘二置隄上嗣爲牧豎摧毀丙寅年歲修重鑄

隄決　何如瀅

鳳歷紀八年夏五癸未朔洪流潰橫隄驚濤欻噴薄白馬怒奔騰聲勢搖山嶽孤村波際浮樹杪水雲錯嗟我此邦人旱潦亦已數粳稻慳如珠十室九藜藿今春努力耕雨暘喜時若轉盼受厥明紛紛痔錢鏄相對共欷歔曰免塡溝壑孰知陽侯波一朝縱毒虐室廬不自謀耕耨竟何穫野老吞聲悲寡妻暗淚落蒼蒼聽轉遙元元命安託吾聞至道世水不冒城郭又聞唐堯初九載勞疏瀹災豈由人興孽或自天作所賴仁者心焦勞在民莫爲奠爾里居爲謀爾耕鑿勉哉營生生且待豐年樂

次張蓮嶽孝廉己丑五月桑園圍紀事韻

文晟

桑園渾莫辨田園一片汪洋漫溯源桑園圍周一百餘里時被漫溢坡角波子角在三水縣余稟請改名坡子角橫流趨蜆壳坡子角決口漫過蜆壳圍遂沖破桑園圍之仙萊鄉吉水灣江浦九江皆受害沙灘新漲阻蛟門蛟門一帶趨海之路多有沙灘壅塞挽回天意災須救嘆息人聲慘不喧我亦乘舟還泛泛思量何策可相援余時奉委查南海水災先勘桑園圍

橫基一道扼咽喉漫過橫基更足憂連日報來三縣水南海三水清遠俱告災幾人能挽百川流勘量決口詢前事嘉慶十八年二十二年此地俱遭水災分別災區惹舊愁丙戌萍鄉大水余兄弟勸辦展賑囑咐船丁勤放渡遺民恐在樹梢頭督撫憲命余多帶小艇隨時濟渡

捧檄星馳又一遭載將厚澤壓波濤各憲捐廉撫卹復委余勸事算來江浦人家少望到樵山地勢高計口放錢宜補卹員

兒攜女賴先逃水至時江浦居民多上西樵山得免夜深不敢支牀睡怕剩哀鴻野外嗷

幾多生死別離時近處情形遠處知都說山中無溺鬼如何江上有浮屍各處保鄉俱報尙無淹斃人口而制軍委員於下流撈葬浮屍十八具

甲辰災後三當厄桑園自甲辰而後凡三決口子午潮來兩失期波濤洶湧壓過潮頭數日滄海茫茫空悵望低頭不覺淚頻垂

暑雨侵入又暴風長堤來往各西東驚濤已上河神廟鄉俗猶祈斗姥宫果有靈能凶化吉將毋歲變歉爲豐

池塘開後魚蝦賤九江一帶池塘盡漫魚蝦漂散價甚賤到底民窮水不窮

蜆塘再決勢轟轟蜆塘圍卽坡子角總名五月廿後堵築將成西潦復發決口數丈余時奉委解石工銀過其地卽同催堵築多少人家寐不成吉水灣會開竇口

仙萊鄉亦坐愁城幸蒙大吏先籌策各大憲籌款給借各圍堵築決口復委余經理會有鄉衿解勸耕紳士伍元薇共籌晚耕助築蜆塘桑園圍決口並議冬閒修石基捐貲數萬其兄元蘭同督工我輩馳驅何敢憚江頭今尚駐雙旌時阿方伯夏觀察俱親勘撫卹

同僚莫漫說辛勤此際身如出岫雲要向閭閻推實惠敢期案牘紀微勳蒼生所望誠何事清夜捫心盡幾分

南海各圍行未遍一般聲色不堪聞

上游爲此費尋思土可隄防木可支大憲命于凡決口處先打樁立基沈土囊堵水新址方成民力薄新基暫時築成似覺單薄冬閒應添築堅固舊巢無恙鳥聲悲委查房屋有無倒塌關心江海相連處回首田園未沒時願與居人謀奠定石基重建水之湄時議各修石基復奉委督辦桑園工程約蓮嶽暨明孝廉離照黃孝廉龍文諸君共事

西潦歎　　鄧泰

癸巳五月十八日西潦直決桑園圍萬人殉命捄不得
水勢突若千刀飛隄基陡潰三百尺轉瞬高岸成陂池
天容慘作死灰色日輪淹沒雲車馳連朝淫雨更助虐
垣墉詎足供排擠水纔及脛倐滅頂高逾竟丈封門楣
尋常一家有八口急拯父母亡妻兒牆頭屋角人鵠立
驚悸未定神魂癡富豪力可具舟楫貧賤命自同沙泥
朝寒無衣暮無食有似溼鳥巢危枝稻田盡供鼉蛤飽
豕畜難飫蛟螭飢乘時更恐颶風發計日未見濤頭低
民財已竭民力盡雖居故土嗟流離會聞甲寅及丁丑
西漲兩度衝長堤水由漸長尚可避倉卒未若今番奇
米薪坐覺日騰貴盜賊正喜乘顛危人心洶洶靡有定

東鄰驚喊西鄰啼吁嗟凶災至此極天意難問疇能知
去年秋來赤地旱仲冬雷震原非時驕奢固遭造物忌
仁愛終望天心慈檐前甎痕黙記數日退夜長無窮期
六親同運請貸絕連村漸少炊烟吹還愁水去官吏至
租稅日日敲門追

大水歎　陳澧

羊城積雨盈街衢淫我架上千卷書朝來著屐過田舍
問訊水勢今何如老農告我水已大上游傳說基圍破
江頭萬斛老龍船昨日揚帆田上過陽侯爲虐誠何心
縱彼蛟蜃爲驕淫盤桓不肯赴滄海忍使繡壤成荒沈
我謂陽侯豈得已非水逼人人逼水君不見大庾嶺上
開山田鋤犂狠藉蒼厓巔剗削山皮剩山骨艸樹劃盡

胡能堅山頭大雨勢如注洗刷沙土塡奔川遂合江流日淤淺洲渚千百相鉤連又不見海門沙田日加廣家家築壘洪波上海潮怒挾泥沙來入此長圍千萬丈三年種得草青青五年輸租報官長海門日遠路日紆坐見滄溟成土壤陽侯束手敢與爭迫窘詰屈難爲情欲留不能去不得暫借君家田上行人情貪得死不悔豈知世事浮雲改欲驅山海盡成田反使田疇盡成海老農聞言三歎吁信我此論良非誣不然粤地際南海自昔水潦常無虞今時水卽舊時水何至比歲淹田廬闢萊任地本良策其奈利害相乘除一方受利數郡害徒使吾儕常向隅嗚呼親民之吏愼勿疏再謀開墾吾其魚

陳滉

西江怒瀉柳梆水伏雨闌風日不已憑陵城邑淹田禾
鼇背排山五千里倒注羚羊勢愈狂匯於南海瀦吾鄉
吾鄉人家十萬戸大半居室魚龍藏癸巳水災何忍說
數百年來凄慘絕厥後天吳屢致殃尚賴桑園隄不決
舊年穀賤也傷農早禾今日將成功一旦黃雲付洪潦
悲哉樂歲還成凶昨聞鄰嫗哀哀哭痛恨河神心太毒
數載飢寒未贖兒前歲風波猶破屋只今滿眼皆瘡痍
安瀾共慶知何時既憂瓠子易傾塌更慮萑符難糾治
萬間廣厦胸何有巨川舟楫知誰某愁殺酸吟老杜陵
滿地江湖成釣叟

甲辰大水歎　　賴洪禧

粤東水患恆流毒無過今年民慘酷春初旱魃先肆虐
萬民請雨聲如哭羲和握鞭鞭日回雨師風伯興雲雷
盡將天上銀河水滔滔倒瀉八閘來陂陀日窖水難受
東江西江衝左右平陸盡成魚鼈叢大地茫茫浸星斗
蕩析離居殊可憐不分滄海和桑田旬餘江漲不少殺
滂沱雨復連長天前水未平後水起隄防決潰屋傾毀
水旱頻仍粒食艱富者日貧貧者死況茲民氣久不蘇
打門往往愁追逋即今廑念民艱者誰進流民鄭俠圖

憫潦詩呈愛之次卿兩孝廉四首　朱次琦

連宵發奇凍中人毛髮洒預憂水氣盛西潦驚里社數
日聞訛言滿耳雜侈哆忽傳高漲及羚峽三丈瀉倒屣
往視之駭目汗盈把激盪風雷鳴渾濁天日赭古潭衆

窰戸滅沒出寸瓦一漲三日期一日百憂寫幾時誓安
瀾刑牲斬白馬
急流既呼洶長風復蕭騷大隄如堅城浮脆同輶毛延
緣一綫泥障壅千丈濤是時萬家命呼吸入鬼交鵂鶹
爾何物白日聲嗚驕得無鬼伯使作此絕命妖野人聽
其聲一寸魂搖搖有飯不暇炊有機不得纈重憶癸巳
歲淚落連珠抛
中夜鼓柝來告急踵相貫既潰曲膀頭磯名又報河清岸
賢哉兩孝廉吉凶與同患肩輿弗及待僵走泥至骭武
力來什伯椿埽亦億萬一夫抱其根投沒奔湍半一夫
椓其頂飛空奮椎健剽疾過竿戲勢上切雲漢奮掮各
就理出險發深歎覆巢與完卵其間不以寸去時五更

霜歸時二更飯
壤地各有疆護助亦有盟吁惟此邦人眞不可與明不
自有其土樂禍如佳兵費我借箸籌曾無簞犒情是地
豈問田虞芮兩勿爭不爭事猶可不救瘡痏成三五垂
白叟叩頭厥角崩藉非明公惠百室魚頭生揮手謝父
老我亦識字氓肉食從古爾請勉秋稼耕

赴李大孝廉鳴韶招飲　朱次琦

樂事每不數愁來動彌旬忽如墮煙霧及此長日辰入
室儼下帷引屨旋出門出門無所詣李生在城闉李生
予汝同辛苦識字氓豈不欲汝見嘔我一寸肝道逢祈
雨人風翩龍子旛四人舁明水披灑楊枝青泥龍水蜥
蜴瑣細不一形熏熏煙已霾百叩額欲墳道左頂觝蹠

遠伏壓土昏八言一　月來公私苦崩奔亦既省刑罽亦既疏渠坑玄靈西樵禡白晝南城關都邑止殺屠鵝鴨羊魚豚祝詛引方外于嗟而吟呻天公聆何許上呼無時聞白日徒昭昭不照千啼痕難忍見此狀欲行還逡巡君適馳尺簡遙遞急足伻云有賣文資可共銷憂觥我屬采薪告夙夕始得行握手一太息同覩蒼冥冥遂壓今古愁遂遺半晌聞遂酌鄢湖酒勸我醉不醒孰知徑寸膠不辨黃河澄泠泠勺水潤詎救魚尾赬且盡知己盃酣歌聲吐吞話及往年事一瀉不可扃壬辰冬之孟公車君有程我蟄守鄉衎未得送離轅風波一失所反覆難具論憶惟世難初我館於河清村名春時暘雨若民訛無由興茵穎既舒舒條桑復英英蔦報西潦至五

月日在庚薇江下浮柫雜以宋桷椽趣歸及中夜荷鍤
先黥髡寐者呼使覺痿者走跳跳抗此一綫泥上與千
濤爭崩波壓我面其勢如壞山植立猶束柴逆受風雨
寒澇浪雨晝夜泥髁未有乾降割方鞠凶洪口決李村
嗟嗟十二戶盡空爲魚黿鯨呿以鰲驪有水無涯垠比
鄰聞號咷誰知其死生我家三百指垂屋如鴟蹲腊飲
波面炊雞狗牆頭眠高漲更未已滅沒驚我顏昏黑扶
老穉一一下破船室八莫涕泗我有好弟昆緣岡亘房
廬足以相援攀可憐非柁工尾掉船頭橫千搖並萬兀
寸寸強弓彎滉瀁涉中流上有星月明喜達賢主人舍
我在高閣色定見憔悴老親蹙額歎弱妻授我食執箸
不下咽脫我淖中衣易我犢鼻褌展視著股處血痕已

朱殷憐惜不出口泣睫淚漣漣搖手使勿聲吾母腸斷

閒民生正攉挫我敢自求安願以膚髮勤易此骨月完

儆廬忍就棄旬日還巢檜相守儵乏匱乞米廣州城兩

地百里強早夜心凌兢天乎人何辜颶雨萬竅鳴聒甚

耳目眩勢恐元黃翻平陸有頓撼豈況衝狂瀾覓信走

且僵然疑半不眞側聞汎濫中地塌千山平心肝墮何

所難狀此際情聞君鎩羽歸乃及江海傾咫尺胥江驛

惡遇風飈猛詰朝亟挐舟里門泊牆端揩目認久別人

室笑語温我亦得書反相對疑夢魂次第訊孀族兼弔

死問存略舉崩騫流令我吐吞驚

天子今堯湯牧伯矧多仁請命叩閶闔借帑發倉囷上有錫

綏詔悱惻泣

王言下有挹注澤濡煦勸老慳匄爾垂盡喘餘爾以斗升巡
撫江甯公萬家頭上雲擕扶先守令俯張遞薦紳至今
服嶺南去思有餘恩旱魃又煽虐市地比惔焚低田委
白草高田飛黃塵畡畡龜兆坼野赤百縣盈豈無近潮
畦斥鹵齧其根居人呷無所闚覗井已眢料知早禾闕
米戸解索錢哀哀中澤鴻何處謀盤飧官家定正供里
胥急如煎大福諒不再未敢邀痌瘝我少負郭畝君非
扶耒畊編摩手口勞一飽羞儒冠艱食終見及況彼塗
足民寠窶憹薦三載瘡痍互仍因或言俗竄呰奢麗雜詐
諼蓄戾爲癘召水淫火熱然或云往必復五運有凋殘
譬彼月盈魄終則隕其圓大造本芒昧孰能測幽玄我
願剖心血淋漉通天箋稽首東南風寄上一掬丹播穫

趁時節首求遠冬春次求祀生理勿使壓溺顛尚歆郊
祀心亦屬公孤卿爰暨百有位同德持鴻鈞三階正天
衢作息還黎烝沕穆貴無爲無懷與大庭是時泥君飲
一醉三千齡忼慨陳此辭吾將待輶軒

西潦行　鄧翔

道光癸巳夏五月中旬七日西潦決李村隄岸二百丈
山岳橫摧勢一瞥滔天波浪挾雷行帀地人禽驚夢沒
紅樓白閣入烟渚綠樹青山浮瀰渤下巢上窟還幾何
半與魚龍併巖穴客居羊石身皇皇夢繞桑園心惙惙
聞災鼓櫂問鄉井不見田廬望空闊幾家屋脊雞犬同
藁薦懸遮午炎烈匍匐登牆就相見渴瓦如焚焠掌熱
愴懷淚綫流復斷仰肩默默對愁絕忽駭雲黃天慘淡

颶母南奔怒顛蹶翻花瓦鱗隨葉飛閉眼淚珠過頂潑
黑風拗雨又東來鷙拳猴沐苦堪說人鬼同號天不聞
波瀾震盪總塗抹未信昊蒼少仁愛或許艱難寄生活
數椼蝸廬兀難據一葉漁舠避倉猝瀕年水患燕焚巢
安思爽塏遷高豁空囊未裕年二一餔廣厦難謀兔三窟
孤篷漏溼何足道太息黔黎遭殄滅願乞鴻流早歸海
秋晚有收聊補缺救荒先策更何如勸獎捐題語剴切
羊牢更補築患甚莫使可虞重降割

甲辰西潦嘆　鄧翔

道光癸巳西潦災十稔不來驚復來漂流滅沒憶餘創
談虎色變心肝摧此潦今來夏四月東西圍岸恃如鐵
鐘塘倒灌危猶支白墍蒼黃勢先決小圍已塌大圍憂

鐵鑄不勁當衝流十四十五風雨横桑園鬼哭鳴鴟鶚水勢滔天比癸巳上流略減半輙耳下流更過二尺餘壅遏不行逆行矣奇謀塞海防紅夷夷不能防洪水欺黔黎何罪致淹溺獻策者誰營者誰安得龍神訴眞宰跋驅沈石歸溟海滄溟無底洪濤消永奠狂瀾億萬載

乙酉粤潦歎四首　馮栻宗

天地色晦冥淫雨十晝夜遠潦攙近水江漲若傾瀉維時五月初奇潦失炎夏濤聲轟巨霆到耳心駭怕東江狀洶湧北江勢激射我家傍西江水更建瓴下浹旬風逆吹似挽陽侯駕澎湃向所無岌岌憂堤塓

沿江千萬家咸恃堤爲命平時屹祟墉至此不能勁鳴鉦屢報險奔救若嚴令趹跳丈餘椿奮與洪濤競萬手

駭浪中齊力功僅竟馮夷故逞虐豈易制强橫十圍九
已決淪沒甚陷穽幸完亦偶然敢作安瀾慶
陟高望羚峽極目何滔滔人畜蔽江下漂蕩如輶毛聞
道粵西地山僻多發蛟肇屬當其衝受禍先覆巢波及
各鄉邑遍地濤頭高東北害亦均一網嗟難逃災民廿
餘萬慘慘哀鴻嗷伏覩大府疏傷哉珠淚拋
皇仁憫災區賑卹荷恩賞緊我桑園圍亦承發專帑培修固
所宜其要在疏瀹試溯廿年來盛漲遞增長下沙壅彌
多上游害彌廣曲防古有誅姑息譬癰養孽之利宣洩
所賴巨靈掌諾誡徒具文焉覩安流象

銅鼓灘歌　馮栻宗

風號雨嘯鼓聲起方叔之奏不如此鼕鼕亦異漁陽撾

千聲萬聲駭人耳非革非木此聲何自來不知乃出雁山之陽牂江之裏牂江恣肆橫南交羚峽一束仍滔滔奔騰至此石隱扼悍勢被遏濤聲高粤中土樂重銅鼓宮音範出同鉦敲濤聲鼓聲宛相似入聽共懾陽侯驕我家居與此灘近每以鼓聲占水信農夫舉鍤女執筐歲歲聽鼓先驚惶鼓動水發隄偶潰釜空甑冷呼可傷去年夏潦非常長十家囊橐九消蕩寒冬鼛鼓正修防何堪江又淵淵響彈箏谷石鐘山古來名勝皆等閒不如此灘消息民瘼關何當中流東障作砥柱神祠擊鼓酬安瀾

風雨牂牁江行　馮栻宗

蕭蕭蘆葦戰逐浪溼飄張浦樹沈雲黑江流入潦黃入

家堤是命澤國水爲鄉要仗迴瀾手搴菱奠梓桑

桑園圍工告竣大寒日由海神廟渡江謁何孝廉嗣農式輿昆仲先壠　馮栻宗

昨宵冷雨詰朝晴放棹中流雪浪平浩蕩一江橫古廟鬱葱羣嶺護佳城最難度歲身能暇每到看山眼輒明回望長隄虹縹渺搴菱容或慰輿情

吾鄉東方沿江榕樹乾隆間嵇主簿會嘉築堤時所植也勘園過此賦之　馮栻宗

葱蘢老木映波光堤上行人隔夕陽父老能談賢尉事一株榕樹一甘棠

桑園圍志卷十五終

桑園圍志卷十六

雜錄上

志乘之有雜錄所以廣聞見也遺文瑣記芻言巷議有時足資攷證纂錄者猶不忍委棄存以爲博雅君子之助況隄工險要肆應無方尤宜旁搜佚聞博考成憲周咨土俗以備稽覽今此所錄有事不專繫於吾圍而可推行於吾圍者言不主於修築而實有裨於修築者精而擇之變而通之亦講隄防者之矩䂓也志雜錄

江潦之決圍基也歲自四月中旬始七月初旬止喫緊在五六月餘潦不足慮也四月小滿節後是其一鼓作氣之時也五月朔至六月望則再鼓而盛立秋節後則三鼓而竭矣有基段專管業戶以其時於基岸公所愼選

老成持重紳耆住宿其中雇强健實心工役聽其指揮晝段巡基椿橜竹笪之物早爲之具要險者四人巡百丈平易者四人巡三二百丈四人更番巡視雖猋風暴雨黑夜篝燈弗少懈稍有坍裂滲漏飛報通圍合力奔救之卽猝遇悍潦必不使之肆其虐或風浪鼓擊震撼基身則用稻秆葦茅及樹枝草蒿之屬束成綑把編浮下風之岸而繫以繩或伐大樹連梢繫之隄旁隨風水上下以破嚙岸巨浪巨浪勢堅綑把樹木勢柔堅物遇柔輒足殺其勢則巨浪止能排擊綑把而基身晏然其附基腳池塘悉貯水令平岸以助內力雖有烈風莫之能害也據治水筌蹄元史河渠志修

圍基所由潰決也有數端臨河陡立無石壩沙坦爲之護

多伐護基大樹收目前之利而根蘊蠹腐於中蛇窩鼠
穴蜞孔徧蝕腹基不早爲之所其患每釀於一二年以
前然亦無潦至驟潰決者必有坼裂滲漏爲之兆兆纔
見鳴鑼遍告於衆環而救之多樹樁厚培土坼裂者補
滲漏者塞矣即釀患已深潰決尋丈至十數丈及時籲
遒捷強毅善基工者數十人畀以樁椽視水之深淺爲
長短一丈至二三丈有差並駕農艇迎決口逆流密樹
而救逆流高噴尋丈浪濤喧豗遒捷強毅者當之目不
瞬而艇不移兩艇夾樁刺下一人抱樁末墜之入水一
人站艇旁捉樁頭牽制之使不斜持錘者跨兩艇旁奮
臂迅擊之一二擊而樁定三四擊而樁入泥五六擊而
樁根固樁根既固入水者仍洶而出也一樁既樹持錘

者立椿之頂用力益捷樹至四五椿以麻篾排繫之至十餘椿以杉橫押而堅絟之至三二十椿以西椗爲龍骨橫押其後而統繫之復以長杉揹拄龍骨而斜撐之防潦猛搖撼之久而椿或漂折也椿之樹分兩層兩層相距由五尺至八尺爲率椿工方畢土工繼之實土於蒲包而填之或以竹笪編插椿裏而中以散土填之椿裏徧插竹笪則土草間疊層下可也工則以速爲宜土工畢而水基成矣或決瀕西江圍基潦勢視北江酷虢數倍往往衝而成潭不能接決口舊基堵塞則相度基外內地勢爲彎而樹椿又名月基也凡樹椿以麻篾箍其頭而擊之則受錘雖多不禿裂錘之重可半伯斤也兩入輪持之與河工兩人舁擲之其功有遲速之殊（據南）

海縣志修

圍基之決恆值禾蠶迭熟大魚上市新魚入塘之時使管基業戶搶救多三五日則基決遲三五日將禾之熟者刻期搶刈蠶之熟者以次上箔新魚速撈而遷大魚驟網而售商賈百貨羣輦而避居民衣服器械檢而高庋禽畜牢籠而飼也惟業戶惜樁縻之費靳犒工之需且慮搶救物料不繼圍衆索責馴致毀房廬以實決口遂坐視潰決諱不傳鑼大事迺去至圍基一決溺斃人命衝塌屋宇傷敗禾稼其尤大者次卽魚塘計每塘一口自正月去舊水換灌新水漚水餵魚草糞之需歷五六月塘耗十金第約略舉耳魚之洶逸則未暇數他貨物漂失復難屈指搶救不力害竟如斯旣決之後旬日內

宜及早搶築有帑可借即領即施工無帑可借該業戶竭力起科慎勿覬覦各堡資助遷延貽誤務保蒔晚禾桑早露杪發葉補供蠶事池塘岸出魚可再種失之東隅尚可收之桑榆苟越旬月不施工則前潦方消後潦續漲漲久功虧其爲害有不可勝言者據南海縣志修

搶築水基或謂必不能如大基並高苟前潦雖退後潦續發泛溢其面仍無濟於事且秋後築大基水基樁縻盡數拔起乃可施工豈不重費不若任其自然待秋高潦盡水落決口岸露乘勢并築大基費省而民不勞之爲愈吾應之曰內河小圍基捍禦田廬無多大圍基先決雖搶築而潦無由消待秋高水落築之可也若捍禦西北兩江大圍基不先搶築水基則潦至輒灌入圍內勢

同大海不特晚禾桑株不保洪潦淫雨迭乘爲虐民人露棲瓦面宅土無期寒溼熏蒸疾疫繼作何以處之海風煽威颶母播惡破屋溺命何以禦之至溢面之不足慮其易明者耳今試置缸貯水大雨時行豈不泛溢四出然其泛溢露缸口而止缸以内之水不能躍而出也則潦發泛溢亦露水基面而止不能躍而入也江潦不能躍入則基内之水將漸消且涸矣彼斷斷以不待潦平搶築水基防溢面爲慮非不知行水之理則有意誤基工者也據南海縣志修

防河至堅之策隄底以八丈爲度面以丈爲準高以一丈五尺爲憑每隄一丈應用土九十七方半若底闊七丈面闊三丈高一丈二尺每丈亦土六十方計每地一丈

掘土六十方離隄三十丈之內不許取土其三十丈以外取土者每土一方用夫三工一百二十丈以外取土者每土一方用夫四工二百四丈以外取土者每土一方用夫五工合遠近而牽算之大約每土一方用夫四工每工照例給銀四分據靳文襄公經理八疏修

土以方二丈高一尺爲一方然有上方下方之別焉有專挑兼築之分焉至挑河又有起土深淺之不同焉築隄亦有運土主客之不同焉其土方工値更有人力强弱之不同焉上方下方者以築成隄工之實土爲上方土塘所取之鬆土爲下方也然一隄之中亦自有上方下方之別如築隄一丈則以平地起至五尺爲下方自六尺至一丈爲上方如築隄一丈二尺則以一尺至六尺

爲下方七尺至二尺爲上方蓋築隄愈難故必先爲斟
酌難易而等差其工價庶鋪底者不致以易而多取價
收頂者不致以難而寡受值專挑者止挑去河身之土
而不係築隄兼築者卽用挑河之土以築防河之隄主
土者就近挑挖之土以所築之隄爲準客土者迤遠挑
運之土以所起之土爲主據靳文襄公治河書修

隄工取土有遠近故價值有多寡取土之遠者每土一方
估銀二三錢不等取土之近者每土一方亦估銀一錢
四五分不等遠土或取之百丈之外及十五丈之外此
定例也今見現築各隄卽於隄根取土且於近隄一帶
先挖下一二尺並將周圍剷平以作假隄希圖虛冒錢
糧又舊例每堆土六寸謂之一皮夯杵三遍以期堅實

行磩一遍以期平整虛土一尺夯磩成隄僅有六七寸不等層層夯磩故堅固而經久雖雨淋衝刷不致有水溝浪窩汕損之虞今見各隄俱無夯杵止有石磩又自底至頂俱用虛土堆成惟將頂皮陡坦微磩一遍以飾外觀是以隄頂一經雨淋則水溝浪窩在在不堪隄底一經汕刷則坍塌損壞崩潰繼之故年來縻費錢糧迄無成效自今以後加幫之隄俱將原隄重用夯杵密打數遍極其堅實而後於上再加新土創築之隄先將平地夯深數寸而後於上加土建築層層如式夯杵行磩務期堅固照依估定遠近土方取土加幫不許近隄取土亦不許挖傷民間墳墓據張文端治河書修

案以上七條舊志分載搶塞諸門

海塘擘要康熙五十有九年秋七月閩浙總督覺羅滿保浙江巡撫朱軾疏言海寍縣老鹽倉正當江海交會今土塘隨浪坍頹現沖開徐家壩口與内河支港相通已築石壩堵塞老鹽倉北岸皆係民田廬舍支河汊港甚多皆與上河通連東卽長安鎮與下河官塘僅隔一壩萬一上岸坍盡決入上下運河則鹹潮直注嘉湖蘇松諸郡關係甚鉅今擬於老鹽倉北岸東自浦兒兜西至姚家堰共一千三百四十丈建築石塘始可護杭嘉湖三府民田水利築石塘之式就於塘岸用長五尺闊二尺厚一尺之大石每塘一丈砌作二十層共高二十尺於石之縫横側立兩相交接處上下鑿成槽筍嵌合聯貫使其互相牽制難於動摇又於每石合縫處用油灰

抿灌鐵鑻嵌口以免滲漏散裂塘身之内培築土塘計高一丈寬二丈使潮汎大時不致泛濫塘基根腳密排梅花樁三路用三和土堅築使之穩固又請以藩庫原留捐監羨銀爲寍邑海塘每年歲修之資下部議行

魚鱗石塘其築法塘身高一十八層每丈用厚一尺寬一尺二寸條石一百一十八丈三尺三寸三分石有厚薄不齊以丁順間砌參差壓縫計高一丈八尺爲準頂寬四尺五寸底寬一丈二尺内除收頂蓋面石以及鋪底蓋樁石各一層不留收分外自底上第二層至十二層每層外留收分四寸内留收分一寸又自十三層至十七層每層外留收分三寸内留收分一寸共留收分七尺五寸底寬一丈二尺外口釘馬牙樁二路以禦潮

刷椿縫中心重石之下擔負全力釘馬牙樁一路及後一路共四路每路用樁二十根尚餘底空釘梅花樁七路每路用樁一十根二共樁一百五十根俱一木一樁馬牙樁用圍圓一尺五寸長一丈九尺之木梅花樁用圍圓一尺四寸長一丈八尺之木塘身九層以下砌坦水保護不扣錠鍋外自第十層第十二層第十四層第十六層每層每丈扣砌生鐵錠二個熟鐵鍋二個又收頂蓋蓋面石一層前後扣砌生鐵錠一十六個其地勢卑下建築一十八層地勢稍卑建築一十七層地勢稍平建築一十六層

乾隆五十八年浙江巡撫長麟奏酌減海塘石壩工程奉

上諭大學士九卿議覆曰從來治水之道以順其性爲要水

勢順軌直趨自不致迎激爲患若攔截抵禦則水勢激怒不免潑損之虞浙省建築海塘原爲保障地方起見柴石塘工已屬與水爭地今又添建石壩高一丈八尺至一丈五尺直出十餘丈至五丈不等以十二壩總計縱横不下百餘丈逼靠塘身是占水之地更多又何怪水勢愈怒沖激損工又曰李奉翰卽日到京陛見俟該總河於陛見後卽行赴江南會同蘭第錫偕赴浙江與吉慶三人詳悉履勘公同商搉將此項石壩應否照舊建築抑應照長麟所奏酌減丈尺或竟可無需辦理之處斟酌定議速奏

大學士公阿桂等奏覆請罷范公塘石壩疏言乾隆五十八年十一月二十六日内閣抄出蘭第錫李奉翰吉慶奏覆罷范公塘石壩奏

硃批原議大臣議奏欽此案浙江省仁和章家菴迤西海塘
壩十二座去年秋汎内福崧奏修五座尚有未修七座
海寍城外鎮海塔汎内去年六月間福崧奏建石壩二
座經長麟以壩式大而無當奏請將章家菴未修七座
及鎮海塔汎内增建二座一律改小奏
硃批大學士九卿議具奏欽此經臣等奏請交與撫臣吉慶
請加察勘妥協經理今據蘭第錫李奉翰吉慶所奏新
建石壩橫出水中與水爲敵自不如柴薪柔軟與水相
宜卽偶有潑損亦可隨墊隨鑲非若石工難於修補而
所需錢糧柴工更爲節省應如所奏准將范公塘新修
石壩内第二第十第十二壩暫存如有潑損一律改築
柴盤頭海寍石壩二座旣稱現當迎溜護塘有益亦應

准其存留俟將來應行修理時一併改築盤頭以資鞏固

案築壩拒水利在己害在人利在目前害在日後蓋水勢東趨以長壩捍之則折而之西彼岸必割壩上湍激壩下沖刷必有深潭回旋之水暗蝕隄身柔而善齧日久將成巖穴一旦變動搶救無所施聞之長老道光癸巳決田心三了基適在華光廟石壩下其水先從田底噴湧而出須臾而全隄陷浙江塘工罷諸石壩洵洞悉水性謀慮深遠矣桑園圍自泥龍角壩圮此後凡應落石處所皆依傍堤身作陂陀形不與水爭地而激其怒較之攔截抵禦害固殺焉善乎陸氏奎勳之策曰塘基之式陡塘不及陂陁塘是以

柔勝剛之道也而塘身之設直塘不及凹凸塘是急
脈緩受之道也

賀長齡

皇朝經世文編靳輔論賈魯治河曰昔賈魯治河用沈舟之法人皆稱之明萬歷間僉事俞汝爲奏議以爲塞決簡便之用無如此者臣竊嘗疑之夫河底淺深坦陷不一惟草柳性柔一經壓擠則周遭充滿故塞決必用埽今以至平之舟底而沈之深淺坦陷不一之湍流則埽根透溜之患必有不俟終日而見者若沈舟之後仍用埽工繼之則所費不貲何如專用埽之省便然以魯之才其成功如是必非孟浪姑試之人因於至正河防記沈思尋繹者累日恍然知魯之沈舟蓋以代壩而逼水非

以塞決而合龍也蓋彼時故河業已通流但決河勢大水流多淤故河十之八又適當秋漲洄漩湍急埽不能下又其上逼水三隄短弱勢有不支恐埽行一遲水盡湧決決則故河復淤前功盡墮因急沈舟爲壩以逼之所謂搶救也故前則曰贅乃精思障水入故河之方後則曰船隄之後草埽三道並舉此並舉之三道乃加築前短弱之三隄也迨至船埽四防并就河勢南流然後塞決耳不然贅於九月七日沈舟而龍口之合何以直至十一月十一日耶

張靄生河防述言大司馬曰子論甚善顧禹貢所謂陂者果與隄防之制有合否耶陳子曰陂者坂也土披下而袤側也此非陡崖之岸乃坦坡之隄後人以騎而可

登謂之曰走馬隄是即陂也蓋隄防之制其基必倍廣於頂則水不能傾之古聖人之一言而作隄之法已備洵言簡意該也至於近世隄防之名不一其去河頗遠築之以備大漲者曰遙隄逼河之滸以束河流者曰縷隄地當頂衝處縷隄有失而復作一隄於內以防未然者曰夾隄夾隄有不能綿亘規而附於縷隄之內形若月之半者曰月隄若夾隄與縷隄相比而長恐縷隄被衝則流遂長驅於兩隄之間而不可遏又築一小隄橫阻於中者曰格隄又曰橫隄隄防雖多不出數者其作隄之法遙隄去河遠必相地勢因高而聯絡之其餘隨流以防範焉取土須遠隄根築土必旋挑旋夯若近隄取土則基不固土厚方夯則築不堅也築成驗土舊法

插籤灌水水不卽滲便爲堅結然插驗之法務於連晴之後其鐵籤須細直下直起方合若輩作弊籤麤而搖宕之則貼籤之土先實水亦不卽滲遂被掩飾矣驗時宜細察也遙隄之外離隄取土之地卽可成小河以資運料縷隄逼流排椿襯埽所不可少若在頂衝險工尤必用護隄埽也隄上插柳可備捲埽隄根蓄草亦足禦波隨地制宜皆不可不喻也

吳璥請辦高堰碎石坦坡疏稱照江南洪澤湖周四百餘里浩瀚汪洋全賴一綫長隄爲淮揚保障每遇西風大作浪湧如山石工動卽掣卸不惟逐年補築糜費滋多萬一刷透土隄淮揚億萬生靈將何依賴欲圖捍衛之計惟有碎石坦坡方能經久鞏固蓋水性至柔激之

則剛石隄壁立陡峻怒濤撞激傾圮堪虞若遇碎石坦坡雖巨浪掀騰其來也不過平潑而上其退也旋卽順勢而下其怒旣平其力自弱坦坡不動石隄自無擊卸之虞前河臣靳輔曾云障淮以匯黃者功在隄而保隄以障淮者功在坦坡誠至當不易之論也又云石坡與土坡不同土易汕刷而石質堅重又係坦坡水過無力間或盪激坍卸略爲補塡卽完整如舊所費無多或以石隄外有碎石堆積倘若石隄之下樁朽坍塌難以拆修此亦所當慮及者但樁木有碎石攔禦風浪亦所不及卽使年久朽折而外有碎石擁護石工不能坍倒止于坐蟄欹斜不修亦無妨礙酌修亦易整齊臣通盤籌畫似屬經久可行

丁愷曾治河要語隄工篇凡土之性高者堅下者濕堅者老雖衝蕩而凝以結濕者反是而浮沙漫散因水而揚故築隄者度勢急也度勢之道探以水平高下攸別而標以識之墩以封之斯起伏審築隄之道有顛有基無過瘠亦無過腫凡水之勢浮者震蕩而有力顛過瘠則不可禁也而腫之則土厚風日不能入脈內發而牽引剝也如瘠其基所憑既薄疊而上之必愈峭必愈危而圮可立見故腫無嫌以爲固夫基無定而顛有憑道在先定其顛而下遞增之遞增之法以六尺爲率蓋隄高丈者其顛宜丈之三以六尺加之至基而得九此所謂六收法也由此以推凡地下尺者隄高必加尺以取平而基必加六尺可知也如是則相勢遞加雖數十百

里地勢不齊而隄之高低如一可知也隄如一則波濤洶湧而一束於隄無此盈彼縮可知也豈有旁溢哉

凡隄之名五有縷有遥有越有格有戧臨河曰縷遠河曰遥薄而重門曰越越分内外因時制宜也河有變遷於遥越中預築以捍曰格溜蕩隄基於後垈附可捲埽可防滲總謂之戧凡此五者隄之異名也縷隄之法外坦内險外不坦則登者艱内不險則下埽也凝而無力如堦如坡既墄且平四二收分八許許而升埽閣閣而落斯縷之善也遥隄之形若斧若鞍内外平收必堅且穩雖蹴踏不頽

凡築隄之事官憚煩則役惜力何也役任其全則多土而少硪土多者硪力不勝硪少者土氣仍疏硪不勝則

上急而下散土氣疏則或蟄或冒其究也上土以無蓄而陷故土可委於役而硪不可委於役此之不可不知也

凡築隄之事底必薄其土土薄遇硪鐵石斯堅準是加工層疊相乘而脤發無患此不可不知也

凡築隄之事工之不能不分於夫役者勢也夫役之各分爲界者情也以夫役之衆有別界之心兩界之際彼此交諉事畢而合之補綴有痕雖絲髮皆隙强加硪力又震發前築激湍砅衝豁然開突此又不可不知也

地性不同爲土爲沙土者粘沙者散多沙之隄風颶之雨坍之既剝既削必卑必薄雖臻人工未爲美善故藉土無畏遠封蓋無過薄勿儉半尺硪硡數四此沙隄之

固也

凡平地數經人跡外結皮聯以新土若粉傅然草之芽眠其根如織遽覆新壤必抗不入待腐而隙生焉上下剳判此大患也故硪舊土者欲其齟齬成齒與生者交也上勿塊者恐其瓀瓏而不附也鏟草木者防內閒也擇潤土者恐其燥而抵硪又恐逐水成隙也虛土寸之八可實寸之五硪必三加而後定從是疊加固如鑄矣然後播以卉種葉絲披如簑根蟠結如甲如簑則驚風驟雨不濡也如甲則飛沫濺瀑不穿也

凡增高培厚能合一乎舊堤可附能勿捍乎故逸者勞之占也舊者新之媒也法當視如平地而築之則不遠焉行硪同也鏟草樹同也切坡成堦各廣尺犬牙制伏

新舊吐吞舊顛劚寸有奇覆以新土而築之而高之則
補接化其不裂者以此
魯之裕急溺瑣言凡人言曰隄防夫曰隄而又曰防者
隄固所以防水而隄又需人以防之也是故有隄而無
人也與無隄同有人而無法也與無人同其法維何一
曰晝防五六七八此四月閒雨多水漲之候也常以人
巡隄上搜鑵洞實鱔孔灌柳枝堆土牛而於要害之處
則尤宜積椿草緣麻柳梢等物以備之一曰夜防防於
夜則燈竿不可不設也而設燈竿則信地尤不可不定
大約隄長一里宜分三鋪鋪各三夫而里以數計鋪以
號編夫各分其信地而又鋪十有長里十有官當夫汛
至而隄有欲決之勢則鋪長鳴金左右鋪夫奔而至至

即運土牛下椿埽以搶禦之倘一長之夫力不勝則鋪長疊振其金而官督其十里之夫以齊來料備夫齊則將決未決之隄未有不可保者矣一曰雨防防雨之法與夜等惟是二鋪之間須更設一窩鋪使夫雨有蔽而勞者亦可以暫息也然非聽其熟睡也宜標禁於窩鋪之前違者務嚴懲之如軍法乃不虞於或誤一曰風防四防之中風爲劇蓋濤之洶湧風致之無風則漲易禦耳法宜於平時預束秸藁翹薪柳枝蒿蔾等物以爲把而貯於兩岸之上及其水發風狂則自下風之岸將所束之把浮繫於樹以柔浪而殺其勢迨乎浪平風定水退隄安即仍將把束收晒而高貯之以爲捲埽之需夫四防之候每歲不過五六七八月而此數月之水其發

不過數次每次亦不過數日然而初發之水不盛也再次則猛矣至於八月以後則雖發而勢亦甚惟是極盛之時苟防之而不能禦則須避其鋭焉其法在謹守要害而以不要害處委之非然即不能固此要害也俟其勢退而即急補其所委蓋恐其再至則愈流而愈深不特深而補之難爲力也決口既深則正流必淤正流一淤欲從而疏之其費多而工鉅矣兵法有云善委敵者敵必疲此法可以爲防隄之一助

王爾鉅鹿隄防議人之常情水至則繚繞跳號水退則偃仰玩忽苟懲今患而復隄防但於冬春交會于耜舉趾之前村落之處下流者家出幾簣簣復幾日立爲成約若宅隴尤當衝要者竭作亦聽自便日計不足歲計

有餘十年之後當必如陵如阜矣其下淺泊深塘既可
放洩而且饒萑蒲稻蟹菰菱魚蛤之利倘馮夷縱恣攜
家以登不穩於橧巢耶總之疏瀹之說萬全之策也固
巨而難行豫培之說一隅之見也似易而漸舉雖卑卑
平實之事亦須亹亹耐久之心
浙江通志兩浙水利詳考故善治水者不惟享其利兼
宜防其害貴順其性而使之流亦貴遏其勢而使之止
要而論之瀕江海者利在隄塘陡門瀕湖者利在疏濬
規豬山澗谿壑之水利在堰埭坡閘前代已舉者修復
之昔賢未劻者增益之先時而謀臨時而慎俾蓄洩有
方旱潦無恐皆爲牧者所當盡心竭力者也
湖廣通志湖南水利論修隄防曰近年深山窮谷石陵

沙阜莫不芟闢耕耨然地脈既疏則沙礫易圮故每雨則山谷泥沙盡入江流而江身之淺澁諸湖之湮平職此之故欲盡心力以捍民患惟修築隄防一事耳故備考古今可經久而通行者蓋有十焉一曰審水勢東洗者必西淤下澁者必上湧築隄審其勢而爲之址最難禦者莫如直衝之勢議者退爲曲防故荆州虎渡穴口之隄先年愈退愈決而後直逼江口以遏水衝乃得無恙他如順注之傾涯則隄勢宜迂急湍之迴沙則隄勢宜峻二曰祭土宜一遇決口必掘浮泥見根土乃築隄基其所加挽者必用黃白壤三曰挽月隄洗在東涯則沙迴而西淤在南塍則波漩而北故往往古隄反抱江流者爲水所齧即臨傾涯之上勢甚孤懸必先勘要害

之地而預築重護之隄四曰塞穴隙獾鼠螻蟻窠穴秋冬水涸徧察孔端極探其原而爲之防五曰堅杵築木杵不如石㮠石㮠不如牛轢六曰捲土埽塞決口爲上護城隄次之法埽以萑葦爲衣以楊柳枝爲筋以黃壤爲心以穀草爲紼纚因決口之淺深水勢之緩急而爲長短大小者也若隄防初成土尚未實必以楊柳爲埽橫棲於隄外則可以禦波濤而隄無恙七曰植楊柳八曰培草鱗九曰用石甃當衝決之要處若非石隄必不能回水怒而障狂瀾十曰立排樁將大木長丈餘密排植於隄之左右聯以紼纚結以竹葦則風浪先及排樁而隄可恃以不傷也

論護守隄防曰決隄之故三有隄甚堅厚而立勢稍低

漫水一寸即流開水道而决者有隄形頗峻而横勢稍薄湧水撼激即衝開水門而决者有隄雖高厚而中勢不堅浸水漸透即平穿水隙而决者要皆修築旣疏而防守復怠故坐致此患耳故防範護守之計條議有四一曰立隄甲每千丈僉一隄老每五百丈僉一隄長每百丈僉一隄甲凡隄夫十人一應隄防事宜官守之而有垅處所亦設有垅長垅夫其法與隄甲同仍不論軍屯官莊凡受利者各自分隄若干丈二曰豁重役凡隄老隄長隄甲及垅長垅甲人役各復其身每遇編審即與豁除别差則彼得一意於隄防三曰置鋪舍查照漕河事例於隄上創置鋪舍三間令隄長人役守之則往來棲止不患無所而防護事務亦庶幾不致妨誤矣四

曰嚴禁令凡有奸徒盜決故決江漢隄防者卽照依河南山東事例發遣揭示通衢以警偷俗

陸世儀論溝洫遂人職曰凡治野夫閒有遂遂上有徑十夫有溝溝上有畛百夫有洫洫上有塗千夫有澮澮上有道萬夫有川川上有路註謂萬夫者方三十三里有奇此亦大概以成法言耳不可泥也古人治地必因水利而水性趨下河形無常如伊洛瀍澗之類皆川也然不可以方計也卽如我吳三江旣入震澤底定三江皆川類也然不可以方計也乃若遂人之法則可因三江以明之三江之水自湖達海長亘百餘里深廣亦數十丈而江之兩旁或十里或五里則有縱浦縱浦者江之支流也故其深廣則稍減于江縱浦之兩旁或三里

或二里則有横塘横塘者又浦之支流也故其深廣又稍減于浦至于塘之兩旁又有港汊港汊之兩旁又有溝渠其深廣以次更減而凡江浦涇塘之上莫不有岸是以知遂人之法矣萬夫有川三江也川上之路則江岸也千夫有澮縱浦也澮上之道則浦岸也百夫有洫横塘也洫上之涂則塘岸也十夫有溝港汊也溝上有畛則港岸也夫間有遂溝渠也遂上之徑則塍圩也此即遂人之法也不徵之實境而拘拘求紙上之圖豈不悖哉

治地之法與治兵不同治兵由寡以及衆治地自大以及小故善治兵者必先定隊伍隊伍定而後千夫百夫以至數十萬之衆無不可就約束善治地者必先濬大

川大川濬而後縱浦橫塘以至港汊溝渠之屬無不可就條理知隊伍而後可以談八陣知濬川而後可以論溝洫今之談八陣者泥八門之說而隊伍之閒亦欲以八起數是由衆以及寡也論溝洫者泥遂人之制而萬夫之川亦必以爲周三十里是自小以及大也何怪乎議論煩多迄無成功哉

錢泳三吳水利贅言老農有云種田先做岸種地先做溝蓋高鄉不稔無溝故也低鄉不稔無岸故也是池塘爲高鄉之急務大約有田百畝必闢十畝之塘以蓄水而防旱隄岸爲低鄉之急務大約有田百畝必築三尺之圩以洩水而防潦夫圩者圍也內以圍田因外以圍水也

嚴如熤漢中水利說漢中山河大堰三道攔烏龍江水作堰烏龍江卽讓水也頭堰繞褒城城下至新集入漢已久圮第二堰由褒城之金華堰入南鄭經上漢衞高橋三皇川激入漢川環繞百餘里灌田八萬餘畝第三堰在二堰下五里至沙河下九眞壩入漢漑田二萬餘畝相傳爲蕭酇侯曹平陽所創考史漢高祖元年四月至漢中七月卽由故道出取三秦是時曹平陽侯從征而酇侯於三秦既定卽以丞相鎭撫關中其在漢南爲時無幾茲往來堰上查其堰身廣六丈至三丈深一丈七八尺分水之堰計數十處大者亦廣一丈有餘深至一丈其由堰而灌田者每堰又各有小渠數十道類古川澮溝洫之制至用攔河縱橫釘巨木椿磊以亂石不

疎不密攔河收水入大渠灌田由下而上下壩水遠一日灌至六日上壩水近七日灌至十日下壩用水將上壩各堰口封閉水漲之時則由各激口洩水蓄洩均有成法又有糾合以司其總堰長分管三壩小甲各管小渠冬春鳩工起沙培堤上下三壩各分段落一應堰工事宜井井有條數千年來循之則治失之則亂雖酇侯元勳才大恐亦倉卒不能定也竊以商鞅廢阡陌漢中向爲楚地至楚漢之際猶有存者酇侯因川澮溝洫之遺濬而爲渠故無事開鑿之勞而收灌溉之利其後武侯武安則又因酇侯之舊加以修治漢中水利遂爲東南堰渠所不能及觀此益歎先王立法之良也

晏斯盛河淮全勢疏河臣靳輔治效所施壘守潘法其

功多在上河而下河之治則河臣張鵬翮遵
聖祖仁皇帝方略閉六壩拆攔黃壩大開海口乃見成功然則
堤壩不修決溢不免上流不治中梗可虞下流不治水
無所歸欲覩安瀾必無幸也又曰總之茅城鋪滾壩修
則河不奪淄海口開則淮水暢出淮水暢出則盱泗鳳
臨五河七十二溪之水賴有歸宿不至上行淮揚高寶
諸隄不致下溢此皆本之當治者也

陳世倌籌河工全局利病疏伏查康熙三十三年
聖祖仁皇帝巡歷黃河諄諭河臣靳輔云減水各壩洩出之水
作何善法歸海毋或淹損民田欽此臣竊以爲欲救此二十
餘州縣年年被水之災當先治黃河之墊淤欲治黃河
之墊淤當先通海口之紆曲又云此臣所謂疏闢海口

浚治河身爲今日捍災之急務也
黎世序建虎山腰減水壩疏近年河道情形日久更變
毛城鋪以下之洪濉河大谷山蘇家山以下之水綫河
均已淤成平陸黃河亦漸淤高閘壩口門有建瓴掣溜
之虞減洩之水無循序分洩之路以致大汎水長壅積
不消黃河兩岸節節生險屢屢漫隄上游漫決一處下
游淤墊一處各處隄工歲歲加高仍形卑狹磚石埽壩
處處著重未得平寍久煩
宵旰之憂勤多耗
國家之經費其病皆出於有隄防而無減洩不能保守異
漲也又黃河北岸減壩疏臣等遞年相度情形亟須多
籌宣洩以保隄岸上年淸淮並漲爲數十年來未有之

大直至霜降節後猶復拍岸盈隄非常危險推原其故實在下游無路分洩故徐州一帶雖報水落而淸河以下仍復壅積不消必須於下游籌畫減水之區始足保隄工而資引注

張伯行寒運口說愚按今日之黃河既不復資之以濟運惟有塞之一法涓滴不漏使淮黃併力以刷海口海口既深則上流自無壅滯之患而潰決之虞庶乎免矣

陳宏謀南運河西岸不宜設隄防說況天津濱臨大海形同釜底水至獨流勢同建瓴無論其非隄所能堵即幸而安堵而尾閭有阻上流奔赴天津郡地適當其衝城郭人民所關甚鉅故前人獨於此處不設隄防非偶忘之乃所以慎之也非竟棄之乃所以取之也

裘曰修直隸河道工程事宜疏總之治河不外疏築二字而築不如疏理甚明白易曉築而不疏人特未心誠求之耳又直省之弊近水居民與水爭地如兩河之外所有淀泊本所以瀦水乃水退一尺則佔耕一尺之地旣報陞則呈請築埝有司見不及遠遽爲詳報上司又以納糧地畝自當防護如塌河淀七里海諸處隄埝直插水中其實原無隄埝之時水過後仍然退出而堤埝一立水從缺口而入浸灌旣滿被淹更甚及水退之時不能仍從缺口而出遂致久淹不退而愚民無知仍以築隄埝爲愛之遂使曲防重重甚有橫截上流俾無去路者現在旣不能一一將廢隄之土普行除盡只得多開涵洞以爲出路究不能如原無堤埝之爲暢宣也又

往往倡爲防禦下游倒漾之説殊不知倒漾之水隨長隨落不能經久而不顧上游之全無出路則誠知其一未知其二者也臣經行數次既有所見理合一併備陳梗槩仰祈

敕下所司於一切淀泊原係蓄水之區嗣後不許報墾陞科其淀泊中偶值涸出不能橫加隄埝則凡水皆有歸宿不致壅遏爲上游之害而河道民田似不無小補矣

程含章擇要疏河以紓急患疏竊惟禹貢之言治水其大要在導之一言孟子以疏瀹排決釋之凡以順其就下之性而行所無事也是以欲治上游先治下游必尾閭暢而後腸胃之氣乃順欲治旁派先治中流必胸腹利而後四肢之氣乃通查天津爲衆水會歸之處全省

之尾閭也現止有海河一道消水入海每至盛漲消洩不及輒汪洋一片淹沒數百里爲害甚鉅應多其途以洩之使衆水分道入海分洩之法其要有三一爲塌河淀一爲北運河一爲南運河凡此皆疏瀹之事多其途以洩之使全省之水不致畢注於天津而尾閭始暢也尾閭之水既暢則胸腹之氣乃通至東淀西淀全省之胸腹也東淀握要在三河頭楊家河與南北中三股河合西淀以清河口馬道河趙北口爲扼要凡此數端皆決排之事使胸腹寬舒不致腹滿爲患也尾閭之勢既暢胸腹之氣漸舒則得其就下之性而支流旁派乃可次第引導不致動輒爲患矣

湯斌答孫屺瞻開海口治下河書蓋天下水未有不以

海爲歸者黄河北岸減水壩由沭陽安東等處皆入海
之路潘印川減水壩俱建於河北岸欲從灌口入海也
又云前讀大疏無海口高於內地之事此先生親身閱
歷之言故鑿鑿如此只此一言便是治下河定算矣故
減水壩不可不塞則海口更不可不開下河之水愈大
則開海口之功愈大惟先生斷然持之耳
張世友議浚吴淞江書自順治九年至今吴淞劉河等
處發帑開浚已十數次詳請修治者不啻數十次是我
朝開浚之功視歷代倍勤故水患較歷代亦甚少然數十
年蘇松各屬究不免有泛濫之憂者其弊在民貪小利
而昧遠計官多偏治而闇情形東陞西漲苟利一身補
偏救弊只利一邑或治在尾閭而遺其腹心或治在承

接而不究源頭未能自始至終通身勤治者也又云酌劑先後緩急綱舉目張之法其道有三一 請浚三江之正河一 按縣計圖以浚三江兩岸之幹河一 每歲輪修支港幷令各圖查報江湖水口之浮漲删除侵礙水面之茭蘆查拔攔江蔽口之魚斷如此不懈則五年之後水利益溥矣

沈起元去劉河七浦新閘議天下建閘之處大抵因上流高峻水迅易竭故建閘以時蓄洩未有於平水而用閘者也吴地水平故號平江路自常而東則又平矣自蘇而東則又平矣何事於閘當事者但知閘之妙於蓄洩而不計平水之無所爲蓄洩也今請言新閘之害今之海潮既以河道淤而僅通細流至六渡橋而去海已

遠潮力已微又東之以閘則來者愈微退時愈緩水緩則沙渟沙渟即淤以致濱海田畝岸救無從膏腴之產化爲石田槁壤萬一大水爲災河道旣微復梗其咽喉震澤西來東南列郡之水將盡歸劉河而爭出於丈餘之水門其勢必洩瀉不及則汎濫漂沒之患吾州先受之明張儀部釆修州志其言水利有禁中流橫截蟹斷致泥沙留淀一則夫閘之東水而留淀不有萬倍於斷者乎嘗聞之濱海居民欲灘之西漲橫一木於西岸則逼衝於東而西漲欲東漲亦然今兩閘旁石堰其爲橫木亦大矣宜兩岸灘漲驟爲溝渠也去之不宜急乎或者曰閘固宜去如前之議者何夫前人之誤後人正宜救正當議建之時後患未形無論督撫大臣不習水土

者不能計及卽居其土而非熟精水利者不能預知知之未能言之無徵也前人未見其害而爲之後人見其害而去之前人固未爲受過也卽受過矣而惜一二人之受過而不顧百姓世世之害賢者所不忍

沈德潛元和水利議其論第三弊曰河之四旁雜植茭蘆茭蘆既生泥沙附之可種菱芡菱芡蔓衍泥沙愈多可種稻苗有力者陞科輕糧傳爲世業入之版籍而不知河流日狹駸成平田淫雨暴漲膏腴之壤並爲巨浸以前所陞之毫末易所汨之鉅萬以有力者之牟利易萬戶之災荒三弊也又條四事酌而行之一曰築圩裏田二曰開治港浦三曰修築塘岸四曰除去壅塞

黃叔琳詳陳浙江水利情形疏此項田地原屬官湖漸

爲民占在亘塞湖心者固爲妨礙水道即去湖較遠者亦皆阻遏水流況所納於官者每年僅銀三十餘兩米二十餘石即利於民者每年亦止花息銀四百九十三兩零其爲官民利益者甚微而所損於三縣民田者實不止於鉅萬所當仰請

皇仁豁除糧額照西湖舊址盡行清出歸湖去其梗塞開通水源以貽萬世無窮之利

馬慧裕湖田占水疏臣愚以爲國家生齒日繁地土甚關至於關係水利之蓄洩當仍以地予水而後水不爲害田亦受益小民不能遠慮貪目前之小利忘經久之大計臣思從前已經開墾者之田逐一清釐固恐滋擾若自今以往嚴行禁止於東南各省甚爲有益應請

皇上敕下凡地關蓄水及出水者令地方官親自勘明但有
礙水利卽不許報墾此實治水務農裨益民生之大端
也

桑園圍志卷十六終

桑園圍志卷十七

雜錄下

南海縣續志泥龍角桑園圍最險處其地勢橫插一支於江中逆遏西流向多坍卸後因沙土之堤不能與水敵遂採買亂石疊在基腳築一長壩高出水面數丈幾與堤等然築成後爲水所衝激遞年低卸每有歲修卽加石培補已成故事同治丁卯戊辰年通圍大修再培厚加高費買石銀數千兩計前後築壩銀不下萬餘兩同治九年七月壩忽低陷數尺八月盡卸下江中渺無形迹堤身傍江處亦裂開長數丈圍中人往觀皆愕然不知其故有老於堤務者曰此易知耳西水從高而下石壩橫遏之水不能從上面暢流勢必向下淘刷石壩之

下即浮土也沿壩脚河底之土受水衝日久必成孔穴石遂跌下以填其空壩底石卸一尺壩面石必低一尺此定理也且水勢柔而善入日夜鑽刺不止刮剝壩外之土已也又從石罅穿入壩心遥計數十年來全壩之底必剔透如蜂窠矣但亂石縱横互相支拄不至全行陷下耳今忽加以數千銀之石上重下輕力不能承必倒卸於江中矣若爲長久之計必另圈築一堤以故堤爲外基多一重門户尤爲堅固云或曰圈築棄地多又圍内多墳墓恐爲所壓不若籌數千銀買石委之江邊修回舊壩暫救目前此爲急則治標之法現已籌款買石照舊修築云

案石壩全圮在七月十六夜不至八月始盡傾卸縣

志未核

嘉慶元年十月南海縣正堂李諭桑園圍總局首事李昌耀等知悉案奉廣州府正堂朱牌行嘉慶元年十月二十二日奉布政使司陳憲牌行據南海縣申稱嘉慶元年八月二十五日奉本府轉奉憲臺諭開據吏南科書辦梁玉成禀爲全工指日完竣附請獎賞以示鼓勵事竊辦本籍修築桑園全圍土石各工先後共派捐銀五萬九千六百餘兩前此本邑李縣主與順邑温内翰等公推總理首事七人在局董率經理復於本邑各堡内舉出勸捐首事數人僉捐足額陸續收銀交局以應鉅工上年七月大工告竣經李縣主禀蒙憲恩於總局首事李昌耀余殿采梁廷光關秀峰何壡洲五人給與扁

額示獎其協辦局務派委東西兩岸督築大小缺口及吉贊橫基之李冠賢譚東元張聘君麥脩達李式豪五人亦蒙本府製扁獎賞其餘十一堡首事亦經李縣主按名給扁以勵賢勞至續添辦石工本邑各堡復懇添派勸捐首事數人經理茲各堡續僉銀兩早經完繳隨將各段工程培護結實另行由縣查明獎賞外惟兩龍甘竹三鄉前推首事二人迨後未經到局辦事是以上年未及稟請獎賞茲三堡前後襄捐土石各工銀兩均已全數清繳洵屬踴躍急公可否仰懇憲恩於兩龍甘竹三堡每堡給予扁額懸於該堡公所庶三堡紳民得以共沐恩光足徵好善樂施之慶至若在局辦事三載以來常川公所實心實力任勞任怨始終不倦者則係

署九江主簿事鹿步司巡檢嵇會嘉本縣奉委在工之
内司林雲朝總局首事監生李昌耀協理局務職員李
冠賢四人之功居多此外尚有一府兩縣工房典吏及
九江江浦兩攢典暨在局掌理數目書記登號絲毫不
亂之李荷君等三載以來屢奉大人暨本府本縣疊頒
曲諭抄寫傳宣敬謹將事每於喫緊之際夜以繼日且
能仰體憲懷潔己奉公勤勞不倦均各出自至誠茲本
邑各紳擬於月内將工程完竣後在於海神廟唱戲酬
恩並請兩龍甘竹紳士到局分別備情公同酬謝以答
勤勞并將修築各段工程支銷數目開列貼堂務使闔
衆共悉一目了然次將大人發給扁額擇吉送赴兩龍
甘竹三鄉公所懸掛以暢輿情所有扁額囑辦稟懇撰

給賜予爵銜恭候帶回至一切典禮應用銀兩卽在於
先登堡陳軍涌歸廟沙坦租銀項內動支無庸派捐合
幷稟明是否有當統候鑒核示遵等由到司據此當批
兩龍甘竹三堡准給扁獎勵餘飭府分別獎賞可也備
札到府仰縣立卽查明在事出力人員及書吏攢典分
別獎賞揭示公所以勵賢勞等因到縣奉此遵卽分別
移行擬賞去後茲准署九江主簿兼署江浦司巡檢嵇
會嘉覆稱遵奉率同總局首事秉公酌議除李昌耀李
冠賢已蒙給扁賞勵毋庸再議外查府憲與兩縣工房
於屢奉各憲疊頒曲諭均能抄寫傳宣敬謹將事堂臺
林內司雲朝實心實力潔己奉公擬請各賞袍褂一套
九江江浦攢典均係屬內子民田舍廬墓皆賴安享分

應急公但既蒙札行獎賞擬請各給袍料一件其在局
辦理支收賬目勤慎不倦之李荷君并各堡新派首事
無不踴躍急公應請分給扁額以示榮寵而慰勤勞等
由到縣准此伏查卑職屬内桑園圍基綿長一萬二千
餘丈實爲通縣圍基最大之區乾隆五十九年間被潦
溢決基口數處荷蒙憲臺捐廉倡令該圍各堡紳民踴
躍僉捐工費以襄厥事現在全圍土石各工均已告竣
奉諭查議獎賞此誠逾格優恤之慈懷兹准議覆前由
是否允協理合申請察核等由到司據此查核所議分
別獎賞甚屬妥協據議前由備牌行府仰縣速卽轉飭
遵照分別獎賞毋違等因奉此除移順德縣轉飭知照
外合諭遵照諭到該首事等卽便傳諭在事出力人員

屆期赴局祇領獎賞毋違特諭

九江鄉志劉宗望傳乾隆甲寅通修桑園圍并築東西基決口工程浩大各憲諭飭地方官掄選值事宗望預選實力從公始終不懈工竣之日主簿稽會嘉上其勞績藩司旌以扁曰務本宣勞

明倫傳甲辰桑園圍決倫與孝廉馮日初等請於官撥金數萬兩興修并董其事隄岸屹然耆制府製扁旌之

案修桑園圍之有獎敘僅見於李邑侯之諭甲寅所旌者劉宗望外何躉洲有功垂桑梓李昌曜有鄉閭保障之扁甲辰則自明倫外無可攷矣故特存之

粵東省例一南海縣所屬之桑園圍界連順德爲全省最衝最險最廣之圍關係最要前因土堤易圮嘉慶二十

二年奏准在藩糧二庫借動銀八萬兩交南海順德兩縣當商生息每年息銀九千六百兩以五千兩歸還原借本銀以四千六百兩作爲歲修之用嘉慶二十四年紳士伍元蘭等捐銀十萬兩改建石隄無需歲修即將前項歲修銀兩歸入籌備堤岸項下聽撥其歸原本銀兩於補足後業已撥充捕盗經費道光十三年桑園圍基被水沖決需費繁鉅捐項不敷　奏請即在籌備隄岸項內歷年存貯歲修本款息銀支用如本款不敷動支先於藩庫籌項借給仍俟續收歲修息銀歸補加工程過大費用過多借項未便久懸亦應酌定年限除續收歲修幾年歸補若干外餘銀仍應由該圍分年按糧攤徵歸款道光二十四年該圍復決即援照十三年辦過成案
奏明辦理

九江鄉志朱還朱淩沖傳還字叔華以西甯籍補諸生博洽多聞深於史學留心鄉邑利害萬歷戊午己未間與文學朱淩沖建議於李村大圍内改築新隄不與水爭地實慮始首功淩沖字宏會讀書能究本源誼切桑梓凡興利除害之事則毅然任之萬歷四十年海舟堡下隄破水衝割坍陷幾盡淩沖謂此基逆障洪流爲河伯所必爭必旋折讓之方可免患亟與文學朱還倡請制府於原基内退數十丈別捌一基工竣後原基盡沒不爲害全圍賴安

按舊志改築新隄事謂倡請制府由文學朱泰攷九江鄉志朱氏族譜皆無朱泰名淩沖號太一南海縣志則云朱泰一朱石室等倡里民呈張制軍鳴岡撤

海防晏擄忠履勘晏采輿論勘覆制軍允行泰卽太

一舊志殆佚其一字乎

滿洲名臣傳阿克敦傳初廣東巡撫楊文乾議將高要等五縣圍基頂衝改築石工次衝改作椿埽計費數十萬金借庫銀修築且有開捐之議阿克敦意與相左文乾專摺奏請五年正月阿克敦疏言查廣東沿江之高要高明四會三水南海五縣向有圍基俱係土工開竇建牐以時蓄洩年年十一月後地方官督率鄉民按畝分工加卑培薄民不爲苦官無所費至田畝間有被淹圍基衝決多因江漲但水性不猛非必土石椿埽方能抵禦請仍循舊法令地方官農隙督民修補倘遇江水驟漲遣員巡查以防衝決圍基卽能保固無庸改築費帑

且無一勞永逸之理得
旨所奏甚是等語以廣州肇慶屬圍基專遣廣南韶道肇高
廉羅道督修與毓珣會疏奏
聞下部議行
龍山鄉志桑園圍九江陳博民所築隄也事詳郡志穀食
祠記初龍山龍江悉屬鼎安迨置順德而縣始分縣分
則隄為南堤矣雖然水漲同其災堤固同其利吾鄉之
人追思厥德亦莫不曰此陳氏子之賜也歲設位於大
墟祀之以報其功云自後歷數百年堤久圮屢築修亦
屢乾隆甲寅之秋潰決尤甚及冬眾堡合議通修凡圍
內皆與捐派議如聚訟苟非官為督責事幾不成具詳
修堤各記夫修者因之而已其難若是而況創於昔乎

故是役也身董其事者雖備極勤勞猶莫不曰此陳氏子之賜也後人何與焉噫嘻功德之感人固如此哉雖千百世祀之宜也按堤分段爲歲修例某處陷責之某堡惟通修全堤非合力不克舉云

順德縣志梅應科曾熙陳科葉觀相皆龍山人年地相等同爲鄉里信服鄉東北田廬每苦西潦爲患議築堤捍之役重費鉅咸推四人者始終其事四人相與謀合乃慨而肩焉堤成一鄉皆居樂土其按語曰龍山每防西潦故民舍率有樓閣設避水具蓋地在桑園圍之内而堤去其鄉遠搶救恆恃他堡今固築無虞矣此則隄防鄉東北田廬者尤爲切近也

温汝适傳温汝适字步容號篔坡龍山人年十六領乾隆甲寅鄉薦甲辰成進士改庶常授編修入直

上書房擢贊善洗馬侍講侍讀轉左右庶子遷祭酒太僕寺少卿通政使歷典試廣西四川山東督學陝西遷副都御史己巳監臨京兆試臨場條陳左遷太僕寺卿旋復副都御史癸酉擢兵部右侍郎汝适居官勤慎

朝中號正人以母老乞終養瀕行蒙

溫諭抵家會西潦爲災順德南海村落多恃桑園圍捍障而圍基適在南地壤則南圍南修汝适以順民故在圍中廣勸同縣輸貲協濟言於當事奏借帑金八萬生息爲歲修貲兩縣田廬咸利賴焉按此圍跨連數縣而在南海者爲至多在順德者爲至少西岸東北自南海三水交界飛鵞山下之馬蹄圍南而海舟凡四越小山至鎮涌河清九江之西又越象蚌等三小山至龜岡一帶山嶺復自九江之南龜背山下至分界樹折而東即順德之甘竹堡其東岸自南海仙萊鄉南越晒網鏊經民樂至沙頭即順德之龍江堡盡於高桑地稍東即水藤堡而龍山堡即在其西南蓋圍基

雖在南海而龍江龍山實居圍之腹心歲當西潦至一切察看搶修皆恃於近圍基村堡而居腹内者力無從施一有衝決轉瞬波及無可措手故龍江龍山地稍低窪者必築樓以備避水之具亦時時預蓄之先是圍基不入縣境舊持南圍南修之說遇隄壞即由決處修復力薄工不能固輒復坍陷自汝适捐修均諸圍内又言於大吏嘉慶二十年奏准借帑八萬發當商生息歲得銀九千六百兩以五千還帑以四千六百備歲修俟還足卽以息項全資修費可謂一勞永逸惟繳存官庫縉紳無請行歲修之舉於是當事者或移充捕費道光十三年沖決奏請在隄岸歲修項内支用二十年林文忠領兩廣節鉞知侍郎入祀府學之由端在於此時方海疆多故猶令首縣查開存項將籌爲經久之法未幾受代以去事遂中止今纂入省例云如歷年存貯歲修本款息銀不敷動支先於藩庫籌項借給續收歲修息銀歸補如工程過多借項未便久懸應酌定年限除續收歲修歸補若干外餘銀仍由該圍分年按糧攤征既而丁内艱哀毀成病聞

睿皇帝賓天力疾奔赴至吉安遽卒年六十有七

宣宗成皇帝念藩邸舊勞賜子承悌舉人旋中進士

南海縣續志李昌曜傳昌曜名肇珠以字行海舟堡人少

隨父客粵西習法家言恆居縣幕留心經世之學於農田水利尤所深悉乾隆五十九年甲寅水大漲自李村抵烏婢潭決口共二十二處時布政使會稽陳大文在籍紳士翰編溫汝适謂此圍捍西北兩江爲糧命最大之區年來爲洪濤沖擊危險已極非通圍大修不可然工鉅費煩必得熟曉隄工實心任事之人乃克有濟於是博訪衆紳咸推昌曜遂札委爲通圍主辦昌曜乃蹋勘東西圍形勢其厚薄高下危險平易了然於心而後買料必得其用用人必當其才工役不敢偷安度支不得泛濫數閱月工完除塞二十二決口外補薄增高危者平險者易數千丈一律完固時督工者九江主簿嵇會嘉仿漢築宣房宮法建海神廟於李村鎮壓之又於

鈌口栽榕樹護隄陰森夾道論者謂此圍自明初陳博民詣闕上書請築隄捍患迄今五百年而昌曜繼之兩布衣後先輝映爲德桑梓陳方伯賜以扁額曰鄉閭保障誠實錄也後數年友人招往湖南辦鹺埠居萬山中前有小河通舟楫每山水發縱橫曼衍山民雜糧多被淹昌曜詳看川源得其條理敎民採石作壩遏山水盡入小河患遂息士人德之名曰思德壩此其精於水利之一端也李應揚海舟堡人乾隆六十年乙卯科武舉留意隄工道光年間舉人曾銘勛何子彬馮日初明倫等修圍前後資其贊畫

鄧士憲傳鄧士憲字臨智號鑒堂沙頭堡人乾隆五十四年己酉以郡試第一補弟子員是秋領鄉薦嘉慶四

年壬戌成進士選庶吉士散館歸部學習補職方司主事員外郎升武選司郎中二十一年以京察一等授雲南臨安府知府二十二年調貴州大定府知府調思南府　賞加道銜與布政司吳榮光兒女姻親調雲南開化府知府未到任調補普洱府知府兼署迤南道道光九年署糧儲道因繼母年近八十已宦中外二十八年遂請養回籍十三年西北江漲隄堰缺七月颶風大作偕邑紳區玉章何文綺親歷災區勸捐賑卹全活多人是歲桑園圍亦決請當道籌款興修人懷其德崇祀於李村海神廟十九年卒年六十有七

何文綺傳何文綺字展書號樸園鎮涌堡烟橋鄉人嘉慶庚午舉人庚辰成進士授主事兵部職方司行走後

以修桑園圍出力加員外郎銜性恬退尤以友愛稱登第後告假歸不復出居省垣二十餘載惟遇賑凶荒修堤堰捕盜賊等事關係小民疾苦慷慨直陳於官否則望門裹足若將浼焉未易得其一面和而不同素性然也

潘進傳潘進字健行號思園百滘堡黎村人自幼友愛成性篤交誼喜施予居鄉族內凡理所當爲力所能爲者無不踴躍爭先道光十三年西潦決圍民苦飢饉颶風又作族內房舍坍塌實多率先捐貲平糶水退後按房大小酌量給貲使自修復昏墊露處之民多所全活而惠澤及人之廣遠尤在前後保護桑園圍一事初桑園圍乾隆甲寅後頻年潰決修築之費累鉅萬起科不

足繼以題簽上則督率追呼下則喧爭聚訟民甚苦之自嘉慶閒溫侍郎汝适家居商同督撫奏發司庫銀八萬兩發南順當商生息俟將遞年息銀清還庫款項然後將此息爲歲修之資帑項無虧隄防有賴法至善也厥後盧伍二商捐銀十萬兩將險要處改建石隄當道謂崩決既可無憂歲修亦可不設將此項改撥他用道光癸巳圍再決工料之需茫無藉手進乃言於鄧觀察士憲曰此項銀爲修圍而設前因無需修而改去今因急於修而撥回至公至平有何不可旋請於大吏卒如其言嗣後歷甲辰己酉癸丑屢次興修皆得陸續支領長圍鞏固進之力居多進精籌畫善變通常有衆人束手一轉移閒即反敗爲功者先是道光九年圍決三水

之陂子角水建瓴下由是桑園圍之吉水灣仙萊岡等處皆決進勸伍商捐銀三萬六千兩分助修築而圍故事各鄉所管基段如有崩決附近業主修築仙萊岡族小人貧除伍商助銀二千兩外不敷五百餘兩官紳追迫頻仍將有逃亡之勢進謂其鄉人曰我鄉每月會文經費不足而仙萊岡因修隄故曾買田十二畝挖田面浮泥土以培厚隄基田既低窪不能種植盡成廢業且留下虛糧我欲開義會湊銀千百兩照原價買此廢田然後就低窪處再刋深以爲池池深六尺池旁地即高六尺低者養魚高者種桑則變下業爲上業仙萊岡人得田價爲修費可無拖欠之虞稅入我鄉又無虛糧之累而我變田爲塘租入自倍會費裕如此方便術也僉

曰善如言行之人已公私兩利其善爲謀如此援例候選直隸州州同以孫斯濂貴貤贈翰林院庶吉士卒年七十一論者謂進自祖父以上累代單傳名亦不顯自進以後子孫林立科第聯翩爲邑望族殆厚德之報云

陳信民傳陳信民原名亨時字任甫九江堡人道光丙申科進士湖南即用知縣性任俠樂施予道光癸巳大圍決七月多颶風房屋寄水府多傾頽米價踴貴信民時爲諸生駕小舟巡行村落勸有力者出貲助賑不足發南方義倉不足發通鄉同濟倉旬日間舌弊唇焦存活無算仍心如歉然謂救荒無善策與其救於後不若備於先南方澤國旱少潦多能常修治基圍或可免飢饉會道光丁酉水又大至兼淫雨連月内河水又漲大

圍內子圍水將刮面過幾決者數矣信民以寒士倡捐多金鳩工庀材手沾足塗親自監督瀕危後安其有德於鄉類此

九江鄉志明之綱傳明之綱字禹書號立峯東方沙滘人訓導離照子也性伉爽狀貌魁梧道光己亥中式廣西鄉試第五名咸豐壬子成進士即用知縣分發直隸未赴任丁外艱以母老遂絕意仕進時造福於鄉閭屢與圍紳呈請桑園圍歲修官帑息銀前後六次修築堅穩自道光甲辰起桑園圍不被水決已四十年溯北宋築隄以來保固最久賴之綱之力爲多

桑園圍志卷十七終

粵東省城學院前翰元樓刊